Au-delà
du réel

ERIC ARVIN

Au-delà du réel

ERIC ARVIN

Publié par
DREAMSPINNER PRESS

5032 Capital Circle SW, Suite 2, PMB# 279, Tallahassee, FL 32305-7886 USA
www.dreamspinnerpress.com

Au-delà du réel
Copyright de l'édition française © 2014 Dreamspinner Press.
Titre original : Woke Up in a Strange Place
© 2011 Eric Arvin.
Première édition : février 2011
Traduit de l'anglais par Anne Solo.

Illustration de la couverture :
© 2016 Paul Richmond.
http://www.paulrichmondstudio.com
Les éléments de la couverture ne sont utilisés qu'à des fins d'illustration et toute personne qui y est représentée est un modèle

Édition imprimée en français : 978-1-63477-809-1
Première édition en papier : septembre 2016
Édition e-book en français : 978-1-63216-435-3
Première édition française : juin 2014
v 1.1

Édité aux Etats-Unis d'Amérique.

À mon père, sur la berge.

Remerciements

Comme tout roman, celui-ci n'aurait pas pu être écrit, ni bien entendu publié, sans l'aide et l'inspiration de plusieurs personnes. Parmi tant d'autres, je citerai Miranda Maxwell — mon éditrice et très chère amie – Andrew Barriger, Craig Gidney, Ruth Sims, Carey Parrish, et Carol Strickland et tout le groupe de Dreamspinner. Et n'oublions pas la musique. La musique est importante. Nick Drake, Jeff Buckley, Elliot Smith, et Townes. Et tout particulièrement Van Zandt concernant cette histoire.

PROLOGUE

— J'APERÇOIS LE *paradis, dit Lou.*

Il tenait Joe dans ses bras, tous deux étant étendus sur la plage en pleine nuit. Pour se protéger de la fraîcheur de la brise, ils portaient de chauds sweaters et se collaient l'un à l'autre, bien serré. Le bruit des vagues qui battaient les rochers et le rivage leur paraissait apaisant.

— *Tu réussis à voir au-delà des nuages ? plaisanta Joe en entrant dans le jeu.*

Ils avaient passé le dernier mois à longer la côte de Nouvelle-Angleterre, le 'Grand Tour' des gays. En cours de route, ils s'étaient arrêtés dormir dans les Bed & Breakfast qu'on leur recommandait. Ils avaient laissé leur golden retriever, Spooner, chez la mère de Joe. Le chien leur manquait terriblement, mais les deux hommes avaient besoin de passer du temps ensemble.

Ces derniers temps, la situation était tendue entre eux. Il leur fallait à nouveau se concentrer l'un sur l'autre. Joe, qui était éditeur – essentiellement d'ouvrages portant sur la mythologie et le folklore – consacrait beaucoup de temps à son travail. Quant à Lou, sa mère représentait une menace.

Lou pointa du doigt un espace vide dans le ciel.

— *Absolument, répliqua-t-il. Je t'assure que je le vois, juste là. Ce n'est pas si loin. Juste derrière cette étoile qui brille entre deux nuages.*

Joe se mit à rire.

— *Tu dis n'importe quoi, Lou.*

Il se blottit davantage contre la poitrine de son compagnon et huma son eau de toilette.

— *Que ferais-tu si je mourais ?*

La voix de Lou venait de prendre une tonalité plus sérieuse. La question laissa Joe éberlué. Il releva la tête pour regarder son ami dans les yeux.

— *Quelle étrange question... ? Tu es bien trop jeune pour envisager ce genre de choses.*

— *Nous ne sommes plus si jeunes, ni l'un ni l'autre. Je viens de dépasser la trentaine. Les gens meurent tous les jours.*

— Eh bien, pas nous ! répliqua Joe avec force.

D'accord, ces derniers temps, ils n'avaient pas trop fait attention à leur santé : ils mangeaient n'importe quoi, essentiellement des plats à emporter, et n'avaient pas renouvelé leur abonnement au club de gym, mais de là à parler de mourir, c'était quand même étrange. Comme une publicité d'assurance décès.

— Nous sommes ensemble pour la vie, reprit-il. Sans toi, je deviendrais dingue. Un vrai fou furieux.

— Tu as bien plus de courage que ça. Tu survivrais.

Joe ne répondit pas, mais il savait que Lou se trompait. Il n'arrivait pas à envisager le monde sans lui. Plus maintenant. Certainement pas après tout ce qu'il avait traversé, toutes ces recherches, toutes ces déceptions.

— Est-ce que tu m'attendrais ? demanda Joe tranquillement, la tête posée sur la solide poitrine de Lou.

— Où ?

— Au paradis. Au-delà des nuages et des étoiles. Est-ce que tu m'attendrais ?

— Sans toi, il n'y aurait pas de paradis. Bien sûr que je t'attendrais. Je t'attendrais éternellement, Joseph. D'ailleurs, t'attendre... c'est ce sentiment d'anticipation qui me permet d'avancer. Tu es ce qui me pousse à vivre.

Joe soupira, des larmes plein les yeux.

— Beau parleur ! Tu sais toujours exactement quels clichés utiliser.

— Dors, bébé, chuchota Lou. Demain matin, je serai là.

UN BEL ENDROIT OÙ SE PERDRE

DIVERS ÉCHOS… il n'entendit que ça jusqu'au moment où il ouvrit les yeux.

Ses synapses reçurent une violente décharge, comme un éclair émanant des cieux, et Joe se retrouva tout à coup ailleurs. Le vieux différend opposant biologie et spiritualité devint obsolète. Finalement, rien de tout ça ne comptait. D'ailleurs, c'était à se demander pourquoi la réponse devait être juste ou fausse après tout. Joe réalisa enfin que l'amour dépendait plus du fonds que de la forme.

Il chercha à se situer, il n'était plus dans la même position. Il se trouvait à présent couché sur le dos, dans un champ d'orge, en plein été. Comment était-il arrivé là ? Il n'en avait aucune idée. Peut-être que le ciel lui était tombé sur la tête. Quoi qu'il en soit, Joe restait lucide. Tout ce qui l'entourait lui paraissait réel, tangible. Il était au milieu d'épis. En passant dans l'au-delà, la plupart des gens se retrouvaient dans des champs d'or – une vérité qui existait depuis que la mort avait commencé, parce que c'était ce que la plupart des humains imaginaient de paix, beauté, et sérénité. Quant à lui, il reconnaissait la sensation de l'orge qui le démangeait, il sentait aussi les odeurs estivales dans la brise caressante, il avait son humidité parfumée sur la langue, il entendait le bourdonnement assourdi des abeilles qui s'activaient dans les corolles des fleurs des champs avoisinants. Il percevait pourtant un relent acre dans le parfum du vent. Comme si le gel menaçait, quelques épis étaient déjà tombés, morts et ils pourrissaient.

Le contact de l'orge ne le dérangeait pas, c'était une démangeaison presque agréable, quasiment des chatouillis. En fait, il les ressentait partout et avait l'envie presque irrésistible d'éclater de rire. Il entendit des gloussements émaner de son être, toujours couché sur ce matelas d'or, bras et jambes étendus au maximum.

Notre héros ne se rappelait rien de sa vie antérieure. Les dernières images, des vestiges, étaient couleur sépia, comme un rêve légèrement brouillé aux abords. Sa mémoire reculait comme les flots durant la marée. Ceci expliquait qu'il ne ressente pas d'anxiété frénétique et qu'il accepte cette situation qui, dans un autre contexte, aurait été absurde. Il n'existait que dans son champ d'orge, libéré de tout souci. Il s'intéressait aux quelques épis d'orge fanés, mais il ne s'en inquiétait pas.

La mémoire. Qu'est-ce que c'était, la mémoire ? *Mé-moi-re.* Quel mot étrange et incompréhensible ! Un contexte lointain. De quoi rire. Parce qu'il n'avait aucune signification. D'après ce que Joe comprenait, tout ce qu'il avait à savoir du monde se trouvait au-dessus de lui et autour de lui ; il n'avait pas d'autre souvenir qu'un champ d'orge et un ciel superbe.

Il n'était certain que d'une chose, et c'était assez simple, parce que cette pensée lui était attachée au corps avec férocité, comme une racine profondément plantée dans le sol. Il s'appelait Joe.

Joe. Qu'est-ce que c'était ? Trois lettres. J. O. E. Trois petits symboles d'une très ancienne écriture qui signifiait une existence. Il devait y avoir davantage, pas vrai ? Oui, certainement. Il devait y avoir force, vitalité et vigueur intégrées quelque part dans ces trois lettres, parce que là où il était actuellement, il faisait partie de l'orge, même endurance et même détermination. Il les ressentait en lui.

Joe – il se sentit tout joyeux en se remémorant son prénom – resta couché en examinant le ciel. C'était différent, il n'aurait pas cru que le ciel soit ainsi. Il n'y avait pas une seule teinte, mais plusieurs couches, comme un gâteau. Une douceur comestible, rayée et décorée dans les tons violet, rose et orange.

Il demeura étendu, à regarder droit devant lui ; il ne ressentait aucune envie de bouger. Il n'avait aucune tâche urgente à accomplir, il n'avait donc aucun comportement fonctionnel à appliquer. Il n'éprouvait que l'impulsion de fondre et de se dissoudre soit dans la terre soit dans le ciel.

Il n'était pas tout seul à l'endroit où il gisait, il sentait passer près de lui des petits rongeurs curieux, ou des reptiles sifflants. En y pensant, il ne ressentait ni peur ni répugnance. Ces animaux aussi appartenaient à l'orge. Ensemble, ils formaient un tout.

Un courant d'air aux relents douceâtres flotta tandis qu'il se détendait, caché dans les hauts épis d'herbe dorée. C'était aussi familier qu'un écho.

Un bruit arriva jusqu'à lui, à travers l'orge, et éveilla sa curiosité. Il se mit à genoux et chercha à distinguer à travers les épis qui ondulaient paresseusement.

Il vit une silhouette. Quelqu'un approchait d'un pas décidé en traversant les vagues dorées. Les épis flottaient souplement tout autour de celui qui avançait vers lui.

4

Bientôt, Joe réalisa qu'il s'agissait d'un jeune homme. Il avait un visage mince, un nez et un front droits, un menton creusé d'une fossette et des cheveux très noirs que le vent soulevait sur ses épaules nues. Il paraissait épuisé. Son teint était pâle, de larges cernes marquaient ses yeux inquiets. Très loin derrière l'Étranger – et c'était encore plus curieux – presque comme une ombre insistant pour se faire connaître, courait un golden retriever qui bondissait au-delà des champs merveilleux, les oreilles battantes, la langue pendant bas.

Joe se mit debout et attendit le jeune homme avec un élan d'excitation, bien qu'il soit incapable d'expliquer pourquoi. C'était un mystère. Il fit courir sa main sur les épis qui, autour de lui, lui montaient jusqu'aux hanches. Il en eut la peau tendre de ses paumes chatouillée.

— Tu es là, déclara le jeune Étranger.

Il paraissait à bout de souffle. Il y avait une sorte d'expectative dans son expression, comme s'il attendait de Joe une réponse importante. Les muscles durcis de sa mâchoire apparaissaient sous la peau. C'était une très belle mâchoire, elle aurait pu être sculptée dans la pierre.

— Je suis là, répéta Joe. Mais c'est où au juste, là ?

Joe, attentif et observateur, écarquilla les yeux en grand. Le sentiment d'intimité particulière qu'il éprouvait ne fit que grandir lorsque le mystérieux Étranger lui répondit. Oui, il ressentait familiarité, besoin, désir. Son excitation devint plus forte, étouffant la satisfaction somnolente qu'il avait ressentie auparavant. À son tour, il sentit son souffle se faire plus court en présence de l'Étranger, il devint aussi haletant que lui.

— C'est là où tu es censé être.

L'homme sourit en haussant les épaules. Ses yeux las étaient brumeux et remplis d'émotions.

Joe eut un sourire.

— C'est une réponse grotesque, mais c'est gentil. Et puis, c'est magnifique.

Il regardait autour de lui, les champs dorés qui ondulaient, le chien extatique qui courait toujours, mais c'était surtout un prétexte pour ne pas dévisager l'Étranger et absorber le moindre détail de son visage. Quels yeux superbes !

— Eh bien, ça fait un bail que tout ça t'attendait.

L'Étranger, lui, n'avait aucun problème à garder ses yeux tristes braqués sur Joe.

— Je te connais.

Après avoir prononcé ces mots, Joe avança à travers l'orge. Il s'aperçut que l'Étranger était nu et réalisa au même moment que lui aussi l'était. Il ne l'avait pas remarqué plus tôt, il n'en ressentit pas de gêne particulière.

— Qui es-tu ? s'enquit-il à mi-voix.

L'homme sourit avec espièglerie.

— Tu as raison. Tu me connais. Tu me connais même très bien, Joe.

En regardant Joe, il déglutit et avala la boule qui lui obstruait la gorge. À nouveau, il avait ce regard intense qui réclamait une réponse ; manifestement, il y avait une histoire là-dessous.

Sans réfléchir, Joe posa la main sur la poitrine de l'Étranger. Et il lui parut que c'était la chose la plus naturelle du monde. Il ressentit la chaleur de la peau, mais aucun battement en dessous. Il n'y avait ni cœur ni pouls dans cette poitrine solide. Joe haleta tandis qu'un écho inattendu le frappait d'un éclair électrique. Le choc du deuil et de la douleur le déchira tandis que l'image d'une haute structure apparaissait dans son esprit… un phare qui émanait d'un souvenir lointain. Ça ne dura qu'un moment et disparut très vite, mais ça le poussa à retirer sa main. L'Étranger s'y accrocha doucement. La caresse de la brise passa sur eux, ainsi que les oiseaux dans le ciel couleur de gâteau et les abeilles dans le champ qui voletaient au-dessus des vagues blondes.

L'Étranger sourit encore. Tant de nostalgie… Ses yeux d'un bleu brillant évoquaient des joies anciennes. Des souvenirs.

Joe s'étouffa, bouleversé jusqu'au tréfonds.

— Je te connais… Qui es-tu ?

— Il faut que je m'en aille, Joe, dit l'Étranger en lâchant sa main. Je voulais juste m'assurer en personne que c'était bien vrai. Et c'est le cas, tu es là.

À contrecœur, les yeux pleins de larmes, il se détourna et commença à s'éloigner. Il ne parut pas voir le chien qui bondissait devant lui.

Joe le rappela :

— Attends, s'il te plaît.

À ce moment-là, il ressentit une étrange sensation de perte, comme si on lui avait arraché ce qu'il chérissait le plus.

— Où suis-je ? demanda-t-il encore. Je peux venir avec toi ?

Il se mit à courir vers lui à travers l'orge et s'aperçut que les épis étaient de plus en plus fanés et noircis. L'Étranger se retourna avec un sourire, une larme coulant le long de son visage.

— Tu viendras, mais plus tard. D'abord, il faut que tu te souviennes.

Joe trembla sous le désir presque douloureux de rejoindre ce jeune homme.

— Je serai là quand tout reviendra, Joe, insista l'Étranger. Mais il faut que le processus s'exécute lentement, comme ces vagues d'or.

— Tu m'attendras ?

Joe entendait bien qu'il paraissait désespéré, mais il sentait aussi que son désespoir avait de bonnes raisons d'être.

— Aussi longtemps qu'il le faudra. Tu le sais bien.

L'Étranger leva la main dans un dernier salut et reprit :

— Il va te falloir du courage. Beaucoup de courage.

L'horizon changea rapidement, devenant d'un violet profond qui sembla s'enrouler autour du jeune homme comme un papier cadeau. Son adorable silhouette devint une forme floue qui disparut dans l'air épaissi, comme s'il n'avait jamais été là. Le golden retriever s'effaça avec lui, après un dernier aboiement joueur. Derrière lui, l'Étranger avait laissé le crépuscule.

Joe resta seul, éberlué et bouleversé. Une lueur diffuse tombant du ciel où brillait la pleine lune faisait luire les épis autour de lui. Il faillit pleurer, comme un enfant privé du réconfort de bras aimants. Il se demanda quoi faire en examinant toujours les champs assombris où bourdonnaient maintenant de minuscules insectes. Il faisait plus froid. Oui, l'hiver approchait.

Il perçut au centre de son être une profonde impatience, provenant d'une ambition naissante : il lui fallait progresser afin de retrouver l'Étranger. Après tout, il avait promis d'attendre. Ce n'était pas le moment de sombrer dans la tragédie du deuil. Il était temps d'aller chercher des réponses. Joe ne pouvait plus rester dans le champ. Il se mit en marche. Et bien qu'il n'y ait ni chemin ni sentier pour le guider, il plaça un pied devant l'autre et avança.

Il avait commencé sa quête.

Alors qu'il cheminait à travers la nuit mauve, sa douleur se calma, apaisée par cette sérénité qu'il avait connue tout à l'heure, couché dans les hautes herbes. À nouveau, les pointes des épis d'orge lui caressaient et lui chatouillaient les mains, l'entrejambe et les cuisses pendant qu'il marchait. À chaque pas, son espoir croissait, bien qu'il soit de plus en plus conscient de la décrépitude de certains épis.

À l'horizon, loin devant lui – et en vérité tout autour de lui – des milliers de lueurs de toutes les couleurs clignotaient dans le ciel. Certaines laissaient derrière elles d'éblouissantes traînées pour marquer leur passage à travers la nuit, d'autres étaient presque imperceptibles, le spectacle était hypnotisant et Joe en fut ébloui.

Maintenant qu'il avait décidé de se mettre en marche, des fragments de souvenirs et d'expériences passées lui revenaient plus facilement. Comme des petites gouttes de rosée déposée sur une feuille. Il se souvint détester le ketchup, mais apprécier les hamburgers, que sa couleur favorite était le vert et son moment préféré de la journée, le crépuscule. Tous ces petits détails personnels s'additionnaient et s'accumulaient au centre de la feuille. Et tandis qu'il fixait la nuit devant lui, des souvenirs plus récents lui revinrent en mémoire.

SON TOUT *premier souvenir était d'être debout dans la chambre de sa mère, Veronica, devant un miroir en pied, il ne portait qu'une couche. Il y avait sur la glace dans le coin, en bas à droite, une craquelure qui aurait probablement dû être réparée, mais elle aimait bien cette marque. 'Ça ajoute de la personnalité et du caractère,' avait-elle prétendu une fois. Une chanson de Dusty Springfied émanait d'un réveil-radio posé sur la table de chevet à côté du lit de sa mère. L'odeur des lasagnes arrivait de la petite cuisine ; c'était presque l'heure de dîner.*

Son reflet dans le miroir lui renvoyait un regard attentif. Il commençait à réaliser ce qu'il était devenu. Il y avait quelque chose – indéfinissable, mais indéniable – de différent en lui. C'était un nouveau concept que sa chair et son nouveau cerveau n'arrivaient pas encore à appréhender.

À partir de là, d'autres souvenirs lui revinrent, comme des murmures agréables aux oreilles, tandis que persistait le chatouillis des grains. Ces images n'étaient pas toujours linéaires, comme si la reprise de conscience était un ruisseau qui le traversait, effleurant les berges de son esprit. Même les événements insignifiants de sa petite enfance devenaient d'extraordinaires expériences de l'époque : sa première visite au zoo ; les glissades sur la pelouse – dont les hautes tiges lui avaient irrité les jambes, sans qu'il s'en soucie vraiment – un garçon du nom de Peter qui deviendrait son premier ami ; son émerveillement en découvrant une abeille veloutée et la piqûre douloureuse de la trahison. Tous ces souvenirs voletaient autour de lui comme des fantômes dans l'air nocturne, c'était comme si sa mémoire était une entité séparée.

Il y avait pourtant, submergeant le courant, une vision marquée d'un enchantement particulier. Joe marchait main dans la main avec sa mère le long d'une rue encombrée dans la petite ville où ils habitaient. La circulation n'était jamais un problème, sauf un week-end par an, quand le Festival des Arts arrivait en ville. On y trouvait alors le ravissant artisanat et la nourriture spécifique qui manquaient le reste de l'année, même s'ils coûtaient bien plus cher que ce qu'ils valaient. Tandis que Joe avançait, le nez levé avec un sourire vers la très belle Veronica qui le regardait avec amour, il s'amusait à ne pas poser les pieds sur la myriade de craquelures qui marquaient le trottoir en béton.

Très vite, la mère et le fils firent un arrêt, le temps que Veronica regarde les curieuses babioles et dessins d'un étal de la rue. Joe regarda autour de lui à la recherche d'un détail qui enflammerait son imagination hyperactive. Juste à côté de lui, il découvrit un autre petit garçon, dont la mère, une femme très mince – à qui Joe trouva l'air mauvais d'une sorcière – regardait aussi les bidules de l'artisan. Joe regarda le nouveau venu avec attention ; il ressentit un attrait immédiat en croisant des yeux très bleus, au regard amical et joueur. L'inconnu tenait dans la main un cône de glace italienne, vanille et chocolat – les parfums préférés de Joe – qui coulait et dégouttait sur sa main et son avant-bras, jusqu'au sol. Des fourmis avaient déjà repéré la manne gluante et sucrée sur le trottoir estival.

Joe avait la sensation que ce petit garçon aux yeux bleus avait envie de dire quelque chose – peut-être juste grogner, peut-être aussi tenter un début de conversation. Mais rien ne vint. Les deux enfants se regardèrent simplement jusqu'à ce que la femme au regard mauvais baisse les yeux pour faire savoir à l'enfant aux yeux bleus qu'il était temps de s'en aller. Joe leva la main en signe d'adieu. À cet âge, le monde entier lui paraissait accessible, il croyait sincèrement revoir bientôt ce garçon au prochain coin de rue.

Le petit étranger remarqua le salut, mais ne sut pas quoi en faire. Alors, il tira la langue, sans que ce soit nécessairement un geste grossier. C'était la seule façon qu'il avait trouvée de répondre. Du moins, c'est ce que Joe choisit de croire.

— Louis !

La vieille femme mauvaise cria et tira l'enfant pour l'entraîner avec elle.

Joe resta à regarder les deux silhouettes s'éloigner. Il reverrait ce garçon. Il en était certain, même alors. Après tout, le monde n'était pas si grand.

L'ARBRE À FRUITS

Joe n'avait aucune idée du temps qu'il venait de passer à marcher. La mesure exacte du temps et de la distance lui avait complètement échappé tandis que sa mémoire revivait souvenir après souvenir. Il était encore dans ces champs merveilleux remplis d'herbes et de lucioles. Au-dessus de lui, clignotaient d'innombrables petites lueurs parfaites. C'était tout ce qu'il avait besoin de savoir, le reste ne l'intéressait pas. Et quand, machinalement, il se retourna pour vérifier la distance parcourue, il réalisa n'avoir laissé aucune trace. Il ne voyait rien qui marquait son passage à travers les acres ensemencés. Les épis d'orge dissimulaient son sillage, comme de fins soldats agglutinés en bataillons serrés. Enchanté, Joe marcha pendant un moment à reculons, afin de savourer le spectacle des hautes herbes qui ondulaient derrière lui.

Il continuait à avancer en savourant la beauté qui l'entourait lorsqu'il entendit le son immanquable de notes de musique. D'abord, elles furent à peine audibles, une mélodie chuchotée. Sa première réaction fut de fixer les céréales, à la recherche d'un sortilège. Pourquoi pas ? Mais lorsqu'il poursuivit sa marche, la musique devint plus forte. Plus proche. C'était un simple instrument à cordes. Joe n'en chercha pas la source, bien que sa curiosité soit piquée. Il ne ressentait aucune urgence. Il finirait par trouver l'origine de la musique, il en était certain. Aussi, il choisit de se laisser guider tout en dansant et en tourbillonnant paresseusement avec les lucioles. La mélodie plaintive devint plus sombre et cadencée, enveloppant son corps nu à travers les airs. Joe se laissa porter par le flux.

Très peu de temps après – à ce qu'il lui sembla, bien qu'il ignore de façon certaine combien de temps lui avait pris sa promenade nonchalante – Joe arriva à l'endroit d'où la mélodie émanait. Planté juste en face de cet endroit, il n'en voyait rien de physique. Le ciel était trop sombre pour qu'il distingue autre chose que de vagues formes dans le clair-obscur.

Et là, d'un seul coup, ce fut comme si le ciel nocturne était arraché pour révéler une nouvelle aube printanière, avec une voûte céleste couleur d'azur. Juste comme ça, sans avertissement, la nuit disparut comme une peau d'orange. Et Joe vit devant lui – bien sûr, il avait toujours été là, mais auparavant caché par une étrange magie – un arbre massif qui occupait un tel espace et s'élevait si haut dans sa sculpturale élégance que même les herbes hautes alentour paraissaient reculer, impressionnées par sa splendeur et son importance. Ses racines s'élevaient en circonvolutions harmonieuses, formant de grosses collines grisâtres. Ses branches épaisses et fortes s'élevaient à l'assaut du ciel qu'elles cherchaient à atteindre, chaque feuille avait la taille d'un crâne humain. L'arbre était chargé de divers fruits : pommes, mangues, ananas, oranges, cerises, kiwis. Pas un seul d'entre eux ne montrait trace de flétrissure. Ils étaient tous aussi brillants que s'ils avaient été polis, gonflés des sucs de la maturité, prêts à être dégustés.

Joe avança jusqu'à l'ombre du feuillage où il faisait considérablement plus frais. Les branches pendaient bas, aussi les repoussa-t-il doucement de côté. Seuls quelques rares rayons de soleil filtraient à travers la ramure. Joe fut émerveillé de ce qu'il aperçut à l'abri des branchages : une maison, un foyer destiné à être habité. Ce petit nid au cœur des branches était d'une telle beauté qu'il sourit avec une excitation enfantine. Il y avait d'innombrables niveaux, les uns sur les autres, mais pas grossièrement assemblés avec quelques bouts de bois et des clous. Il s'agissait d'une construction solide, robuste, délicatement sculptée et conçue.

La musique émanait d'un des étages du bas et cascadait le long des marches qui tournoyaient en colimaçon autour du tronc comme une chute d'eau chaude. Joe découvrit que s'il plissait suffisamment des yeux, il réussissait à apercevoir les notes. Il s'approcha du solide escalier et commença à monter, se frayant un chemin à travers la musique qui flottait, s'accrochant de la main à la simple rampe de bois pour aider son escalade. Chaque marche paraissait fraîche et lisse sous ses pieds nus. Les lucioles qui s'étaient échappées avec lui de la nuit pour réapparaître dans la pénombre de la ramure le suivirent durant son ascension dans les branchages.

La musique se fit plus forte, mais tout aussi mélancolique, tandis que Joe continuait à monter lentement les escaliers aériens au-delà des étages au confort assuré. Il arriva enfin à celui d'où provenaient les sons. Le dos tourné, un homme jouait de la guitare en regardant à l'extérieur à travers le feuillage. Un de ses pieds nus était posé sur une corde attachée à deux poteaux, de chaque côté du ponton, l'autre tapait sur le plancher au rythme de son instrument. Il portait un jean délavé et déchiré, dont le bas des jambes s'effilochait, ainsi qu'un tee-shirt blanc sur lequel pendaient de longs cheveux noirs en bataille.

Le joueur de guitare se figea tout à coup. Plus de musique. Plus de tapotement du pied. Et pourtant, Joe ne pensait pas avoir surpris le musicien. Non, l'homme l'avait *senti* arriver. Il ôta son autre pied de la corde et déposa la guitare sur le plancher à ses côtés.

— Alors, te voilà.

Il parlait d'une voix éraillée, mais jeune. Il ne s'était pas retourné, il regardait toujours les lourdes branches de l'arbre. Il reprit :

— Et aussi cul nu qu'un nouveau-né.

Enfin, il quitta son fauteuil et jeta par-dessus son épaule un coup d'œil assorti d'un demi-sourire espiègle. Une cigarette éteinte pendait mollement de sa lèvre inférieure. Puis il se tourna pour affronter Joe, qui ressentit une nouvelle fois cet étrange sentiment de familiarité. Ce n'était pas la même chose que dans le champ d'orge, lorsqu'il avait rencontré l'Étranger entièrement nu. Il s'agissait plus d'une vague connaissance que d'une intense intimité. Malgré tout, il ressentit une connexion indéniable avec ce nouveau venu.

Joe l'examina de près. C'était un homme débraillé, mais d'aspect agréable. L'ombre de sa barbe noire lui marquait la mâchoire, ses petits yeux sombres dissimulaient une grande bonté derrière une façade d'indifférence et un regard impassible.

— Seriez-vous chanteur ? demanda Joe.

Il se sentait un peu anxieux et ne voyait pas d'autres questions à poser.

— J'écris aussi des chansons, répondit le guitariste. Oui, c'est ma vocation. J'ai fait de mon mieux, mais je n'ai jamais véritablement percé.

Il examina Joe de haut en bas, avec une sorte de suspicion assortie d'une étrange expression de fierté.

— Vous êtes doué, affirma Joe. Ce que j'ai entendu était magnifique. Vous devriez persévérer.

Il commençait à peine à s'habituer à sa propre voix, assez aiguë, et à ses intonations. Il ignorait s'il réussissait à dissimuler son anxiété latente.

Le guitariste eut un sourire avant de se mettre à jouer avec la cigarette qu'il avait dans la bouche.

— Je le ferai peut-être, déclara-t-il d'une voix à l'accent graillonnant. Tu es Joe, c'est ça ?

Il tendit la main. C'était une grande main forte, avec de longs doigts agiles. Elle se referma comme un étau sur la main de Joe.

— Enchanté de te rencontrer, Joe. On m'appelle Baker. Et c'est moi, très cher ami cul-nu, qui serai dorénavant ton guide.

Joe le regarda, mal à l'aise.

— Mon guide ? répéta-t-il, sans comprendre.

Il se gratta la cuisse qui le démangeait.

— Sans blague ! ricana Baker. Tu t'attendais vraiment à déambuler par ici tout seul ? Bien sûr, j'imagine que tu n'as pas encore tout vu. Mais crois-moi, mon garçon, ce n'est pas possible. C'est bien trop grand. J'ai beaucoup à t'apprendre, tu as beaucoup à découvrir et à voir, ce qui signifie que tous les deux, nous avons beaucoup à faire.

Il se pencha, récupéra sa guitare et en passa la lanière par-dessus sa tête pour que l'instrument repose en diagonale dans son dos. Ensuite, il déclara :

— Et maintenant, nous devrions y aller. Tu veux quelque chose à enfiler ? Sinon, mon garçon, tes bijoux de famille vont sans arrêt ballotter.

Joe commençait à prendre conscience de l'incongruité de sa nudité.

— Euh, oui… d'accord, quelque chose de léger. Mais où allons-nous ?

— Chercher de quoi te nipper.

Baker fit quelques pas en direction des escaliers. Joe le suivit, perplexe. Ensemble, ils montèrent plus haut encore dans l'arbre, dépassant des niveaux de tailles diverses d'où émanaient de délicieuses odeurs. Ils furent bientôt rejoints par des écureuils curieux ou des oiseaux chanteurs qui accompagnèrent leur ascension. Les bois craquaient et gémissaient, créant autour d'eux une sorte de mélodie. Le vent jouait dans les feuilles et les branchages.

— Nous allons monter jusqu'en haut ? demanda Joe qui regarda aussi loin qu'il le pouvait.

— Non, pas vraiment, répondit Baker. C'est moi qui vis tout en haut. Ainsi, je peux surveiller tout ce qui se passe alentour. En tout cas, tout ce que je connais. Mais nous nous arrêterons juste en dessous. C'est l'appartement attribué aux amis de passage.

L'ombre, sous l'arbre, était très agréable, réconfortante et relaxante.

— Vous recevez des amis par ici ? demanda Joe.

En même temps, il regarda autour de lui les branches épaisses aux ramures tourmentées et les branchages. Il savait que le champ d'orge se trouvait juste en dessous et qu'il s'étendait sur une grande distance, mais il ne voyait plus rien à cause de l'épaisseur du feuillage qui les entourait.

— Tout le temps, répondit Baker. Tu viens juste d'en rater un. Lui aussi était à poil. Il y a beaucoup de passage par ici. La plupart sont des âmes nouvellement arrivées, comme toi. Mais il y a aussi des habitués qui aiment à revenir faire un petit coucou de temps à autre. C'est assez drôle.

Finalement, les deux hommes s'arrêtèrent devant une grande plate-forme aux larges ouvertures.

— Nous y voilà, déclara Baker.

Joe regarda en arrière, les innombrables marches d'escalier qu'il venait d'escalader. Chacune ressemblait à une touche de piano, lisse et polie, dont le clavier s'entourait autour du tronc de l'arbre.

— Tu devrais trouver ici quelque chose à te mettre. Là, dans cette armoire.

Baker désigna du doigt un grand meuble rustique taillé dans l'arbre. Le bois ne comportait aucun travail d'ébénisterie, ni décoration ni sculpture, mais son élégance n'en avait pas besoin. Il avait été travaillé avec un art méticuleux, il était construit pour durer.

Joe avança jusqu'à l'armoire dont il ouvrit les portes imposantes. Baker s'assit sur un vieux fauteuil à bascule dans un coin. À nouveau, il installa sa guitare sur ses genoux et se mit à en gratter doucement les cordes.

En examinant les vêtements d'occasion suspendus – essentiellement des jeans, des vestes et des tee-shirts – Joe se souvint d'une question qui n'avait cessé de le hanter depuis qu'il s'était réveillé couché dans le champ d'orge. À présent, elle lui revint tout à fait naturellement. Aussi facilement que l'eau émanait d'un robinet.

— Je suis mort, c'est ça ? J'ai dû mourir. C'est pour ça que je ne me rappelle de rien. C'est pour ça que tout est ici tellement… Parfait. Neuf. Comme les mots qui ne sont pas utilisés résonnent lorsqu'on les prononce pour la première fois.

— Mort ?

Baker fit rouler la question sur sa langue tout en glissant un doigt le long d'une corde de sa guitare. Il enchaîna :

— La mort est un étrange concept, Joe. Pour te dire la vérité, ce n'est qu'un cliché. Nous ne mourrons jamais. Nous existons juste de façon différente, voilà tout. Mais nous sommes toujours là. Nous avons vécu notre dernier moment avant d'évoluer vers un autre stade. Celui qui s'appelle l'Éternité Seconde.

Joe choisit un jean baggy. Avec ses trous aux genoux et aux cuisses, il ressemblait beaucoup à celui que Baker portait. Il l'enfila sur ses cuisses nues. Il essayait de comprendre ce qu'il venait d'entendre. Il repoussa les cheveux de ses yeux.

— Alors, je suis au ciel ? J'ai été admis au paradis ?

Baker se mit à rire.

— Le paradis, voilà un autre concept intéressant.

Il regarda le visage suppliant de Joe avec attention, puis il secoua la tête.

— D'accord, reprit-il, s'il y avait un paradis, tu y serais. Tu as été admis, gamin. Mais il n'y a pas de portes d'or ni de barrière d'aucune sorte. Tout le monde peut entrer, Joe, quelles que soient tes croyances et malgré tout ce qu'on t'a dit auparavant. Il n'y a pas d'anges ici. C'est pourquoi, au début, tu as besoin d'un guide. Parce que c'est sacrément grand. C'est l'endroit le plus immense où tu aies jamais mis le pied. En fait, cet endroit n'a pas d'autres limitations que celles que tu veux bien lui accorder.

— C'est le paradis, chuchota Joe pour lui-même.

Il referma les portes de l'armoire, perdu dans ses pensées, entre incrédulité et excitation.

Baker se remit debout avec un sourire.

— Ouaip. Voilà ton paradis, mon ami. Tout ce que tu veux se trouve ici.

Du doigt, il désigna le jean et s'enquit :

— C'est tout ce que tu comptes mettre ? Juste un jean ?

Joe hocha la tête.

— Oui, je pense que ça ira.

Baker remit la guitare sur son épaule et adressa à Joe un signe, lui indiquant de le suivre vers les escaliers circulaires pour redescendre en bas de l'arbre.

— Baker, pourquoi est-ce que je ne peux rien me rappeler d'avant ? Tout ce qui s'est passé dans ma vie ? Bien sûr, certaines choses me paraissent familières, mais à ce qu'il me semble, je devrais apprendre de mes erreurs... Tu ne crois pas ?

— C'est bien pour ça que je suis ton guide, répondit Baker. C'est pour ça que je suis là. Pour t'aider à te rappeler ton passé, pour que tu le revendiques. Je resterai jusqu'au moment où tu n'auras plus besoin de moi, jusqu'au moment où tu pourras te débrouiller tout seul. Il faudra que tu saches tout ça avant de pouvoir avancer. Il faudra que tu te reconnaisses et que tu apprennes à tirer des leçons. Si tu n'es pas capable de trouver un sens à ce que tu as vécu, à quoi ça sert ?

— Alors, tout me reviendra dans quelque temps ?

Baker ricana.

— Quelque temps ? Oui, ça te reviendra… si tu y tiens vraiment.

— Pourquoi est-ce que je n'y tiendrais pas ? s'étonna Joe tandis que les deux hommes contournaient le tronc.

— Eh bien, gamin, c'est la vie. Il y a parfois de mauvaises surprises. Certains souvenirs sont aussi douloureux ici qu'ils l'étaient autrefois, là d'où tu viens.

Il se retourna sur les marches et fit face à Joe pour dire :

— Prépare-toi, mon garçon. Parce que tu vas voir certaines choses qui… Eh bien, qui te feront de la peine. Qui te feront même sacrément souffrir.

À LA base de l'arbre, les feuilles pendaient bas, alourdies par leur production. Comme pour jouer, elles caressaient le sol quand le vent léger les agitait. Baker récupéra une pomme parfaite d'une branche forte et parfaite. Joe fit la même chose. Pour lui, la première bouchée de cette pomme fut une expérience nouvelle et excitante, parce qu'il n'avait jamais savouré de goût aussi sucré et délicieux. C'était bien meilleur qu'un bonbon ou une glace à l'italienne aux parfums vanille et chocolat.

Les deux hommes avancèrent parmi les lourdes branches de l'arbre jusqu'au moment où ils les dépassèrent et se retrouvèrent sur un terrain pentu. Les racines émergeaient de la terre herbeuse comme des tentacules, comme si l'arbre était capable d'avancer. Comme s'il ne faisait que se reposer un moment avant de bientôt se remettre en marche pour traverser le territoire à larges enjambées de géant.

Les champs d'orge se trouvaient à présent derrière Joe et son guide. Au sommet de la colline, les deux hommes faisaient face à une large étendue d'herbe rase qui menait à un petit ruisseau. Il paraissait se perdre jusqu'à l'infini. Non loin, il y avait une forêt dense d'arbres plus petits dans laquelle le ruisseau creusait sa tranchée, comme pour acquérir profondeur et largeur. Et pourtant, ce n'était que les plus simples caractéristiques du voyage qu'ils s'apprêtaient à faire, de la carte qu'ils devaient dessiner. En apercevant le territoire au-delà de la plaine et du ruisseau, Joe ne put retenir un halètement de surprise et ses yeux s'écarquillèrent. Il n'arrivait pas à accepter ces extravagances impossibles, ridicules.

Très haut au-dessus de lui, suspendues dans le ciel comme les décorations d'un gigantesque festival, se trouvaient les planètes. Leurs sphères étaient si près du sol qu'on avait presque l'impression de pouvoir, en levant la main, toucher leurs formes arrondies au-delà des champs sauvages. Le plus grand de ces satellites célestes était un énorme globe orange encerclé de trois anneaux. On voyait les silhouettes de sauvages bêtes ailées sur la surface de ces mondes merveilleux.

Et même ici, sur terre, à l'opposé du ruisseau, dix énormes animaux déambulaient. Des dinosaures géants qui avançaient calmement, sans paraître inquiets, et suivaient une forme incroyablement petite, sans doute un enfant, en troupeau apprivoisé.

Sur l'autre berge du ruisseau, c'est-à-dire sur celle où l'arbre de Baker ne se trouvait pas, il y avait un petit campement familial, aux tentes rondes et solides. Joe ne percevait que des cris de joie en émaner. Les résidents portaient des vêtements simples et accomplissaient des tâches routinières. Ils semblaient ne pas désirer davantage que ce qu'ils possédaient. Ils étaient satisfaits.

Au-delà de ces gens, au-delà des plaines, il y avait des collines et des montagnes peuplées de merveilles que Joe avait du mal à imaginer. C'était un monde de sérénité et de découverte. Qui savait ce qu'il trouverait d'autre caché derrière les rochers de ces territoires inconnus ?

— Nous allons suivre le cours de l'eau, déclara Baker.

Il mordit dans sa pomme en se souvenant d'abord d'ôter la cigarette qu'il avait toujours dans la bouche. Il la plaça derrière son oreille. La bouche pleine, il demanda à son jeune compagnon :

— Alors, chef, tu te sens prêt ?

Il y avait un éclat d'excitation dans ses yeux autrement apathiques.

— Ouais.

Joe poussa un long soupir anxieux. Prêt à quoi ? Il n'en était pas trop sûr. Jusque-là, le dénommé Baker ne lui avait guère fourni de détails. Joe ne se sentait pas du tout préparé à rencontrer des dinosaures et des planètes.

Les deux hommes descendirent la pente jusqu'à la plaine, traversant l'herbe où se cachait parfois un papillon aux larges ailes ou l'ombre d'un aigle majestueux qui passait dans le ciel. Très vite, ils atteignirent la berge du ruisseau et se mirent à la suivre. L'eau courante produisait un chant de clochettes en jaillissant sur de petits rochers au gré de ses méandres. Joe jeta un coup d'œil aux ondes où il vit des stries et des ondulations d'argent. L'eau était pure et saine. Elle étincelait au sens littéral tout en gazouillant. Il distingua aussi dans le courant des visages créés par la lumière et l'eau ; tous avaient la bouche ouverte en O pour chanter dans la chorale.

Mais Joe remarqua alors autre chose : lui. Il vit son reflet dans le ruisseau et se figea net, tétanisé. Il laissa tomber sur le sol son trognon de pomme et fit courir ses mains sur le corps qu'il distinguait dans l'eau, sa poitrine, son ventre.

— C'est *moi* ? chuchota-t-il, sidéré.

Ce n'était pas le corps qu'il s'attendait à voir, mais plutôt celui dont il avait toujours rêvé. À dire vrai, au même moment, le souvenir de son ancien corps lui revint brutalement, quelques bribes d'auto-reconnaissance paraissant permises. Il se souvint de n'avoir jamais été satisfait de son apparence. Il avait passé des heures à faire de l'exercice et des jours à jeûner sans obtenir de résultats. Avec une certaine hostilité, il se souvint de sa vaine poursuite du Physique Idéal. Mais ce corps-là était encore meilleur, bien plus adapté à celui dont il avait rêvé et cherché à obtenir avec tant d'acharnement. Joe portait son jean baggy bas sur ses hanches, exhibant ce physique aux muscles toniques, sculptés, sans être excessifs. Un V parfait se dessinait au niveau de ses hanches, pointant vers son bas-ventre. Ses abdominaux étaient visibles sous la peau, sa poitrine solide, ses épaules larges.

— C'est vraiment moi ? répéta-t-il plus fort.

L'eau du ruisseau lui renvoyait son image, aussi claire et nette qu'un miroir malgré les remous du courant. Joe repoussa de son front une mèche de ses cheveux bruns.

Baker apparut à ses côtés.

— Ouaip, c'est toi, chef. Manifestement, tu fais de la musculation, pas vrai ? Tu lèves des poids et tu évites de ne bouffer que des pizzas.

— Oui, c'est probable.

Toujours aussi sidéré, Joe sourit à son reflet.

— Est-ce que tu veux que je t'accorde un moment de solitude avec toi-même ? plaisanta Baker sans méchanceté. Allez, viens. Le ruisseau ne s'arrête pas là, tu pourras te regarder tout en marchant. De plus, tu empiètes sur le 'paradis', comme tu dis, de ce garçon là-bas.

D'un geste, Baker désignait sur l'autre berge un très beau jeune homme étendu près de l'eau et absorbé dans la contemplation de son image. Il était nu, avec de longs cheveux dorés qui bouclaient sur ses épaules pâles. Ses yeux éperdus d'admiration ne quittaient pas les ondes. Le jeune soupira, enivré de vanité et d'admiration. Il n'avait nullement conscience de la présence de Joe et de Baker. Il tentait parfois de toucher l'eau et son reflet, mais dès que ses doigts effleuraient les flots placides, il les retirait

18

d'un geste brusque, pour ne pas que son impulsion irréfléchie crée des remous gâchant la vue dans laquelle il se perdait.

— Qui est-ce ? demanda Joe, tout à fait charmé par ce jeune homme.

— Il y a une éternité qu'il est là, avant même mon arrivée. Ce gosse ne s'est jamais intéressé à sa quête, aussi son guide a fini par abandonner tout espoir le concernant. Et elle l'a quitté plutôt en colère, conclut Baker avec un petit rire.

Joe n'avait toujours pas compris qui était ce garçon. Baker insista :

— Cherche dans ta mémoire… ce qui concerne la mythologie. Tu as reçu une bonne éducation, non ? À ton avis, qui est-il ?

Pour la première fois depuis son arrivée, Joe ressentit les premiers effets du doute, et cela se vit dans le regard qu'il adressa à Baker. Un sourire sceptique lui monta au visage.

— Ce n'est pas possible, chuchota-t-il.

— Hé, les mythes eux-mêmes contiennent un fond de vérité. Regarde-moi ce coco-là, il peut dorénavant s'admirer aussi longtemps qu'il le désire sans avoir à s'inquiéter de mourir de faim. La pauvre Écho l'aura aimé en vain.

Joe sourit, sans cacher ses doutes, puis il jeta un rapide coup d'œil à son propre reflet afin de s'assurer qu'il n'avait pas disparu. Ou bien subitement changé. L'attrait de ces eaux tranquilles était une véritable addiction !

— Allez, viens, insista Baker. Ne vole pas la vedette à ce jeune fat.

Joe se redressa et se remit à avancer.

— Alors c'est vrai ? C'est véritablement *lui* ? demanda-t-il.

Baker se contenta d'un hochement de tête, tout en terminant sa pomme dont il jeta le trognon dans le ruisseau. Son geste provoqua des éclaboussures musicales, comme un carillon qu'on venait de heurter.

— J'imagine ta tête en voyant la Méduse, plaisanta-t-il.

Joe continua à admirer son image tout en marchant le long du ruisseau. Parfois, il s'arrêtait et s'attardait trop longtemps, perdu dans son admiration. Il prenait alors du retard sur Baker et sentait le poids de son regard sur lui : son guide qui l'attendait à quelques pas, sa cigarette à nouveau aux lèvres. Joe se mettait à courir pour le rattraper.

— Désolé, disait-il, avec un demi-sourire qui cachait son embarras.

Pourtant, tandis que la marche se poursuivait, Joe montra à respecter davantage la position de Baker, il fit de son mieux pour rester à ses côtés.

Le chant de l'eau devint plus bruyant alors que le ruisseau se faisait plus large, plus profond. Joe vit de petits poissons et des têtards nager parallèlement à lui et son guide. Il entendit plonger des crapauds dans les eaux. Il regarda, émerveillé, d'autres scènes inattendues : des singes suspendus dans les arbres ; deux amants qui pique-niquaient alors qu'eux-mêmes et tout ce qui les entourait étaient en suspension dans les airs ; une femme nue chevauchant une coquille marine géante sur les flots mousseux du ruisseau.

— *Quelle fichue paresseuse !* grommela Baker.

L'esprit utilisait la distance pour offrir au corps une pause, pour lui laisser le temps de respirer. Personne ne découvrait son but, sa destination, se dirigeant simplement dans la bonne direction. Pour atteindre la vérité, l'être tout entier devait s'accorder et s'entendre, et Joe se trouvait précisément dans ce cas. Bien que la forêt en face de lui paraisse accessible dans la journée, il ne réussirait pas à la rejoindre de sitôt. L'orée des bois semblait surveiller avec attention Joe et son guide qui marchaient vers elle, attendant que le nouveau venu soit prêt à tout ce qui l'attendait au-delà des arbres et qui réclamerait de lui le plus grand courage.

Très vite, les voyageurs réalisèrent qu'ils ne pourraient arriver dans la forêt avant la nuit. Il leur faudrait au moins une autre journée pour y parvenir. À peine cette conclusion les avait-elle frappés qu'ils tombèrent tout à coup sur un étrange trio qui semblait être de nobles et fringants chevaliers. Chacun d'eux, très détendu, était assis près de l'eau, sous une sorte d'arbres. Le plus âgé portait une longue moustache, blanche et épaisse. Les deux autres se ressemblaient comme des jumeaux, avec les mêmes cheveux noirs qui leur tombaient sur le visage. Ils se relevèrent dès que Joe et Baker approchèrent. Ils ne paraissaient pas gênés dans leurs mouvements par leur armure.

— Bonsoir, cria le plus âgé.

Il semblait très heureux d'avoir de la compagnie. Baker tourna légèrement la tête pour chuchoter par-dessus son épaule en direction de Joe :

— Si tu veux mon avis, nous avons trouvé l'endroit où passer la nuit.

Puis il s'adressa aux chevaliers :

— Comment allez-vous ? Je m'appelle Baker. Et voici Joe.

— C'est un plaisir de vous rencontrer. Je suis Roderick. Roderick des Hommes-Plaine.

Il s'exprimait avec un accent affecté, britannique et très accentué. Il s'inclina profondément, les jumeaux suivirent son exemple.

— Je crois n'avoir jamais entendu parler de vous, répondit Baker.

L'autre éclata de rire.

— Ça ne m'étonne pas. J'ai tout inventé. Non, je n'étais pas grand-chose dans ma vie antérieure, aussi j'ai décidé dans celle-ci d'être un aventurier. Et je viens juste de déterminer le nom que je vais porter. Ces deux-là sont mes fils.

— Oy ! crièrent à l'unisson les deux charmants jeunes gens.

— Ils se prénomment Basil et John. Ils viennent juste de terminer leur Quête et nous voilà désormais tous les trois pour un peu d'a-*ven*-ture. Nous avons eu de la chance de nous retrouver là en même temps, je vous assure. Pas vrai, les garçons ?

— Oy ! Oy !

— Ça me paraît tout à fait passionnant, les complimenta Baker de sa voix nonchalante.

— Et vous, messires, où vous rendez-vous ? Le coin n'est pas sans danger, indiqua John le chevalier.

Tout en parlant, il regardait Joe avec une moue pleine d'espièglerie. Baker jeta le bras sur les épaules de son jeune compagnon et déclara :

— C'est amusant que vous ayez évoqué une Quête, puisque c'est précisément ce que notre ami Joe, ici présent, s'apprête à entamer pour son propre compte.

— Ah ben ça alors ! s'exclama Roderick. C'est incroyable ! Venez, venez vous asseoir avec nous. Nous allons vous régaler de toutes nos mésaventures affrontées avec bravoure.

— Même si elles ne sont pas encore arrivées ? s'enquit Baker.

— Bien sûr, quelle importance ?

À grands gestes, Roderick insista pour que les nouveaux arrivants s'installent sur le sol au bord de l'eau. Puis il ajouta :

— Ça ne les rendra que meilleures, si vous voulez mon avis. Nous pourrons ainsi déterminer une épopée magnifique qui nous guidera dans les jours à venir. Nous laisserons seulement quelques énigmes, de-ci de-là. Rien ne vaut l'effet de surprise, vous savez.

— Voici, messire.

John le chevalier balaya la poussière et les débris à ses côtés pour que Joe puisse prendre place. Le jeune homme le remercia d'un sourire timide.

— Merci beaucoup.

— Vous êtes très beau, flirta le chevalier.

— Ah, intervint l'autre jumeau, voici que Sir John a trouvé le digne récipiendaire de son attention, celui pour lequel il luttera et vaincra.

21

— Je t'offrirai un royaume, déclara John le chevalier, qui regardait son compagnon de façon mélodramatique, droit dans les yeux.

Joe jeta un coup d'œil en direction de Baker et nota son grand sourire amusé. Le guide haussa les épaules.

— C'est *ta* version du paradis, se contenta-t-il de dire.

Joe cherchait un moyen d'échapper au regard de John.

— Comment t'es-tu trouvé embringué dans cette histoire ? Tu disais que vous veniez juste d'arriver.

— C'est le cas, c'est le cas, beugla John. Notre histoire n'a rien de bien remarquable. Nous étions de grands hommes, tu vois. De grands hommes nés dans une vie banale. C'est tout.

— Nous avons toujours su que nous étions promis à un grand destin, ajouta Basil. Aussi nous sommes ici pour l'accomplir. Peut-être l'emporterons-nous avec nous en repartant.

— Ils n'ont jamais eu la chance de réaliser leurs rêves dans leur vie précédente, expliqua Roderick pour défendre ses fils. Je pourrais vous en dire long sur leur passé, sur toutes les occasions que nous avons manquées, mais ce serait sans intérêt. Autant tirer les leçons de ses erreurs. Désormais, nous savons qu'il est essentiel d'en prendre le plus possible, de récupérer la moindre goutte d'eau de la rivière. Peu importe les moyens, seul le résultat compte.

— Et vous êtes tous les trois des Hommes-Plaine, déclara Joe avec un sourire.

— Oy ! clama le trio d'une seule voix.

Ainsi, tandis que le crépuscule envahissait le ciel, Roderick et les Hommes-Plaine narrèrent leurs aventures. Le trio avait combattu de façon terrible de monstrueux cygnes à sept têtes ; volé à la rescousse de ravissantes demoiselles et de beaux jeunes gens en les faisant évader de cavernes aux murs gluants appartenant à un immonde univers souterrain ; lutté pour échapper aux sortilèges de la grande sorcière Morgause. Tout était empli de vantardise, mais raconté avec tant de détails et d'exubérance que Joe et Baker trouvèrent l'histoire tout à fait réjouissante.

— Et tout ça, en un seul jour, expliqua Roderick.

Durant toute la narration, sous le clair de lune, John le chevalier ne détourna jamais son regard enamouré de John.

Les aventures avaient beau être aussi animées que tumultueuses – 'C'est alors qu'elle se jeta sur nous avec ses trois…' ; 'Non, il y en avait sept ! 'Tu as raison, c'est ce que je voulais dire ... avec *ses sept monstres de trolls ! '* – Joe se sentait de plus en plus ensommeillé. C'était étrange, en vérité, puisqu'il n'avait éprouvé aucun besoin de se reposer depuis son arrivée dans le champ d'orge. Il s'excusa néanmoins et s'étendit en boule sur le sol où jusqu'ici, il était assis.

— Mon amour, ne t'inquiète pas, déclara John le chevalier de sa voix la plus vaillante. Je monte la garde pour les serpents.

Il adressa à Joe un autre clin d'œil taquin.

Joe s'endormit alors. Et durant son sommeil, des souvenirs de son passé lui revinrent…

Il se vit enfant, prêt à faire dans le monde son premier pèlerinage sans la surveillance permanente de sa mère. À la fin d'un été brumeux et humide, il reviendrait chez lui, dans sa ville natale, dans sa contrée, il rentrerait à l'école : en maternelle. En attendant, il s'apprêtait à passer quelques semaines avec ses grands-parents. Ils possédaient une maison encombrée de choses qui ne servaient qu'à masquer leurs véritables besoins. Joe ne s'en souciait guère, mais il nota cependant que plus sa mère séjournait chez ses parents, plus elle s'affaiblissait et devenait peu sûre d'elle. Grand-mère, comme un vampire flétri, aspirait l'âme de Veronica. Parfois, grand-mère paraissait gentille, mais ça ne durait jamais. Elle se souvenait tout à coup ne pas être seule : faire preuve de bonté était une faiblesse, d'après elle.

Joe se trouvait au salon, avec grand-père, calme et introverti. C'était un homme qui parlait peu. Quand il s'y risquait, il n'employait que de courtes phrases soigneusement pensées. Toujours songeur et renfermé sur lui-même, il faisait semblant d'accepter tout ce que disait grand-mère, pour avoir la paix. Mais c'était en vain. Elle s'acharnait sur lui sans pitié. Pourtant, une fois ou deux, Joe avait vu sa grand-mère fixer le vieillard avec une sorte d'affection. S'il le lui avait fait remarquer, elle l'aurait probablement nié. De la même façon, grand-père adressait parfois à Joe un sourire, mais rien de plus n'existait entre eux. Il aurait été difficile de les considérer comme une vraie famille. Joe se contentait d'être assis là, à regarder des programmes télévisés pour enfants, tout en écoutant l'orage traverser la maison, de part en part.

Veronica fit irruption dans la pièce, les mains en l'air. On aurait cru qu'elle cherchait à écarter de sa tête une chauve-souris, un moucheron ou une mouche qui la dérangeait. Grand-mère était sur ses talons.

— Veronica, ce garçon a besoin d'être élevé et tu n'en es pas capable, hurla la vieille femme.

— Maman, je ne veux pas en parler. Pas maintenant.

— Laisse-la tranquille, intervint la voix calme de grand-père assis dans son fauteuil.

Grand-mère se tourna vers lui, le visage mauvais :

— Toi, ne t'en mêle pas ! jeta-t-elle.

Quand elle reporta son attention sur sa fille, Grand-père pointa la télécommande sur la télévision et appuya sur le bouton qui coupait le son.

— Viens, Joe, dit Veronica. Je pense qu'il est temps pour nous de partir.

Elle prit gentiment la main de son fils et tira dessus.

— Et mes jouets ? demanda Joe.

Il en avait apporté plusieurs de chez lui. Ils se trouvaient encore dans la chambre d'amis.

— Nous en achèterons d'autres, je te le promets.

— Ah, pour faire des promesses, tu es forte, dit grand-mère. Il faut que tu l'envoies à l'école militaire dès qu'il sera plus âgé. Il faut qu'il apprenne la discipline dans le genre d'endroit où l'on forme des hommes. Je n'arrête pas de penser à ce qui l'attend si...

— Maman, ça suffit ! coupa Veronica. C'est à moi de décider ce qu'il y a de mieux pour mon fils.

— Tu n'as aucune idée de ce qu'il lui faut. Je te signale que je l'ai déjà vu jouer avec des poupées.

Elle avait baissé la voix sur cette dernière phrase.

— C'est un enfant plein de sensibilité, c'est tout ce qui compte.

Veronica avança jusqu'à son père pour l'embrasser sur le front.

— Au revoir, papa, dit-elle avec amour.

— À bientôt, ma chérie, répondit-il, en serrant doucement ses doigts.

— Il devient une vraie femmelette ! cria grand-mère.

Joe vit l'expression du visage de sa mère. Il vit aussi la cruauté brutale avec laquelle grand-mère savait porter des coups et envenimer les blessures. Veronica avait les yeux pleins de larmes, aussi Joe décida de ne plus supporter les méchancetés de sa grand-mère, surtout pas quand celles-ci s'adressaient à sa mère.

— Garce ! hurla-t-il.

Il avait choisi un des nombreux gros mots qui lui tournaient dans la tête et il en prononça chaque lettre le plus fort possible, de la façon la mieux articulée qu'il put.

— Tu n'es qu'une sale garce immonde !

Tout se figea dans la pièce. Le monde entier arrêta de tourner. Il y avait dans les yeux de grand-mère un orage de fureur et de douleur. Et pourtant, Joe aurait pu jurer avoir entendu un ricanement émaner du fauteuil où grand-père se reposait. Avant que la situation n'empire, Veronica prit Joe sous le bras et s'enfuit avec lui, sans même dire au revoir, jusqu'à la voiture, garée devant la maison.

Le trajet retour se passa en silence. Veronica ne dit pas un mot. À l'occasion, elle adressait à Joe un sourire, pour le rassurer que tout allait bien, que grand-mère n'était pas aussi horrible que ça. Joe n'y croyait plus, il s'accrochait à la vérité nouvellement découverte. Il savait que, pour une raison qui lui échappait, grand-mère avait décidé de le haïr.

Pour s'occuper l'esprit, il regarda au-delà des vitres de la voiture : les enseignes des magasins qui défilaient ; les feux rouges ; une femme qui baissait les volets de son appartement. Des petits détails de la vie ordinaire qui paraissaient, de l'extérieur, sans intérêt. Le voyage était long, aussi de temps à autre, il somnola. Il rêva d'un monde fantastique qu'il adorait visiter dans son imagination, un monde peuplé de chevaliers et de dragons.

Juste avant d'arriver dans sa ville natale, Joe repéra un visage familier : un petit garçon aux cheveux noirs debout à l'angle d'un bâtiment, avec sa mère-sorcière. Les voitures s'arrêtaient au feu rouge, quelques rares piétons se dépêchaient de traverser la rue. Le petit garçon aussi avait repéré Joe. Il le regardait droit dans les yeux, à travers la vitre teintée.

— Viens, Louis, qu'est-ce que tu fais ? s'impatienta sa mère lorsqu'elle remarqua qu'il traînait en arrière pour fixer une des voitures.

L'enfant tira une fois de plus la langue, en guise de salut.

Et voilà un nouveau matin sur les immenses plaines. Que c'était agréable de se réveiller au son joyeux de la musique des eaux vives ! Joe inhala profondément l'odeur du monde qui l'entourait. Merveilleux, merveilleux, merveilleux. Il vit Baker non loin de là, debout sur la berge, avec les Hommes-Plaines. Il se releva afin de les rejoindre.

— Le voilà réveillé, déclara Baker.

John le chevalier s'inclina profondément.

— Ah, messire, j'espérais avoir l'occasion de te faire mes adieux. Ma famille et moi nous apprêtons à affronter notre destin. Qu'aimerais-tu que je te rapporte une fois notre quête accomplie ?

Il prit la main de Joe sans attendre que celui-ci la lui offre.

— Pardon ? s'étonna le jeune homme.

— C'est en ton honneur que je vais combattre, mon amour, expliqua John. Que veux-tu de moi ?

Joe n'avait aucune idée de la réponse appropriée. John le chevalier lui tenait tendrement la main avec des yeux pleins d'espoir.

Baker intervint avec nonchalance :

— Vous n'avez qu'à lui tuer un dragon. Je pense que ça devrait le faire.

— Qu'il en soit ainsi ! s'exclama John.

Il s'inclina une fois de plus. Roderick intervint :

— Mon cher ami, j'espère que vous aussi réussirez à vaincre vos dragons. Je vous souhaite bonne chance pour votre quête.

Basil, toujours gentilhomme, les salua également, puis il s'éloigna en direction des plaines en suivant son père.

— À la prochaine, dit John le chevalier.

Joe ressentit pour lui un élan d'affection qui le poussa à l'embrasser sur la joue, avant qu'il puisse se détourner. John en fut tout excité.

— C'est un grand honneur que tu m'as accordé. Je tuerai en ton nom tous les dragons du territoire.

Le visage illuminé de fierté, il se mit à courir pour rattraper son père et son frère et trébucha lorsqu'il se retourna pour agiter la main dans un dernier salut. Il hurla aussi un serment de dévotion éternelle.

— En avant, fils ! cria Roderick.

— Oy ! Oy !

Baker jeta à Joe un coup d'œil amusé, avant de se moquer de lui :

— Un allumeur. Tu n'es qu'un allumeur !

CE QUI SE CACHE SOUS LES FLOTS

— ALORS, POURQUOI un arbre ? demanda Joe.

Il brisait enfin le silence tombé depuis que les deux hommes avaient quitté Roderick et les Hommes-Plaines.

— Pardon ?

Baker marchait en avant, menant le train. Il ne se pressait pas, son pas restait languide, presque paresseux, comme si le guide n'avait aucun endroit particulier à atteindre et que le but poursuivi ne l'intéressait pas tant que ça.

— Pourquoi ton paradis est-il un arbre ? répéta Joe.

— J'aime les arbres, répondit Baker. Pourquoi *pas* un arbre ? Tu n'as pas aimé le mien ?

Joe s'empressa de le rassurer.

— Si, je l'ai aimé. Il est très joli. C'est même le plus bel arbre que j'aie jamais vu. Je me demandais simplement pourquoi, parmi toutes les possibilités accessibles, tu avais choisi un arbre. À mon avis, tu aurais aussi bien pu opter pour un palais si tu l'avais voulu.

— Un palais ? C'est d'un ennui mortel – si tu veux bien me pardonner cette expression. De plus, tu m'as regardé ? Tu trouves que j'ai le type à résider dans un palais ?

Par-dessus son épaule, il jeta à Joe un regard timide. Le jeune homme se mit à rire.

— Non, tu as raison. Mais quand même, pourquoi un arbre ?

— Eh bien, Joseph, je vais te dire un truc : un jour, j'ai bâti une maison dans un arbre. C'était il y a longtemps, quand...

Baker s'interrompit, puis il reprit :

— Ça m'a plu. C'était la plus belle jamais construite, si je m'en souviens bien. Je n'ai pas eu besoin d'une famille suisse pour réussir un chouette chalet. Il était parfait, du moins, à mon avis. J'aurais voulu ne jamais le quitter. J'ai pourtant dû le faire... c'est la vie, tu vois. Je n'ai pas eu l'opportunité de vraiment utiliser ma maison, pas comme je l'avais prévu.

Baker devint plus sombre, plus introspectif. Ce qui, pour lui, était une étrange attitude.

— J'avais même une terrasse, ajouta-t-il. Je pouvais y jouer de la guitare au soleil. Aussi, dès que je suis arrivé ici, j'ai reconstruit la même chose, en mieux. Ou plutôt, une maison m'attendait. Sans que j'aie eu à la bâtir.

— Pourquoi voulais-tu une maison dans un arbre quand tu étais vivant ? s'étonna Joe. Pourquoi ne pas jouer de la guitare sous un porche, confortablement assis ?

— Je n'ai jamais dit que cette maison était pour moi. Du moins, pas complètement. Je l'avais bâtie pour la partager un jour avec... quelqu'un.

Baker s'arrêta dans la forêt. Joe ignorait si son guide lui en voulait ou pas de ses questions, mais tout ce qui sortait de sa bouche paraissait un peu sec.

Le ruisseau s'était transformé, d'un ru discret à une rivière peu profonde qui sinuait langoureusement à travers les bois. Un petit bateau était attaché à un gros arbre, il paraissait à peine suffisant pour recevoir plus de deux personnes. Une voile rouge vif claquait dans le vent, avec marqué dessus '3P', d'une grosse écriture noire et maladroite, comme celle d'un jeune enfant incapable de suivre les lignes de son cahier d'exercices. Le canot ondulait au rythme des flots. Et l'eau chantait avec un joyeux entrain : 'et voilà !'

— Voici notre vaisseau, chef, déclara Baker.

Il approcha du petit bateau et se tint à la grosse corde liée à l'arbre pour sauter à bord avec souplesse, tandis que sa guitare tressautait dans son dos avec un léger 'boum'. Joe embarqua lui aussi, avec davantage de précautions. Il ressentait toujours un certain malaise dans cet endroit bizarre où il venait d'arriver.

Il n'y avait pas de siège dans le petit bateau, Jo et Baker devraient rester debout. Du moins, si Joe réussissait à garder son équilibre, ce qui n'était pas gagné.

Baker détacha la corde, ce qui libéra le bateau de l'arbre. Le courant les emporta instantanément.

Très excité, le guide se pencha pour regarder par-dessus bord. Il s'écria :

— Regarde un peu ! Nous avons une escorte. Je parie que tu n'as jamais vu des bêtes comme ça auparavant.

Joe se pencha prudemment vers l'eau, en faisant attention à ne pas basculer. Des éclats multicolores et rapides nageaient parallèlement à eux. Des poissons arc-en-ciel. Parfois, ils sautaient hors de l'eau, jaillissant des bouches ouvertes en O qui chantaient toujours. Les esprits de la rivière n'appréciaient pas, ils s'étouffaient en toussant. Joe ne retint pas son rire en voyant le sourire des petits poissons espiègles pendant qu'ils s'attardaient, un moment, en plein vol plané.

Il y avait de bien plus gros animaux : loutres, castors, tortues, et ornithorynques. Étaient-ils également là pour participer à la chorale ? Joe ne s'en serait pas étonné, après tout, la rivière chantait déjà. À un moment, un castor posa ses petites mains à l'arrière du bateau, comme pour les aider à aller plus vite, comme s'il utilisait ses nageoires pour pousser. Il resta en place un moment, avec ses petits yeux attentifs qui clignotaient, puis il se laissa glisser sous l'eau et rejoignit ses compagnons. Apparemment, Joe et Baker n'avaient qu'à suivre la direction indiquée. Des petits animaux en tout genre nageaient à leurs côtés, accompagnant leur navigation sur la rivière. Et la forêt devenait de plus en plus dense.

Quand le bateau passait devant eux, les arbres semblaient impatients. Ils faisaient craquer leurs branches avec des claquements secs, des grognements d'écorce ; leurs ramures s'étendaient et se tordaient. Mais ces arbres n'avaient rien de normal : eux aussi possédaient des visages. Des visages noueux à l'air grognon – bien sûr, c'était des visages de bois – qui fixaient le bateau sans cacher leur intérêt. Les yeux immenses, de grands trous vides, n'inspiraient aucune peur : seule la curiosité se lisait sur les faces plissées, dans les gémissements inquisiteurs.

Joe fut pris de court en réalisant cette audience rustique.

— Baker, regarde ! s'exclama-t-il dans un chuchotement sonore.

— Ouais, les arbres, répondit son guide, d'un ton blasé. C'est un drôle d'endroit à appeler 'paradis', pas vrai ? Et il ne s'agit pas d'effets spéciaux, nous ne sommes pas dans un film – chez Oz ou dans la Terre du milieu.

Il adressa à Joe un clin d'œil complice. Le jeune homme s'intéressa tout à coup à un rugissement dont il reconnut l'origine : une chute d'eau. Droit devant eux, il y avait une cataracte, une falaise. Les deux hommes étaient déjà bien enfoncés dans les bois, les arbres de plus en plus nombreux.

— J'imagine qu'il vaudrait mieux que nous nous arrêtions là, déclara Baker.

Le bateau, comme s'il obéissait à ses ordres, glissa jusqu'à la berge, échappant sans difficulté à la force du courant. La myriade des animaux aquatiques qui les avait accompagnés jusque-là disparut, dans un dernier chœur d'éclaboussures. Baker sauta hors du bateau, puis il se retourna pour aider Joe à débarquer.

— Ce sera notre premier arrêt, déclara-t-il.

Le rugissement de la chute dos étouffait tous les autres bruits de la forêt alentour.

— Une cataracte ? s'étonna Joe. C'est ça, notre premier arrêt ? Et pourquoi ?

Avant que Baker puisse répondre, au moment même où Joe enjambait le rebord du bateau pour rejoindre la berge, quelque chose heurta l'embarcation et la secoua de part en part avec force. Déséquilibré, Jo lâcha la main de Baker et bascula en arrière. Il sombra et l'eau froide et implacable se referma sur lui. Tandis qu'il coulait, il ouvrit les yeux et vit quelque chose émerger des profondeurs insondables, une forme souple et menaçante qui le dévisageait méchamment et voracement. Dans cette face étrangement transparente, Joe remarqua les yeux argentés d'un poisson qui tourbillonnaient dans une valse rapide et une bouche de serpent doré d'où émergeait une langue fourchue en trident. La créature paraissait liquide et couleur d'urine, jaune foncé, bien plus polluée que le reste de la rivière. Et toute son attention restait concentrée sur Joe, mets de choix destiné à être dévoré avec appétit. Tout à coup, la bête fonça droit sur le jeune homme.

Affolé, Joe jaillit des profondeurs avec un halètement bruyant. Il s'activa afin de rejoindre la terre ferme aussi vite que possible. Baker était à genoux, il tendait une branche d'arbre pour que Joe s'y s'accroche.

— Dépêche-toi ! cria-t-il pour se faire entendre au milieu des remous furieux.

Désireux d'échapper au monstre aquatique, Joe nageait et faisait de son mieux pour lutter contre le courant, mais en vain. Il était inexorablement emporté vers la cataracte. Il oublia sur le champ toutes ses idées préconçues : cet endroit n'avait rien d'un paradis.

Lorsqu'il fut heurté sous la ceinture, il se tétanisa, terrifié.

— Il m'a attrapé, Baker ! cria-t-il. Il y a un truc qui m'a attrapé.

— Continue à nager, Joe, répondit Baker à tue-tête. C'est le seul moyen.

Mais nager ne servait à rien. Des entrailles de la rivière, tout à coup, une silhouette émergea, tellement énorme que même les arbres en devinrent nains : un dragon. Une trombe démoniaque qui s'éleva de plus en plus haut dans les airs. La bête était constituée d'eau, elle faisait partie des flots, c'était comme si la totalité de la rivière formait son long corps reptilien. Joe vit plusieurs petits poissons et amphibiens qui nageaient alentour, le long des anneaux que la bête cyclonique agitait en se redressant. Il n'arrivait pas à bien discerner les traits liquides de sa gueule, les yeux d'argent, les lèvres reptiliennes, la langue de serpent, mais il remarqua le long museau d'où dégouttait l'eau de la rivière, des petits ruisselets et vaguelettes qui cascadaient sur sa masse et résonnaient comme des cornes de brume, des trilles et des sifflets. La bête n'avait ni bras ni jambes, elle n'en avait pas besoin, elle paraissait aussi féroce et dangereuse qu'un cobra létal. Son sifflement ressemblait à l'eau jaillissant de l'entrave d'un navire, mais en exponentielle.

Avec une terreur inégalée, Joe regarda la créature aquatique qui se dressait de toute sa taille, plus haute encore que la forêt, et le fixait d'un air victorieux. Depuis la rive, Baker criait toujours cherchant à détourner l'attention de la bête. Il jeta dans sa direction des morceaux de bois et de grosses pierres, qui ne firent que traverser la silhouette puante pour sombrer dans la rivière.

Sans avertissement, le monstre attaqua de toute sa hauteur, gueule en avant. Sa langue fourchue chercha à atteindre Joe, toute frémissante d'anticipation goulue. Le jeune homme poussa un hurlement d'horreur : il savait qu'il ne réussirait pas à échapper à cette chose, quelle qu'elle soit. La rivière le maintenait dans ses griffes. Il ferma les yeux pour ne pas voir le démon approcher et attendit que son destin se réalise.

Mais, bien entendu, son destin n'était pas encore scellé. Pas dans cette vie-là. L'histoire devait continuer.

Quelque part, derrière le monstre de la rivière, Joe entendit un hurlement de défi. À vrai dire, c'était davantage un couinement : une petite voix se moquait des actions épiques de la bête.

Joe ouvrit les yeux et vit que l'attention du démon s'était détournée de lui, attirée pour le moment par une petite silhouette debout sur un rocher, près de Baker. La bête parut étudier ses options, puis elle s'écarta de Joe pour se concentrer entièrement sur le nouveau venu. Comme précédemment, le monstre fonça vers le rocher, gueule en avant. L'eau tourbillonnait autour de son énorme poitrail convulsé de fureur. Mais ses intentions démoniaques furent rapidement contrecarrées. La bête n'était qu'à quelques centimètres du rocher lorsque la petite silhouette dressa le bras. Dissous en un million de gouttes d'eau, le lézard transparent disparut avec un hurlement furieux. Dans une pluie trépidante, les petits prisonniers liquides reprirent place dans le courant d'où ils étaient venus. La rivière se calma très vite, continuant à couler vers la chute comme si rien n'était arrivé. On aurait dit que le dragon n'était qu'un incident sans importance, une routine quotidienne que personne ne remarquait plus.

Joe, toujours terrorisé et tremblant, nagea jusqu'à la berge. Désormais, ça lui était bien plus facile parce que l'eau s'avérait plus calme. Même le courant paraissait l'aider, créant devant lui un chenal large et facile d'accès. Baker lui tendit la main et l'aida à retrouver la sécurité de la terre ferme.

— Qu'est-ce que c'était ? s'enquit Joe d'une voix tremblante.

— Chef, je n'en sais rien.

Baker avait retrouvé son attitude calme et nonchalante. Il reprit :

— Je ne suis jamais encore venu dans cette partie de la forêt. Mais tout va bien, maintenant.

Il aida Joe à se sécher et à essorer ses vêtements. Puis il plaisanta :

— On n'a jamais d'éponge sous la main quand on en a besoin, pas vrai ?

— À qui appartiennent ces bois ? demanda Joe.

Au même moment, il entendit parler, derrière lui, sur le rocher. Une toute petite voix. À la fois aiguë et familière. Pourtant, Joe n'arrivait pas à se souvenir d'où il la connaissait.

— Coucou ! dit la voix dans un cri sonore.

Maintenant, Joe distinguait mieux. La silhouette était un petit garçon avec des cheveux blonds et emmêlés, qui arborait un grand sourire auquel il manquait deux dents. L'enfant se tenait fièrement sur son rocher, pieds nus. Il portait un maillot de bain trempé et ses deux bras maigrelets reposaient sur ses hanches.

— Comment va ? hurla-t-il alors qu'il était juste à côté des deux hommes. Décholé pour le monchtre. J'échaie de les contrôler, mais je n'y arrive pas toujours.

Il avait un zozotement adorable et immanquable. Et ça lui allait bien.

— Je m'appelle Peter. Peter Patrick Pithburgh. Mais tout le monde m'appelle 3P.

Les mots jaillissaient de sa bouche comme des balles d'un canon, mêlant postillons et détermination.

Quant à Joe, encore secoué par sa récente épreuve, il paraissait avoir pris racine dans le sol.

— Tu réussis à contrôler ce machin-là ? demanda-t-il. Qu'est-ce que c'était ?

— Rien qu'un cherpent d'eau. Il n'y a rien à l'intérieur. Il chuffit de leur montrer qui est le patron. Ils ne peuvent rien te faire chi tu ne les laiches pas. Et chelui-là, je me bats contre lui depuis le jour de mon arrivée ichi.

Joe se tourna vers Baker, l'œil interrogateur.

— Gamin, je n'en sais rien, répondit le guide à sa question muette.

— Il vous en a fallu du temps pour arriver, pas vrai ? hurla 3P.

— Tu nous attendais ? s'étonna Joe, qui repoussa de son front ses cheveux mouillés.

— Ouais, bien chûr, je chavais bien que vous pointeriez tôt ou tard, brailla 3P.

Baker ne put cacher son sourire plein d'affection.

— C'est un cas, non ? dit-il à Joe.

3P sauta de son rocher puis approcha de Joe par petits bonds.

— Tu viens nager ? demanda-t-il. Cha va te calmer. Maintenant, le cherpent est allé che coucher. Il nous embêtera plus.

Éberlué, Joe se retourna pour étudier les eaux furieuses qui plongeaient dans la cascade, par-dessus la falaise.

— Nager ? Je ne crois pas…

— Ouaip. Rien ne vaut un petit plongeon.

3P s'empara de la main de Joe, qu'il serra dans sa petite paume pour l'entraîner vers la rivière.

— Attends ! protesta le jeune homme. Nous allons être emportés dans la cataracte.

À l'heure actuelle, ce qui l'inquiétait le plus, c'étaient les habitudes de sommeil du monstre de la rivière.

3P hocha la tête avec enthousiasme.

— Bien chûr, c'est cha qui est marrant. Viens.

— Quoi ? cria Joe.

Il vit 3P le lâcher puis courir vers la rivière. Il se mit à hurler :

— Arrête ! Baker, fais quelque chose. Arrête-le.

— Je ne peux rien faire, Joe. C'est son monde à lui. C'est lui qui en crée les règles. Ne t'inquiète pas, tout ira très bien.

Le guide s'appuya sur le tronc d'un arbre de taille disproportionnée. Il paraissait ne se faire aucun souci concernant les projets dangereux du petit garçon.

En réalisant que Baker n'interviendrait pas, Joe se mit à courir derrière 3P, mais il arriva trop tard. Avec une clameur héroïque, l'enfant plongea dans les eaux bouillonnantes. En écho, un hurlement jaillit au bas de la cataracte, mais il n'exprimait aucune terreur, au contraire, c'était un cri de pure joie. *Et ça, franchement, c'était bizarre.*

Joe tenta de se pencher pour voir ce qui se passait en bas, mais il ne le put. L'enfant devait être déjà noyé sous les eaux impitoyables de la chute. Joe en eut le cœur brisé. À sa grande surprise, il vit la rivière s'ouvrir comme une fleur au soleil : de ses pétales d'écume, émergea un 3P tout aussi frétillant qu'une truite ou un saumon. L'enfant voltigea dans les airs, véritable marionnette animée par des fils invisibles, et atterrit sain et sauf, presque au ralenti, sur un autre rocher qui, comme par hasard, se trouvait près de la rive. De là, 3P attendit, assis sur la pierre, les yeux levés sur Joe, avec son sourire de travers, ses yeux brillants, ses deux bras serrés sur ses genoux. Il était calme et détendu, même pas essoufflé. Quant à Joe, encore sous le choc, il n'en croyait pas ses yeux. Ce sentiment d'incrédulité lui devenait de plus en plus habituel dans ce monde étrange.

— Allez, on chaute ? hurla 3P.

Sa voix, plus forte que la cascade bouillonnante, vibrait d'une intensité impatiente. Joe répondit sur le même ton :

— Pas question !

Il n'avait toujours pas compris comment 3P avait échappé au courant sans dommage.

Baker intervint sans bouger de son arbre :

— Mais si, vas-y. Amuse-toi. De quoi as-tu peur ?

Il gardait la même position détendue, sans même se donner la peine de quitter sa guitare des yeux.

— De mourir ? dit-il encore.

Joe aurait pu jurer entendre un sourire dans le dernier mot. Une petite pique moqueuse.

Pourtant, Baker avait raison. Si Joe était dans l'Au-delà, l'Après-vie, un monde où les corps n'existaient plus, si tout ce qu'il voyait n'était qu'illusion et provenait de son imaginaire, dans ce cas sauter au bas d'une falaise n'était pas plus dangereux que se promener dans un champ de pâquerettes. Malgré ça, la cascade lui paraissait féroce, comme si elle défiait le nerveux néophyte de tenter son premier plongeon. Le courant avait cessé de chanter depuis pas mal de temps, mais tout à coup, Joe pensa entendre émerger des flots une incantation lente et scandée : *saute ! Saute ! Saute !*

— Allez quoi ! répéta 3P tout aussi fort.

Il était dorénavant debout sur son rocher, les bras ballants sur le côté, pour accentuer la force vocale de ses encouragements.

Une autre voix intervint quelque part, non loin de Joe.

— Un grand courage.

— Un grand courage, insista Baker.

Toujours prêt à mettre son grain de sel, celui-là, pensa Joe.

Il prit pourtant ces mots à cœur. Il inspira profondément, cherchant un élan d'audace dans l'air ambiant, puis il ferma les yeux et sauta dans la rivière en hurlant d'une voix très aiguë. Une fois de plus, l'eau se referma sur lui et l'emporta comme un vainqueur sa coupe – ou un prédateur sa proie. La rivière manifestait bruyamment son approbation. La tête émergeant des flots, Joe ouvrit les yeux et vit devant lui la cascade approcher, il sentit instantanément sa bravoure se dissiper.

Une erreur ! Une erreur !

Une longue branche se penchait vers l'eau. Joe s'y accrocha, mais il ne put maintenir sa prise. Ses doigts glissèrent, le courant y veilla.

— Un grand courage, répéta la même voix.

Joe l'entendit. Ce ne pouvait être celle de Baker, elle était bien trop proche. On aurait dit qu'elle provenait d'une personne se tenant juste à ses côtés.

Avant qu'il puisse envisager un autre moyen d'évasion, le courant le propulsa dans la chute. Un état d'apesanteur mêlée à un bruit rugissant, assourdissant, effrayant. Joe ressentit surtout un enthousiasme sublime qui l'emporta. L'esprit surexcité, il n'entendait plus que des chuchotements intimes. Ces murmures étouffés lui vrillaient le cerveau comme des insectes fantômes, ils en firent émerger une nouvelle sensation : un éveil, l'émergence de ses souvenirs. Durant ces quelques secondes intemporelles, hors des lois habituelles de la physique, il revit des visages sur lesquels il fut capable de mettre des noms. Soudain, il se souvint des anecdotes de son enfance, des endroits qu'il avait connus, de celui qu'il avait été autrefois… C'était comme retrouver la réalité du monde après une nuit de sommeil paisible. C'était comme l'autre nuit, dans le champ d'orge, mais bien plus prononcé et important.

Ces souvenirs étaient des échos sous forme visuelle.

Le doux visage de sa mère penché sur lui, avec un sourire, des chocs de rappel acérés ; des amis d'autrefois qui lui criaient de derrière la moustiquaire de leur porte d'entrée, de les rejoindre pour jouer ; quelques incidents très embarrassants datant de ses années scolaires qui le firent grimacer ; et le cuir brûlant d'un siège de voiture qui collait à ses jambes nues durant les trajets d'été chez sa grand-mère. Il revivait tous ces événements. Il revoyait tous ses cadeaux de Noël, toutes les célébrations de ses anniversaires, toutes ses bêtises d'enfant. C'était bien plus que de simples photos, ou même qu'un film. Tout lui semblait nouveau, et pourtant, tout était déjà terminé.

Et tout à coup, tout s'arrêta. Du moins, Joe se concentra sur un souvenir très précis...

UN PETIT garçon blond avec quelques dents qui manquaient dans un short déchiré et froissé. Joe s'en souvenait très bien. Ça alors, c'était le même garçon ! 3P ! Il s'appelait Peter. Peter Patrick Pittsburgh. Pour son malheur – ou du moins pour le malheur de ceux qui l'écoutaient, – il zozotait quand il parlait. Joe et Peter étaient les meilleurs amis du monde. Ils avaient passé l'essentiel de leur vie ensemble. C'est-à-dire huit, presque neuf ans. Ils étaient tours à tour capitaines, chevaliers, astronautes et cowboys. Ils étaient Huck Finn et Tom Sawyer. Chaque jour, ils choisissaient une nouvelle personnalité de héros. Pour sauver le monde du désastre.

Joe se revit enfant, avec ses cheveux blond sable, à regarder l'eau profonde d'un ruisseau tandis que 3P faisait le clown en se débattant dans le courant : il prétendait être Aquaman.- 3P adorait l'eau. Il adorait tous les jeux d'eau. Il adorait nager, se faire tirer dans l'eau au bout d'une corde, sauter et faire des bombes ou simplement flotter en faisant la planche comme un poisson mort. Il aimait tout. Si Joe appréciait de jouer dans les lacs et les cours d'eau, comme tout jeune garçon, Peter considérait l'eau comme son élément naturel, son second foyer. Il s'y sentait chez lui et maîtrisait tout. Il n'avait jamais envie de se sécher pour rentrer chez lui à la nuit tombée. D'ailleurs, Joe n'allait pas souvent chez 3P. Tout ce qu'il savait, c'est qu'il sentait la colère émaner de ce foyer-là. Une fois pourtant, alors que Peter se trouvait devant chez lui, sur le seuil, une ombre avait semblé le menacer, comme pour l'avertir de ne pas s'aventurer avec lui. Oui, il y avait des secrets enfouis derrière les murs de brique.

Joe et 3P s'étaient accrochés à leur amitié comme à une bouée de sauvetage en pleine tempête. Tous les deux subissaient les moqueries des autres enfants, si rarement indulgents devant une vulnérabilité. Pour 3P, c'était dû à son défaut de langue, pour Joe, à sa gentillesse extrême. Sur les aires de jeux, les deux amis se voyaient attribuer des quolibets dont leurs tourmenteurs ne mesuraient pas la portée, mais qu'ils devinaient sarcastiques pour les avoir entendus dans la bouche de leurs aînés. Même le frère et la sœur de 3P se désintéressaient totalement de lui en public : ils prétendaient que leur cadet avait été adopté, le bébé de pauvres Roumains que la famille avait recueilli par pitié. L'existence des deux enfants aurait été bien solitaire si 3P n'avait pas eu Joe pour rire avec lui, si Joe n'avait pu s'appuyer sur la bravoure de 3P.

Ensemble, ils enduraient à longueur de journée grimaces, moqueries, et méchancetés, tout comme les bousculades dans les couloirs ou les ricanements dans les aires de jeux. Ils transformaient leurs tourmenteurs en monstres, en écureuils géants qu'ils pouvaient renvoyer dans les ténèbres du monde souterrain. Ce qui leur permettait de détruire et de vaincre toutes les mesquineries.

Derrière la maison de 3P coulait en large ruisseau. Tous les après-midis, 3P et Joe allaient y jouer seuls, pour affronter des monstres qu'ils surnommaient 'Faggo-le-putois', 'Harry-l'Affreux' ou 'Tillie-Trois-Têtes'. C'était une tâche difficile et ingrate de sauver le monde tous les jours, mais jamais les deux garçons ne baissaient les bras, s'attaquant avec vaillance à chaque nouveau défi. Durant l'hiver, ils exploraient avec grand plaisir la couche de glace recouvrant le ruisseau, inconscients du danger, seulement préoccupés de leurs nobles tâches du jour. Après tout, ils étaient des garçons. Et les garçons, surtout quand ils sont jeunes, se croient immortels, aussi intouchables que tous les héros des légendes connues ou inventées. Ni le froid ni la glace ne pouvaient leur causer du tort. Aussi, ils glissaient sauvagement sur le ruisseau gelé dans leurs vieilles baskets – des chaussures avec de meilleures semelles n'auraient fait que bloquer leurs dérapages. Rien n'était meilleur que ces après-midis-là. Rien n'était plus beau que ce qu'ils possédaient : le rire, la joie, et plaisir pur et innocent d'un jeune compagnon du même âge.

Mais un jour arriva, inévitablement, où la tragédie mit à bas un héros. Une fissure, une déchirure, un craquement tonitruant firent leur intrusion. Les deux garçons étaient Arthur et Lancelot lorsque, de façon inattendue, la glace bougea puis céda sous leurs pieds. Une trahison qu'ils n'arrivaient pas à comprendre. 3P fut englouti avant que Joe n'ait le temps de le rattraper. Il ne poussa pas un seul cri. En vérité, il n'émit aucun son. Il n'y avait sur son visage que l'incompréhension : il venait de réaliser qu'il était mortel.

Il était perdu... Il était perdu.

Les eaux glacées de la rivière le gardèrent dans une digestion lente et horrible. La dernière chose que Joe aperçut, ce fut ses petits doigts raidis. La glace était bien trop dangereuse pour qu'il puisse tenter de sauver son *ami. Elle cédait déjà tout autour de lui. Il recula prestement et resta figé à regarder l'endroit où 3P lui était apparu pour la dernière fois, debout et hilare. Tout autour du ruisseau, le paysage hivernal gardait un silence funèbre, comme en prière pour cette jeune âme. Les arbres qui entouraient la glace, statues immobiles et couvertes de neige, représentaient les saints portant le deuil.*

Joe demeura sur la glace, dans une agonie insoutenable, la main tendue vers la bouche qui béait grande ouverte au centre des eaux solidifiées. Il se mit à pleurer avant de s'endormir. À son réveil, il était dans une chambre d'hôpital, sa mère à son chevet.

La pièce était un gouffre silencieux où suintait la terrible nouvelle, indiquant qu'aucun n'espoir n'était plus permis. Dans le lit d'à côté se trouvait un jeune garçon que Joe avait croisé plusieurs fois dans sa vie. Il s'appelait Louis. Joe pensait avoir déjà entendu ce nom. Mais Louis dormait, le crâne enveloppé de pansements.

Un médecin s'adressait à la mère, une femme au visage mauvais.

— Tout ira bien, assura le praticien. Ce n'est qu'une chute, une simple chute.

Veronica, en réalisant que son fils venait de reprendre conscience, le serra dans ses bras.

— Tu vas devoir être fort, mon petit héros, chuchota-t-elle, le visage crispé d'inquiétude.

La mère de Louis, l'air toujours aussi dur, tourna vers eux un visage impatienté.

— Tu vas devoir être courageux, plus courageux que tu ne l'as jamais été, insista Veronica. En seras-tu capable ?

Joe ne comprenait pas trop ce qu'elle voulait dire, mais il hocha la tête. Il reçut la nouvelle comme un seau d'eau glacé jeté en plein visage.

3P était mort.

JOE ATTERRIT dans l'eau à une vitesse incroyable, il sentit la pression liquide se refermer tout autour de lui et entendit sa chanson cristalline lui vriller les oreilles. Il fut englouti par le courant, très profond, et pourtant, il n'en éprouva ni douleur ni malaise. Il garda les yeux fermés, il se sentit nettoyé, purifié. Le souvenir lui tenait chaud au cœur. Lorsque Joe refit surface, il retrouva ce nouveau monde étrange. Il ignorait si c'était des larmes ou des gouttes d'eau qui coulaient de son menton et tombaient dans les éclaboussures autour de lui. Il ne savait qu'une chose : il venait d'être libéré. Une porte s'était ouverte en lui, prête à accepter les images de son passé. De sa vie précédente.

Lorsqu'il leva les yeux pour estimer la falaise dont il venait de sauter, il vit là-haut 3P qui le fixait. Joe eut un sourire de pure joie et se mit à rire, tout en nageant sur le dos en direction de la rive. 3P riait aussi aux éclats. Dès que Joe s'écarta, le jeune garçon fit une bombe, les deux bras noués sur ses genoux maigrelets ; il atterrit au bas de la cataracte et les eaux se refermèrent sur lui avec tendresse.

Joe avait à nouveau huit ans. Il replongea, lui aussi, dans la rivière. Les deux amis se mirent à jouer et jouer encore, pour tenter de rattraper le temps qui leur avait été volé à cause d'un accident. Ils luttèrent l'un contre l'autre, se montèrent sur le dos. Ils firent toutes les pitreries puériles possibles jusqu'au moment où le ciel changea de couleur, où les larges planètes qui les surplombaient commencèrent à se mouvoir. À nouveau, Joe et 3P étaient capitaines et héros. Arthur et Lancelot s'étaient retrouvés.

Baker finit par descendre les rejoindre, de son pas languide et nonchalant. Il trouva un arbre sous lequel il s'installa afin de surveiller les ébats ayant lieu dans le ruisseau. Il gratta sa guitare et joua pour eux jusqu'à la nuit une mélodie douce et entraînante.

Quand les garçons en eurent assez et qu'ils furent enfin prêts à se sécher, un solide radeau constitué de rondins apparut auprès d'eux. Ils y grimpèrent et glissèrent jusqu'à la rive. Baker se leva pour embarquer à son tour. Tous les trois, heureux et satisfaits, s'étendirent sur le dos pour admirer les étoiles qui clignotaient dans le ciel violet. Le radeau flottait paisiblement au gré du courant, à travers les arbres qui se penchaient avec curiosité pour les regarder passer.

Joe évoquait sa nouvelle conception de cet endroit, son récent état d'esprit. Il pensait également aux souvenirs qu'il venait de récupérer. Sa mère, si gentille, et son enfance. Avec ses joies et ses tragédies. Il ressentait très fort la nostalgie du bon vieux temps à jamais disparu. Le ciel nocturne l'enveloppait comme un cocon mélancolique et chaleureux.

Il tourna la tête pour regarder, par-dessus la poitrine de Baker, la rive qui défilait tandis que le radeau avançait. Les lucioles scintillaient, les criquets stridulaient, les oiseaux nocturnes chantaient dans la forêt. Et dans la pénombre de ce crépuscule tranquille, Joe fut quasiment certain de repérer la haute silhouette d'un homme aux larges épaules, et son odeur de givre.

'*Un grand courage*,' entendit-il. '*Un grand courage, mon amour.*'

LE BERCEMENT apaisant du radeau aida Joe à se réveiller en douceur. Le ciel était désormais tout bleu. Aucun doute, c'était un nouveau matin. Quelle merveille de se lever en même temps que le soleil ! Puis une anomalie le frappa : c'était étrange qu'il se soit endormi une fois encore. Était-ce ici aussi une obligation ? Le sommeil n'était-il pas seulement réservé aux mortels ?

Il garda les yeux fixés sur le ciel en marmonnant :

— Baker ? Si je suis mort, je ne devrais pas avoir besoin de dormir, tu ne crois pas ?

Baker était occupé à réparer une corde de sa guitare. Il avait les jambes croisées, dans une attitude tout à fait juvénile. Entre ses lèvres, il mâchonnait désormais une brindille qu'il avait arrachée au radeau. La cigarette avait disparu.

— Comment le saurais-je, Joe ? C'est ta quête. Ta création. Une existence possible parmi tant d'autres. C'est toi qui en crées les règles, il s'agit de ton monde.

Baker ne paraissait pas tellement intéressé. Toujours nonchalant, il se concentrait sur la corde mal réglée de l'instrument qu'il tenait dans son giron.

— Si tu penses avoir besoin de dormir, continua-t-il, alors, dors.

— Ainsi, chacun décide librement de ses journées ? Comme ça, sans contrainte ?

Baker releva enfin les yeux de sa tâche.

— Oui, mon ami, c'est ainsi. Et partout. Nous avons tous le contrôle de nos propres *destins*, si tu veux les appeler comme ça. Le problème, c'est que la plupart des gens ne le réalisent pas. Ils suivent les règles établies par d'autres. Ils préfèrent affronter l'existence – que certains appellent 'vie' – sans créativité.

— En clair, je n'ai pas besoin de dormir ? insista Joe.

— Tu n'as rien *besoin* de faire, sauf apprendre. Mais tu peux vouloir. Alors, si tu veux dormir, si c'est ton idée de passer un bon moment, ne te prive pas, fils. Ferme tes *jolies* mirettes et dodo.

Baker termina avec sa guitare, dont il gratta les cordes avec délicatesse, en guise de test. Un son mélancolique et glorieux émana du plus profond de l'instrument. Le guide afficha un grand sourire, les dents serrées sur son bâtonnet. Il adressa à Joe un clin d'œil plein de fierté.

— *Ça*, c'est de la musique, affirma-t-il.

Ils dérivaient toujours, dépassant les berges où se pressaient des arbres plus petits, des rochers et des gravillons, des buissons et diverses petites créatures animales. Tout à coup, Joe remarqua que 3P avait disparu. Il reconnut le désespoir qui lui tomba dessus. Il sursauta et regarda tout autour de lui, paniqué, cherchant à fouiller les eaux du ruisseau au cas où une petite main y serait immergée, emportée par un courant sans pitié.

— Du calme, Joseph, intervint Baker. Le petit avorton n'a pas voulu te réveiller. Il a dit qu'il te retrouverait plus tard.

Joe fut soulagé, mais aussi un peu en colère.

— Tu aurais dû me réveiller. Comment a-t-il pu s'en aller comme ça ? Qu'avait-il de si important à faire ?

— Des hippocampes, répondit Baker très calme, en le fixant droit dans les yeux.

— Pardon ?

— Des hippocampes, répéta le guide d'un ton plus lent. Des hippocampes gigantesques ! Apparemment, le petit n'en a jamais vu de pareils. Les petits, il connaissait, bien sûr, mais pas des aussi grands. Ils étaient absolument énormes, ils sont apparus juste devant nous, pour nager à nos côtés. L'un d'entre eux a proposé à 3P une petite balade sur son dos, alors il a accepté. Que veux-tu, ce n'est qu'un enfant ! Les hippocampes ont dit qu'ils allaient jusqu'à la mer. C'est une sacrée trotte, pas vrai ? Ça me paraît complètement aberrant, si tu veux mon avis.

— Mais 3P et moi n'avions pas terminé, il nous reste tant à faire ! Tant d'aventures, tant de mondes à sauver. Je ne comprends pas.

Joe devenait de plus en plus impatient devant l'attitude bien trop tranquille de Baker.

— Franchement, Joe, est-ce que *toi*, tu aurais refusé une occasion de monter sur un hippocampe géant ?

Baker le fixait d'un regard étréci et intense.

— Allez, insista-t-il. Sois honnête, mon ami.

Joe réfléchit. Il aurait voulu argumenter, mais il ne le put. À contrecœur, il se contenta de hausser les épaules pour marquer son acceptation. Il reprit sa position.

— Tu as raison, concéda-t-il. J'aurais aussi aimé rencontrer un hippocampe.

Ayant marmonné cet aveu, il leva les yeux vers le ciel. Baker eut un sourire et hocha la tête, plus pour marquer qu'il comprenait que pour approuver. Ensuite, il se mit à jouer de la guitare et le radeau continua sa course dans le courant, vers le soleil levant.

— Ici, Joe, les jours n'ont pas de fin. Tu reverras 3P, assura le guide sans cesser de jouer. C'est l'une des existences où tu peux en être certain.

Malgré les trilles de la guitare et les craquements des bois au-dessus de l'eau, Jo percevait des aboiements. Manifestement, il s'agissait d'un chien et il se rapprochait. Joe se redressa et regarda autour de lui jusqu'à ce qu'il aperçoive un golden retriever. C'était celui qu'il avait vu à son arrivée.

— Baker ! cria Joe tout excité.

Du doigt, il désigna l'animal qui courait sur la berge. Il suivait le radeau en aboyant, ce qui provoquait un joyeux tintamarre.

— À qui appartient ce chien, Baker ? demanda Joe. Je crois qu'il me suit. Je l'ai déjà vu quand je me trouvais dans le champ d'orge. Est-ce qu'il me connaît ?

Tout en parlant, Joe n'arrêtait pas de rire.

— Oui, répondit Baker. Il te connaît. Mais… *il ne devrait pas être déjà là.*

Il haussa le ton pour se faire entendre et s'adressa au chien :

— Ce n'est pas encore ton tour, trouble-fête. Maintenant, tu vas devoir attendre un bail. Andouille ! Tu retrouveras Joe bien assez tôt.

À ces mots, le chien cessa de courir. Il se figea, immobile, et continua à aboyer tandis que le radeau filait. L'animal agita la queue avec frénésie, puis il se redressa sur les pattes arrière et agita celles de devant, comme pour dire au revoir.

— Pourquoi as-tu fait ça Baker ? s'enquit Joe. Pourquoi ce chien ne pouvait-il rester avec nous ?

— Parce que ce n'était pas encore le bon moment. Tu verras.

Joe adressa au vieux chien fidèle des signes de la main jusqu'à ce que sa silhouette disparaisse à un méandre de la rivière, derrière les arbres et les collines. Il soupira, puis il reprit sa place. Il était trop nerveux et excité pour se contenter de rester sur le dos à se détendre. Il y avait tant de choses à découvrir ici. Tant qu'il avait envie de voir, *besoin* de voir. Il trouvait désormais pénible de devoir rester sur ce radeau. Il aurait préféré courir retrouver le chien, ou nager parmi les nénuphars de la rivière, ou encore chevaucher un hippocampe avec 3P. Il aurait voulu s'ébattre en hurlant parmi les arbres comme un sauvage ou un fou furieux.

Baker ricana, comme s'il sentait l'impatience de son protégé.

— Du calme, chef.

— Baker, je veux m'activer ! Pourquoi devons-nous flotter sur cette rivière sans rien faire ?

Sans répondre, Baker désigna du menton un nouveau méandre de la rive. Au début, Joe ne distingua que la verdure et de magnifiques plantes grimpantes. Il s'apprêtait à en faire la réflexion quand un rai de lumière provenant du ciel illumina de la chair nue. Joe suivit avec des yeux attentifs le rayon qui s'ouvrait, comme les pétales d'une fleur, pour révéler un jeune homme allongé et nu, se séchant à l'air libre après un bain matinal. Il avait les yeux clos, les boucles mouillées de ses cheveux repoussées en arrière. Des gouttes d'eau brillaient sur son jeune corps quasiment imberbe. C'était comme s'il venait d'apparaître de nulle part, né de la berge et de l'eau. Même la rivière chantait, pleine d'admiration devant une telle apparition.

En son for intérieur, Joe replaça cette image avant même qu'il ne puisse prononcer le mot 'qui'.

— Je m'en souviens, chuchota-t-il. Je me souviens de lui. Il s'appelait Chad.

Pendant que Joe parlait, le jeune étranger devint clairement visible, comme un souvenir sculpté dans l'air ambiant par les mots prononcés.

— Quand j'allais chez mes grands-parents, continuait Joe, Chad travaillait parfois dans leur ferme. Il était plus âgé, il avait terminé le lycée, il me semble. Je n'avais que douze ans, mais il a été mon premier amour.

Joe esquissa un sourire nostalgique et heureux.

Les fortes mains de Chad descendirent le long de son corps et frottèrent doucement, faisant pénétrer le soleil dans sa peau.

— Je me cachais derrière les buissons pour le regarder, continua Joe. J'étais juste là.

Du doigt, il désignait un point au hasard.

Chad continuait à se caresser. Il laissait le soleil et l'ombre jouer sur son corps. Il gémit lorsqu'il obtint une érection et son corps se cambra, secoué de plaisir. Jusqu'à ce jour, Joe n'avait jamais assisté à un tel acte de masturbation.

C'était très différent des souvenirs qu'il avait gardés. L'irréalité et la vérité se mélangèrent, pendant que le cerveau de Joe analysait ce qu'il voyait. Tout autour du lit de Chad, les fleurs reprirent vie et s'épanouirent, comme si elles aussi profitaient de son extase. Les pétunias s'enveloppèrent autour des jambes du jeune homme, remontèrent en direction de son pénis, prêtes à tendre leur corolle pour mieux boire. Les étamines passèrent en dessous, pénétrant en de plus sombres endroits. De petites lianes s'entourèrent sur ses mamelons, pour les tirer délicatement. Et là, exactement comme Joe s'en souvenait, Chad se mit à jouir, le corps secoué de spasmes frénétiques. Un jet vibrant se projeta dans les flots.

— J'ai fait pareil, admit Jo avec un sourire.

Il se souvenait de sa cachette, dans les buissons, et de l'humidité collante découverte ce jour-là.

Si Chad était apparu rapidement, il commença à s'effacer tout aussi vite. Les fleurs se refermèrent tout autour de lui, le rayon de soleil se dissipa sur sa peau. Très vite, il n'y eut plus rien. Seule une tache de terre fertilisée demeurait sur la berge.

— Je ne comprends pas, remarqua Joe. S'agissait-il seulement de mon imagination ? Est-ce que j'ai tout inventé ?

Baker lui adressa un sourire.

— Mais non. Pas vraiment. Enfin, je veux dire… c'était en partie des souvenirs à toi. Tu n'as pas inventé Chad, pas vrai ?

— Il est mort avant moi ?

— Non, bien après. Plusieurs années après toi, si tu veux tout savoir. Mais ici, le temps ne se mesure pas de la même manière. C'est la façon dont nous avançons qui régit les événements. Quand nous pensons être prêts à comprendre ce que nous avons traversé, c'est là que se décide quand nous retournerons. Tu comprends ?

— Non, répondit Joe avec sincérité. Pour moi, ça n'a aucun sens.

Baker se remit à jouer de la guitare.

— Dans ce cas, reste assis et observe le spectacle. Les choses trouveront un sens, à un moment ou à un autre. Pour être franc, je ne suis pas prophète. Tout ce qu'il te faut savoir, c'est que la différence entre une année et un siècle dépend d'un clignement d'œil.

VIENS AU JARDIN

La RIVIÈRE paraissait les emmener à l'infini. Les rives encombrées d'arbres s'étendaient et perduraient. Joe tenta d'apercevoir la fin du voyage, au bout des méandres et longues courbes du cours d'eau, mais il ne put y réussir. Il se souvint d'un numéro de clown – 'le mouchoir magique' – qu'il avait vu étant enfant. Le clown sortait de sa poche d'innombrables foulards multicolores, encore et encore, et jamais il ne s'arrêtait. Et c'était ô combien irritant !

Toujours impatient, Joe ne parvenait pas à se calmer et la rivière ne s'accordait pas à son humeur. Elle restait tranquille et imperturbable, aussi lisse qu'un miroir, comme pour le contrarier, le défier. Sous la surface, elle grouillait de truites tachetées, harengs rayés, carassins dorés et têtards argentés, qui resteraient éternellement têtards à moins de désirer changer d'état. Ils nageaient aux côtés du radeau dans une procession aquatique, une exhibition nautique.

Dans le ciel, la lumière devenait plus forte. Midi approchait. Les arbres sur la berge paraissaient plus petits, mais plus épais, plus solides. Plus à leur aise. Comme s'ils avaient plus longtemps vécu que leurs congénères, en amont, en étant bien nourris, avec la satisfaction du devoir accompli. Dans leur écorce plus sombre, plus dure, ils se drapaient de mousse et arboraient de fines branches aux allures de fouet, qui pendaient presque jusqu'au sol, décorées sur toute leur longueur de fleurs au violet profond. *Une variété de saules*, décida Joe. Les rideaux moussus et les longues tiges fleuries ondulaient paisiblement dans la brise. Joe en ressentit un étrange frisson à travers tout le corps. Quelque chose comme de la tristesse ou du remords. Ce sentiment intrusif et douloureux augmenta peu à peu, régulièrement, en accord avec les arbres du rivage, de plus en plus bienveillants. Ensuite, ils parurent se raidir et se décourager, écrasés par leurs lourdes ramures ; leurs branches devinrent des épaules voûtées, aux bras marqués par la dégradation d'une lente érosion.

— Quel est cet endroit ? demanda Joe.

Ce ne pouvait être le paradis. Personne ne l'aurait délibérément conçu ainsi. Même le chant argenté de la rivière s'était transformé, devenant plus funèbre. Poissons et têtards s'étaient agglutinés autour du radeau, comme pour s'écarter des rives.

— Il appartient à quelqu'un d'autre. Quelqu'un que tu as connu.

Baker, campé au bord du radeau, ressemblait à un capitaine attentif.

— Ce serait le paradis choisi par un autre ? *Ça* ? Mais tout est si triste. Si tranquille. Où ont disparu les grillons et les crapauds ? Où sont les oiseaux ? Il n'y a pas un seul oiseau par ici.

— Il vaudrait mieux que tu oublies ce mot, paradis. Ici, il n'a aucun sens, mon petit. Cette seule notion limite aussi bien cet endroit que ce que tu es, *toi*. Ce n'est pas plus un paradis qu'un recoin de magasin représente un centre commercial. C'est juste un endroit qui existe, différemment. Ce qui existe *est*. Et nous ne pouvons *plus* être.

Le radeau s'approchait d'une sorte de monticule escarpé sur la berge. Juste au-dessus se dressaient des arbres encore plus sombres, recouverts de mousse et de fleurs tristes. *Au moins, ils n'avaient pas de visage,* pensa Joe. Au moins, ils ne pouvaient ni gémir ni chanter comme la rivière. Parce que d'après leur aspect, Joe était certain que leurs mélodies auraient été sinistres.

Avant que le radeau ne heurte la colline, un essaim de poissons dorés jaillit du courant. *Tu es arrivé, tu es arrivé !* crièrent-ils à Joe. Leurs petites voix aiguës rappelaient ces dessins animés qu'il regardait autrefois, le samedi matin. Il ne recevait que trois chaînes alors, à la télévision. Les poissons retombèrent dans l'eau et disparurent, s'éloignant à toute vitesse avec leurs congénères d'argent en direction de ce qui les attendait, un foyer ou bien d'autres joies. Dorénavant, Joe et Baker étaient seuls. Même la rivière chuchotait en s'écartant d'eux avec prudence.

Baker débarqua sur la rive escarpée avec sa guitare sur l'épaule. Le vent jouait dans ses cheveux.

— Viens, fils, murmura-t-il.

À son tour, Joe quitta le radeau de bois. Baker le prit par la main et tous deux grimpèrent la colline d'un pas rapide qui leur coûtait peu d'efforts.

Les rideaux de mousse, brillants de rosée lumineuse, s'écartaient devant eux. La vive lumière dont ils avaient bénéficié sur la rivière s'atténua lorsqu'ils pénétrèrent dans un nouvel endroit. Un jardin ombragé. Et même plusieurs jardins. Il y en avait partout, de toute variété et de toute forme, de toute taille et de tout genre. Les plantations grimpaient, se mêlant les unes dans les autres dans une expansion incontrôlée. D'immenses fleurs flétries pendaient de tiges épaisses, plus hautes qu'un humain. Leurs corolles palpitaient, s'ouvrant et se fermant comme pour respirer, pour absorber autant d'oxygène que possible. Les étamines s'agitaient de façon horrible, cherchant la nutrition qui manquait à leurs racines et conscientes pourtant qu'elles ne la trouveraient jamais. Joe restait tétanisé devant cette abondance excessive. Et pourtant, le deuil imprégnait toujours cette exubérance, la contredisant, l'anéantissant.

Le chemin sur lequel marchaient Joe et Baker était encombré d'herbes hautes, de lianes et de fleurs plus petites. Celles-ci paraissaient chercher à être rassurées par leurs gargantuesques congénères. Aucune fleur du jardin n'avait de couleur, ni rose, ni bleu, ni violet. Tous les pétales de toutes les corolles étaient d'un blanc écœurant. Les fleurs existaient, pâles, dépressives et frigides, parce qu'elles le devaient, mais sans aucun espoir d'accomplissement.

Le long du chemin, il y avait également des statues écaillées et moroses. D'aspect très ancien, elles représentaient les esprits des bois, les nymphes marines, les dieux de la rivière. Tous semblaient vivants, mais captifs, retenus sur place, serrés de près par les lianes qui les étranglaient.

Des coccinelles et scarabées de taille inquiétante qui voletaient de-ci de-là s'arrêtèrent pour fixer les nouveaux aventuriers ayant fait irruption dans leur domaine. À leur vue, Joe se souvint des bandes dessinées qu'il avait adorées jusqu'à l'obsession, étant enfant. Des livres qui évoquaient des mondes perdus, une végétation carnivore, des expérimentations scientifiques à donner des cauchemars. Les insectes géants avaient des teintes fanées, ils paraissaient malades, et gravement. On aurait cru que le gigantisme les avait drainés de leur couleur, de leur santé, aussi leurs bourdonnements et bruissements d'ailes en devenaient terrifiants.

Baker et Joe déambulaient de jardin en jardin. Des lianes grotesques, épaisses et poilues se tendirent vers eux ; des branches les effleurèrent, au hasard. Plus ils avançaient, plus les chemins se faisaient sombres et profonds. Aucune lumière ne parvenait du ciel au-dessus. Seule la luminescence maladive des pétales des énormes fleurs blanches procurait une clarté horrible et surnaturelle.

Bientôt, les deux hommes se trouvèrent à une fourche marquée d'un cadran solaire de pierre aux encoches gravées. *Étrange*, pensa Joe, *pour un endroit où le temps ne compte pas.* À ce carrefour, le jardin était manifestement potager. Les légumes, tomates, raiforts, poivrons, maïs et tous les autres, étaient énormes, mais flétris et très peu inspirants. Les épis de maïs s'agglutinaient dans un carré, plus hauts encore que les fleurs, mais tout aussi anémiés. Au centre du jardin se tenait une vieille femme vêtue d'une chemise à carreaux et d'un vieux jean croupi, avec un chapeau de paille élimé et des gants de travail. Elle arrachait des mauvaises herbes et les jetait sur un tas de détritus non loin de là, comme si cette tâche pouvait améliorer l'état du jardin. Elle se redressa dès qu'elle aperçut les deux étrangers la regarder, depuis le cadran solaire. Elle essuya son front de son poignet.

— Salut, déclara-t-elle d'une voix aux intonations maternelles.

C'était une femme de petite stature, assez trapue, mais de visage agréable. Joe le remarqua dès qu'elle s'approcha d'eux, enjambant à grands pas les rangées de patates douces et d'oignons.

— Quel plaisir de te revoir ! déclara-t-elle en s'adressant à Joe.

Elle lui sourit gentiment et enleva un de ses gants terreux pour lui tendre la main. Elle avait la paume calleuse et une poignée de main molle, presque inexistante. C'était comme si elle craignait de faire mal à Joe en serrant davantage les doigts.

— Alors, s'enquit-elle, comment trouves-tu mon jardin ?

Joe ne voulut pas être mal élevé.

— Il est très grand.

Elle se mit à rire.

— Oui, c'est vrai. Tu as probablement voyagé longtemps. Viens, allons manger un morceau. La maison est par là. Inutile de faire des chichis entre nous. Nous nous connaissons trop bien pour ça.

Elle prit Joe par le bras avec familiarité, comme si elle le connaissait depuis toujours. Ensemble, ils remontèrent l'un des sentiers encombrés, tandis que Baker les suivait sans se presser.

— Comment trouves-tu ce que tu as découvert jusqu'ici ? demanda-t-elle.

— Comment ça ? s'étonna Joe, toujours plutôt surpris par le naturel de cette femme.

Le chemin qu'ils suivaient devint plus moussu, plus facile. Sous les pieds de Joe, le terrain était souple et confortable.

— Comment trouves-tu cet endroit ? Là où tu es ? Il m'a fallu un moment pour m'y habituer après ma mort, mais toi, tu es du genre à t'y faire très vite.

Tout en marchant, elle repoussa de la main une branche basse au niveau de sa tête.

— Si je me souviens bien, reprit-elle, tu t'adaptes facilement au changement.

Joe répondit en toute sincérité :

— Je n'en suis pas aussi certain. Je trouve tout ça plutôt effrayant.

— Je suis d'accord.

À nouveau, elle rit. C'était un rire chaleureux, comme un millier de rayons de soleil éparpillés. Mais comment un rire pareil pouvait exister ici, dans cet endroit maudit ?

— Je m'appelle Abby, déclara-t-elle. Abigail Holden, au cas où tu m'aurais oubliée.

— Pour dire la vérité, c'est le cas, admit Joe, soulagé. Mais la plupart des choses me reviennent peu à peu, par à-coups.

— Bien sûr, mon chou, c'est normal. Il est sans doute trop tôt pour que tu te souviennes de moi, mais ça te reviendra. Quelque chose réveillera tes souvenirs et alors, ils jailliront comme un rot après un bon repas.

Elle resserra sa poigne sur le bras de Joe, qui souriait de la franchise de ce discours. Il remarqua cependant une note d'inquiétude dans la voix de cette femme.

— Est-ce que tout va bien là-bas derrière ? cria Abigail à Baker par-dessus son épaule.

Enfin, elle reconnaissait sa présence. Elle pencha la tête en retenant son chapeau de la main pour ne pas qu'il tombe.

— Oui, madame, très bien, répondit Baker.

Joe se retourna et offrit à son guide un signe de tête. Puis il reporta son attention sur Abby.

— Vous êtes là depuis combien de temps ? demanda-t-il.

Après avoir serpenté, ils arrivaient dans d'immenses fougères et des pétunias d'aspect famélique. Joe pensa que tout ça ressemblait davantage aux abords d'une jungle qu'à un potager, ou un jardin botanique ou autre espace cultivé. L'humidité de l'air ambiant était oppressante, aussi lourde à supporter qu'une couverture de laine en plein été.

— Je ne sais pas au juste, répondit-elle. Désormais, je n'arrive plus à compter le temps. Et si je le faisais, je présume qu'il me faudrait gérer l'attente, or je n'en ai aucunement envie. Pas question ici de devenir folle pour éviter d'attendre, alors je fais avec. Je parle du temps.

Tout à coup, elle paraissait triste. Les environs s'assombrirent encore, semblant ressentir son changement d'humeur.

49

— Mais en fait, déclara-t-elle rassérénée, ce qui eut un effet immédiat sur les alentours, il n'y a pas de temps. Pas vraiment. Et j'en remercie l'écervelé qui en a inventé le concept. Quelque part ici même sur le Territoire, un fou a demandé le temps, nous le regrettons tous. Grâce au ciel, j'ai mes jardins. Ils affrontent avec moi les jours qui passent.

— Vous êtes toute seule pour vous en occuper ? Personne n'est là pour vous aider ? Il me semble que ça représente beaucoup de travail.

Elle leva les yeux vers Joe comme pour lui faire partager un secret qu'elle considérait indispensable. Elle avait un regard fier et triste.

— J'ai mon fils, dit-elle. Il se trouve dans un des jardins derrière la maison. N'est-ce pas pour lui que tu es là ?

Ce n'était pas vraiment une question, plutôt un état de fait destiné à préciser les objectifs de Joe. Sidéré, celui-ci se retourna pour jeter un coup d'œil à Baker.

Redevenue silencieuse, Abby fixait le terrain moussu qui s'étendait devant elle. Les fougères humides et suintantes écorchaient sa peau nue et son visage, elle ne cillait même pas. C'était comme si son esprit cavalait loin devant elle et l'attirait par des rênes invisibles. Une fois encore, l'ambiance était sinistre et menaçante. Les chuchotements douloureux traversaient l'air comme des secrets qui s'évadaient. Joe comprit qu'il était temps pour lui de se taire, sans poser d'autres questions.

Bras dessus bras dessous, Joe et Abby avancèrent parmi les buissons énormes et la flore exubérante jusqu'au moment où ils nous arrivèrent à un endroit plus aéré. Il y avait là une petite butte qu'ils se mirent à monter. Très vite, au bout du chemin encombré de verdure, apparut un pittoresque cottage au toit de chaume. Les fenêtres et les portes étaient basses et rondes. De chaque côté de l'allée qui menait à la porte d'entrée poussaient des roses blanches anémiques. Leurs bourgeons étaient presque trop lourds pour les tiges qui les supportaient. De la glycine aux fleurs blanches, presque fluorescentes, grimpait et recouvrait les murs et le toit de la petite bâtisse. Les lianes s'étaient même attaquées à la cheminée, pour délibérément l'étouffer et empêcher les carillons éoliens de produire le moindre son. Des tournesols d'un ton bilieux montaient la garde auprès des fenêtres, ils semblaient avoir perdu tout espoir d'apercevoir un jour le soleil : comment un seul rayon aurait-il pu traverser l'épaisseur étouffante des ramures ? Des champignons vénéneux, les plus gros que Joe ait jamais vus, reposaient comme d'affreux sièges spongieux et bruns sur le carré de pelouse mal entretenu de devant la maison. Un jour, peut-être, elle avait été un endroit charmant, mais désormais, elle se trouvait envahie par ses propres plantations.

Abby soupira avant de confirmer ce que Joe pensait :

— Il y en a trop, je sais. À dire vrai, c'est un désastre. Mais parfois, un jardin vous dépasse. Il grandit à sa guise quand on n'y prend pas garde, quand on ne lui prête pas suffisamment d'attention... ou peut-être au contraire, quand on lui en prête trop.

En vérité, chaque plante semblait avoir du mal à respirer, chacune luttait pour subsister.

— Viens, dit la femme.

Elle ouvrit la porte du cottage dont les gonds poussèrent un gémissement sinistre. La maison, très basse de plafonds, était minuscule, elle rappelait à Joe une affreuse peinture qu'il avait vue un jour dans un salon oublié depuis longtemps. La pièce de devant, qui faisait office de cuisine, de coin-repas et de salon, avait en son centre un lustre qui pendait et touchait presque le grand bol rempli d'énormes fruits ternes qu'Abby avait placé au milieu de la petite table en bois rustique. C'était comme si une vie entière était serrée dans ce simple espace, de peur d'en oublier une partie. Il y avait un fauteuil à bascule avec un plaid jeté sur le dossier dans un coin encombré. À l'opposé de la pièce, un escalier en colimaçon. En vérité, la maison tout entière était à l'inverse des jardins : elle paraissait minimaliste. Tout était petit, de stature et de forme. Comme si, afin de concrétiser, les tables et chaises et même les livres et la cheminée avaient brutalement cessé de grandir.

Baker et Joe baissèrent à la tête en entrant. Quand Abby les conduisit jusqu'à la table, les deux hommes faillirent renverser les meubles entassés sur leur passage. Les pieds de la table paraissaient plier sous leur propre poids et celui de l'énorme bol. Joe et Baker prirent place sur des bancs sans dossier, tous deux devant plier les genoux et les garder relevés. Baker semblait particulièrement mal à l'aise à cause de sa guitare, toujours attachée sur son dos. Abby déposa devant eux deux bols en terre cuite qu'elle remplit avec amour d'une crème de poireau et pommes de terre qui mijotait dans une cocotte en céramique. De la soupe, la vapeur s'élevait en tourbillons légers. Joe n'avait pas faim, mais il savait qu'ici, à cet endroit, c'était sans importance. S'il voulait manger, il *allait* manger, et il le ferait sans craindre que son estomac souffre de ses excès.

Abby reposa la cocotte sur le fourneau, puis elle tira son propre tabouret et s'installa en face d'eux. Joe leva sa cuillère jusqu'à ses lèvres pour avaler la soupe chaude. Elle était bonne, malgré sa couleur pâle. Elle était même délicieuse. Mais cela ne devrait pas l'étonner, pas vrai ?

Il leva les yeux sur Abby avec un sourire. Elle le lui rendit avec gratitude.

— Je sais toujours faire la cuisine, dit-elle. Ça au moins, je ne l'ai jamais oublié. Je cuisinais toujours pour Declan. Je lui faisais goûter toutes mes nouvelles recettes.

— Declan ? répéta Joe d'un ton interrogateur.

Il continua à manger tandis que Baker s'agitait sur son siège inconfortable.

— Mon fils… Declan, dit Abby d'un air sombre.

Elle avait perdu son sourire, son visage portait dorénavant une expression lointaine et nostalgique.

— Mais je croyais… Vous aviez dit qu'il se trouvait dans le jardin de derrière. Pourquoi ne plus lui faire la cuisine désormais ?

Joe commençait à ressentir la fatigue. Et même, tout à coup, il était épuisé. Il avait tellement sommeil qu'il en vacillait un peu.

Abby retrouva son énergie.

— Eh bien, je n'en ai plus besoin, tu sais. Je veux dire, pas ici. Plus maintenant.

C'était une réponse sèche, une affirmation énigmatique. La femme continua :

— Allez, mange. Ça t'aidera à grandir. Peut-être pas physiquement, puisque tu n'en as pas besoin, mais ça t'*aidera* à avancer. Tu verras.

La fatigue que ressentait Joe ne fit que s'aggraver. Elle ne pesait pas sur ses épaules, elle semblait au contraire remonter de la plante de ses pieds. Cette étrange anémie l'étouffait comme des lianes qui remontaient sournoisement autour de ses membres, de chaque partie de son corps qu'il connaissait. Un abrutissement dolent et des baisers fourmillants cernaient chacune de ses pensées, les effaçant de son cerveau qui devenait une ardoise vide prête à recevoir de nouvelles instructions, un nouveau parcours. La vision de Joe elle aussi fut atteinte. La lumière disparut, il ne voyait plus rien. Tout devint un néant nébuleux qui attendait la création. Baker et Abby avaient complètement disparu sans que Joe réalise leur absence.

Tandis qu'il se penchait sur le gouffre ouvert d'un vide absolu, il vit quelque chose en jaillir. Quelque chose surgissait des souvenirs cachés derrière les rideaux gris…

C'ÉTAIT LUI. Joe, jeune homme. Il avançait à travers le néant, un monde qui se colorait peu à peu autour de lui. Il avait quinze ans, peut-être seize, il prenait son apparence adulte, les prémices de sa maturité. Il était nu dans une chambre qui n'était pas la sienne, debout dans les rayons du soleil, à l'aube, qui caressait son jeune corps si pur, si intact.

Par la fenêtre, il apercevait un magnifique jardin. Une femme y travaillait sous un chapeau souple, s'occupant de différents légumes et des fleurs. Joe referma les rideaux afin qu'elle ne puisse le voir. Il fallait qu'elle les croie encore endormis, pensa-t-il.

Dans le lit vers lequel Joe se tournait, un autre jeune homme le regardait. Sa tête couverte de beaux cheveux auburn reposait sur un bras plié et son sourire béat accueillait le lever du jour. D'un geste, il fit signe à Joe de le rejoindre. Celui-ci hésita un peu avant de se glisser entre les draps. Les deux garçons se lancèrent alors dans un nouveau périple plein d'aventures.

Le Joe actuel, celui qui regardait la scène, désormais simple présence immergée dans ses souvenirs, se remémora d'anciennes sensations. Élan de chaleur, si naturel. Peau hérissée comme celle d'un hérisson en chaleur. Et ce premier orgasme, cette jouissance aveuglante.

Declan. Il s'agissait de Declan. C'est lui qui avait tiré à Joe son premier cri d'extase intime. Les deux garçons étaient frères. Les frères du Secret. Un secret glorieux qu'ils avaient partagé les yeux écarquillés d'émerveillement.

Soudain, alors même qu'il soupirait en reconnaissant la scène en face de lui, Joe fut déporté ailleurs. Il n'était plus dans les bras de son premier amant. Non, il était assis auprès de sa mère. De Veronica si douce, si gentille, celle qui, la première, avait compris chez son fils ces sentiments enfouis qu'il n'était pas encore capable d'analyser. Elle savait qu'il se différenciait des autres garçons de son âge. Ensemble dans une église, la mère et le fils, écoutaient, ou plutôt subissaient, un sermon. Le prêtre parlait avec franchise et conviction. Sans porter d'accusation particulière, il mettait ses paroissiens en garde contre certaines maladies. Non, personne n'était accusé et pourtant Joe sentait tous les yeux peser sur lui tandis que l'homme d'Église insistait sur le démon de l'homosexualité. Démon, le mot résonna aux oreilles de Joe comme un grincement rétrograde, un terme provenant du dictionnaire poussiéreux d'un antiquaire. Le prêche dura et dura encore, apparemment interminable. Des leçons furent tirées de la Bible, puis interprétées et déformées bien au-delà de leur sens originel. Joe avait mal. Il grinçait des dents, mal à l'aise, terrifié à l'idée qu'en cet instant précis, il était probablement le jeune homme le plus haï du monde entier. Même Dieu le détestait pour des impulsions que Joe ne contrôlait pas. Il aurait voulu pleurer, mais il ne put que se mordre les lèvres pour retenir son émotion déchirante.

C'est alors qu'il réalisa, avec un certain soulagement, ne pas vraiment être tout seul. Un autre, au moins, connaissait également la brutalité de l'animosité générale. Parce que non loin de lui, dans cette même église et au même moment, était assis son ami Declan. Et la même haine violente se focalisait aussi sur lui. Une haine conjurée par la bouche même de Dieu, s'il fallait en croire les paroles plus subtiles de son porte-parole. Les deux garçons tremblaient ensemble pris dans le même cauchemar intime. Ils se protégeaient l'un l'autre, d'un bras invisible, pour repousser les coups bas.

La mère de Declan était assise à côté de son fils. Abigail. Son regard dur et désapprobateur pesait sur les deux garçons. Avait-elle été au courant de ce qui se passait dans la chambre de Declan ?

Joe jeta à sa propre mère un coup d'œil penaud. Veronica lui sourit en prenant ses deux mains dans les siennes.

— Ce sont d'anciens préjugés, chuchota-t-elle. Des lois créées par des étrangers.

Joe n'eut pas besoin d'en entendre davantage. À partir de ce jour, il fut assuré de pouvoir se montrer entièrement sincère vis-à-vis de sa mère. Malheureusement, il était certain que Declan ne recevrait pas d'Abigail la même compréhension. Il aurait voulu prendre la main de son ami et le réconforter, mais ce geste n'aurait fait qu'exacerber la situation, creusant un fossé entre eux.

Il y eut un autre changement d'endroit, comme si Joe voyait tournoyer devant lui les différentes facettes d'un décor de théâtre. Il était retourné dans la maison où il avait connu sa première expérience. Celle de Declan. Il se trouvait au salon. Il y avait accroché au mur un tableau représentant un petit cottage coquet. Précieux, bien trop précieux. Tout ce sucre... Joe ressentait toujours l'envie d'aller vérifier chez son dentiste qu'il n'avait pas de caries. Mais où se trouvait Declan ?

Au même moment, un hurlement guttural ramena son attention vers le sofa. Veronica y était assise, elle tenait Abigail dans ses bras. À l'extérieur, un orage tonnait et secouait la maison au rythme des gémissements de la *femme éplorée. Joe se rapprocha, il marchait avec prudence comme s'il se trouvait sur des charbons ardents. Sa mère consolait celle de Declan, la berçait contre elle tout en murmurant des paroles d'apaisement. Abigail, dans sa main serrée dont les jointures blanchissaient, tenait un morceau de papier jaune. Elle l'avait froissé dans son poing. Il faudrait le lui extirper.*

— Je n'ai jamais voulu dire ça, je ne le pensais pas ! hurlait-elle entre deux sanglots entrecoupés de hoquets. Je n'ai jamais voulu ça !

Veronica leva sur son fils ses yeux verts dans lesquels l'angoisse brillait.

— Il est mort, Joe, dit-elle. Declan est mort.

C'était la seconde fois de la jeune vie de son enfant qu'elle lui transmettait ce même message, la seconde fois qu'elle se trouvait être de la mort la belle messagère.

Un moment familier, des paroles familières, et pourtant Joe ressentit ces mots plus fort encore qu'auparavant. Ce fut le catalyseur furieux qui le renvoya dans le présent, à travers le gouffre du néant...

— MON AMI Declan est mort.

Au moment où tout commençait à s'effacer, Joe entendit ce chuchotement.

— Mon ami Declan est mort.

Les couleurs se fondaient les unes dans les autres et semblaient s'écouler dans un drain parce que le néant les réclamait. Le Néant Absolu. Une autre dimension. Un endroit nauséeux où tout était confus et sans aucune direction.

— Mon ami Declan est mort.

Les lianes le relâchèrent, se détachant d'elles-mêmes de son corps, et disparurent dans le monde souterrain.

— Mon ami Declan est mort, chuchota-t-il encore, toujours assis à table sur son petit banc de bois.

Il reprit conscience de la pièce alentour comme si les mots prenaient enfin un sens. Il réalisa que c'était lui qui les prononçait. Il regarda autour de lui. Seules quelques bougies allumées crevaient l'obscurité mystérieuse. Il avait la sensation de se réveiller d'un profond sommeil trop tôt interrompu qui ne lui avait apporté ni repos ni répit.

Dans un coin, non loin des faibles tisons de l'âtre, Baker était assis. Il grattait sur sa guitare une triste et discrète mélodie. Il surveillait Joe, avec une inquiétude émue gravée sur son visage buté.

— Il est mort, murmura Joe, comme si l'événement était tout récent.

— Oui, je sais, mon pote, répondit Baker doucement. Il est mort. Il est mort longtemps avant toi.

La lueur des flammes creusait les traits burinés de son beau visage.

D'un seul coup, Joe repoussa son bol avec tant de force qu'il l'envoya valser à travers la pièce. Le bol tomba et se brisa en plusieurs morceaux. La soupe que Joe n'avait pas terminée se répandit sur le sol. Furieux, Joe se releva d'un bond.

— *Où est-elle ?* hurla-t-il.

À son tour, Baker se redressa, mais il le fit avec lenteur.

— Du calme, conseilla-t-il. J'entends la vengeance dans ta voix. Et ici, ce n'est pas possible. La vengeance n'a aucune raison d'être. Abigail souffre déjà assez de son…

— Où est-elle ? répéta Joe sur le même ton violent.

— À ton avis ? Elle est au jardin… avec Declan.

Le visage de Joe s'adoucit et redevint presque paisible. Mais alors, sa colère refit surface, il s'élança hors du cottage par la porte de derrière, propulsé par la force de sa rage et de ses convictions. Il courait sans écouter Baker crier derrière lui :

— Joe, attends ! Il y a quelque chose qu'il te faut savoir ! Joseph !

L'arrière de la maison donnait sur une pente, une élégante ondulation de la colline. Depuis le seuil, la vue était panoramique sur des kilomètres de campagne, seuls les arbres bloquaient quasiment toute la lumière du ciel nocturne. Un escalier de pierre descendait en colimaçon vers les jardins en contrebas. De chaque côté, il y avait non seulement les arbustes et les énormes fleurs, mais aussi des torches de bambou allumées. Joe dégringola les marches, chaque bond marquant la cadence de sa fureur vengeresse.

Lorsqu'il arriva enfin au bas des escaliers, il vit Abby non loin de là, l'air stoïque, assise sur un banc de pierre. La lueur des flammes dansait autour d'elle. Et son vieux visage ridé et fatigué prit soudain un aspect horrible. Pas du tout gentil. Elle ressemblait plutôt à la mauvaise sorcière d'innombrables contes pour enfants. Elle restait immobile, les yeux fixés sur un arbre couvert de mousse, dont les longues branches se courbaient vers une petite mare. Des insectes nocturnes valsaient au-dessus de l'eau. La mousse du saule ressemblait à ces rideaux de soie argentée que Joe avait déjà remarqués, naguère, sur les rives de la rivière. Le tout ondulait dans la brise plus sombre.

Alors qu'il s'élançait vers Abigail, Joe aperçut également d'autres statues. Les mêmes que celles vues précédemment, ailleurs dans les jardins. Des silhouettes d'anges arborant une innocence parfaite.

— Où est-il ? grinça Joe, les dents serrées, dès qu'il fut à portée du banc sur lequel Abigail était assise.

Il s'approchait d'elle, furieux, quand il remarqua du coin de l'œil un mouvement furtif. Un geste esquissé. Il provenait d'une minuscule statue, celle d'un enfant avec de petites ailes, qui portait à ses lèvres un index délicat et potelé. L'éclairage d'une torche toute proche jetait d'étranges reflets sur le visage innocent. Joe en resta sidéré une seconde, mais ensuite, il reporta son attention sur la femme qui n'avait pas bougé de son banc.

— Où est-il ? répéta-t-il. Où est Declan ?

Il était plus calme, mais il se tenait en face d'elle aussi solide et imposant qu'un mur de pierre. Derrière lui, il entendit arriver Baker. Il savait que son guide le fixait.

Abby continuait à regarder l'arbre. Une larme brillait sur sa joue, étincelant dans la lumière diffuse.

— Il est là, répondit-elle, à mi-voix. Sans l'être vraiment.

— Quoi ? s'irrita Joe qui ne comprenait plus rien.

Le chérubin de pierre le regardait toujours en gardant son expression suppliante.

Abby leva la main et l'étendit devant elle, pour désigner l'arbre. Ses doigts tremblaient comme s'ils désiraient éperdument s'emparer de... quelque chose.

— Je ne le pensais pas, je n'ai jamais voulu dire ça. Je n'ai jamais voulu ça !

Elle le répétait, plus fort cette fois, avec une terrible résolution. Comme si elle faisait acte de contrition, comme si sa mauvaise action pouvait être réparée par ces mots ou par leur répétition incessante.

Joe suivit la direction du bras tendu, dont l'index pointait droit devant, vers le haut. Au même moment, un vent plus fort soufflait en traversant la forêt-forteresse comme un serpent incontrôlé. Le voile d'argent qui pendait de l'arbre se souleva et s'ouvrit. Joe se laissa tomber à terre, terrorisé, incrédule. Il sentait ses entrailles à la fois se congeler et se dissoudre.

La plus forte branche de l'arbre grinçait une chanson funèbre, à cause du fardeau suspendu : un corps inanimé oscillait dans le jardin touffu illuminé par les torches. La tête aux yeux clos pendait de côté, sa nuque brisée. Le visage était entièrement exsangue, livide. Comme un présentateur macabre, Declan dansait dans la brise, au bout de sa corde, retenu par un nœud de marin, jusqu'au moment où les rideaux d'argent se refermèrent. Abby garda la main tendue devant elle, comme celle d'un devin jetant un sort.

Joe essaya de se remettre debout. À nouveau, il regardait la dame assise sur le banc. Il sentit les fortes mains de Baker passer sous ses aisselles pour l'aider à se relever.

— Ça va aller, dit le guide qui cherchait à l'apaiser.

— Ça va *aller* ? bredouilla Joe.

Il réussit à faire quelques pas jusqu'au chérubin de pierre sur lequel il s'appuya lourdement. Puis il répéta :

— Ça va aller ?

Ses yeux brûlants ne quittaient pas Abigail. Il secoua la tête, aussi tremblant qu'une feuille au cœur de la tempête. Il se mit à hurler :

— Mais enfin, coupez cette corde ! Pourquoi le laisser suspendu là-haut ?

— Je ne le pensais pas, je n'ai jamais voulu dire ça. Je n'ai jamais voulu ça ! cria Abigail à tue-tête.

Tournée vers Joe, elle se tordait les poings dans son angoisse. Les larmes lui jaillissaient des yeux. Elle hurla, encore et encore, dans une incantation amère et suraiguë. Elle était devenue démone ou folle, une banshee. Joe, secoué de rage, tremblait de tout son corps et il se couvrit les deux oreilles à deux mains. Baker le prit contre lui. La nuit était d'un noir d'encre. Même la lumière des torches se recroquevillait de terreur devant l'horreur de cette mélopée de deuil et de douleur.

Joe se libéra de l'étreinte de son guide pour s'enfuir loin d'Abigail et de ses jardins maudits. Il voulait échapper à cette affreuse chanson, à ses souvenirs. S'éloignant aussi vite que possible de la mare, il traversa les jardins au galop, sans se soucier de trébucher. Et pendant qu'il courait, Abby criait derrière lui. Et Baker l'appelait aussi, mais Joe disparut très vite dans les arbres et les fleurs aux proportions excessives et hideuses. Il courut avec frénésie, les mains sur les oreilles, ses pieds nus l'emmenant vers des territoires inconnus. Il ne prêtait aucune attention à son environnement. Il ne s'intéressait pas du tout à la forêt bizarre dans laquelle il se trouvait.

Au bout d'un long moment, quand il fut certain de ne plus entendre les hurlements d'Abigail, il libéra enfin ses oreilles et continua à marcher, droit devant lui, dans la forêt. Il vacillait, la gorge toujours serrée de douleur, ivre de chagrin.

La forêt avait changé. Apparemment, Joe avait quitté le territoire d'Abigail. Quelque part, durant sa course folle, il était passé ailleurs. Les bois n'étaient plus aussi denses. Les ramures devenant moins intenses, l'atmosphère s'était considérablement éclairée. L'ambiance n'était plus humide, oppressive et étouffante. Joe se sentait bien plus à l'aise. Les plantes de toutes sortes avaient repris une taille normale. En vérité, elles ressemblaient presque à ce qu'il connaissait, de forme et de nature. Et les pétales retrouvaient leur couleur, tout comme les fruits sauvages sur les ronciers. Les petits animaux avaient également un aspect familier, ils détalaient tout autour de lui. Il n'y avait ici aucun insecte gargantuesque. Tout paraissait normal, les écureuils roux et les chouettes ailées.

Droit devant lui, il y avait une lumière. Joe pensa qu'il s'agissait d'une clairière dans la forêt. Il se remit à courir, désireux de découvrir l'origine de cette luminosité. En fait, il craignait de la perdre s'il s'attardait davantage. Il avait besoin de cette éclaircie autant qu'autrefois il avait eu besoin d'oxygène.

Lorsqu'il tomba dessus, il réalisa qu'il ne s'agissait pas d'une clairière, mais de l'orée de la forêt. Il s'en sentit soulagé, apaisé, comme naguère dans la chute d'eau. Il inspira profondément en étouffant ses derniers hoquets de douleur, puis se laissa tomber au sol, les jambes repliées sous lui. Sa tête se renversa et heurta, avec un bruit sonore, l'épais tapis d'herbes et de feuilles. Joe aurait voulu rester là et se reposer. Ici, à l'orée des bois, loin d'Abigail et de son cerveau hanté. Loin de Declan. Du pauvre Declan pendu à sa branche d'arbre pour toute l'éternité.

Joe ferma les yeux en essayant de bloquer les images. Il espérait ne pas rêver. Un cauchemar s'était déjà installé en lui, comme dans un sanctuaire.

Et pourtant, d'autres souvenirs l'attendaient, prêts à resurgir…

— LOUIS, CHUCHOTA *Joe au jeune homme qui l'aidait dans le magasin. Désireux de sélectionner quelques fleurs pour la tombe de Declan, il portait un vase de lys vers le comptoir de la caisse à l'avant de la boutique pour les payer, quand ses bras perdirent toute force. Un an ? Il y avait déjà un an que Declan s'était suicidé ? Cette idée l'avait violemment frappé au moment précis où il repérait Louis qui le regardait à travers les feuilles d'une amaryllis. Avant même qu'il puisse réagir, ses fleurs lui échappaient des mains et se répandaient par terre, les tessons du vase explosé jaillissant de partout. Louis s'était accroupi à ses pieds, occupé à ramasser les débris dans sa paume. Joe s'agenouilla lentement, toujours à demi paralysé par la vérité qu'il venait de réaliser.*

    — Louis.

    C'était le même jeune homme qu'il avait déjà remarqué à plusieurs occasions au cours de sa vie. Il connaissait son nom et savait que la mère paraissait mauvaise, mais c'était tout. C'est très gentil de sa part, pensa-t-il, de m'aider.

    — Merci, marmonna Joe.

    Il n'avait aucune idée de ce qu'il pourrait dire d'autre. Tout ce qu'il savait, c'est que le moment était l'un de ses rares cadeaux que la vie offrait parfois, la possibilité de choisir. Et pour une raison étrange, Joe n'était prêt à s'emparer de ce qu'on lui proposait. Au contraire, ça le pétrifiait.

    — Ce n'est rien, répondit le jeune homme. Laisse-moi faire ça pour toi. Bien sûr, pas ce vase... il est cassé, mais...

    Joe n'entendit plus rien. Il ne voyait plus que ces yeux bleus magnifiques, ces lèvres, et cette tendre 'Louiserie'. Il aurait voulu croire que la douleur éprouvée pour le deuil de son ami avait provoqué chez lui une telle maladresse, laisser choir les lys, parce que l'anniversaire de sa mort lui était revenu à un moment particulier. Mais au fond de lui, il avait conscience que c'était faux. Il réalisait à présent le véritable motif qui l'empêchait de faire autre chose que rester debout devant la caisse pour payer ces fleurs... puis se retourner pour dire au revoir en restant figé, mal à l'aise, silencieux... Puis marcher vers la porte et s'en aller, dans l'attente d'une prochaine rencontre qui, un jour ou l'autre, les remettrait face à face.

    Joe se détestait en cet instant, étrange et merveilleux, où de beaux yeux bleus lui avaient fait oublier son ami Declan.

    — Louis, murmura-t-il encore.

— ALLEZ, BOUGE ton popotin, ordonna une voix gentille.

    Une fois encore, Baker l'aidait à se relever. Ce qui réveilla Joe, couché par terre. La lumière brillait toujours à travers les arbres à l'orée de la forêt. Au-delà, le paysage était ouvert, parsemé de collines et de bosquets. Très loin, vers l'horizon, d'énormes montagnes s'élevaient avec grâce et éloquence vers un ciel des plus purs et des plus bleus.

    Baker avait une paille entre les dents, sa guitare pendue dans le dos.

— Vas-tu me laisser faire tout le travail ? demanda-t-il. Tu pourrais me donner un coup de main en frère.

Joe retrouvait ses forces et se redressait.

— Je vais très bien, affirma-t-il.

Baker hocha la tête, puis il recula en grattant son menton mal rasé.

— Ça fait un bail que je te cherche. Ne te vexe pas, mais moi, je n'ai pas éprouvé le besoin de galoper. Je ne vois pas l'intérêt de secouer comme ça mon joli petit cul. Ça n'empêche pas que je t'ai cherché. Ça va, gamin ? Tu t'es barré comme si tu avais des ailes aux pieds.

Joe était vidé, ses émotions dissipées et oubliées. Il regarda le sol d'un air sombre et apaisé.

— Cet endroit, dit-il. Cet endroit…

Il secoua la tête avec lassitude. Baker lui envoya une petite bourrade sur l'épaule.

— Garde le moral, chef, dit-il gentiment. Les choses ne vont pas tarder à s'améliorer et je ne dis pas ça juste pour le plaisir de m'entendre parler.

Il fit quelques pas jusqu'à un arbre et, de sa fourche, il regarda les plaines et les collines qui s'étendaient devant eux.

— Comment ? Comment est-ce que ça va s'améliorer ? demanda Joe. Je viens juste de voir un homme, un jeune ami à moi, pendu dans un arbre. Je viens juste d'entendre une folle hurler sa douleur dans des incantations horribles. Comment pourrais-je l'oublier ? Un jour ?

— Tu n'es pas censé oublier, chef. C'est justement ce que tu dois comprendre. Ces expériences… tu les garderas. Elles feront dorénavant partie de toi. Elles resteront toujours en toi, tu les conserveras d'une façon ou d'une autre dans tes prochaines réincarnations.

Baker avait une posture tout à fait détendue, les bras croisés sur la poitrine.

— Eh bien, je n'en veux pas ! s'emporta Joe. Comment cet endroit peut-il être un paradis ? Comment au paradis, peut-on laisser un homme, un cadavre, pendre d'un arbre ? Comment une femme peut-elle devenir complètement folle, bonne à être enfermée ?

Il marcha jusqu'à son guide, ses yeux furieux exigeant une explication.

— Et voilà, tu recommences, répondit Baker. Mon garçon, il ne s'agit pas du paradis. Un endroit pareil n'existe pas, du moins pas de la façon dont la plupart des gens l'envisagent. Nous existons. C'est ce que je ne cesse de te répéter. Nous allons d'un endroit à l'autre. Nous existons et nous

61

apprenons. Parfois, nous ne sommes pas capables de tout ingérer, alors nous pétons un câble…

Pour affronter Joe, Baker cracha la paille qu'il gardait dans la bouche et appuya une de ses épaules contre l'arbre.

— Abby n'a pas pu supporter la conséquence de ses actions. Qui sait si elle échappera un jour à cet endroit… Elle s'accroche à sa culpabilité. C'est ce qui nourrit ses pensées, c'est tout ce qu'elle voit autour d'elle. Il faut savoir prendre du recul, Joe. Il faut apprendre à se libérer. Sinon, ça te dévore tout entier.

— Et Declan ? chuchota Joe bouleversé.

Baker lui posa la main sur l'épaule.

— Declan n'est pas là. Ce n'était pas vraiment lui. Il n'est pas pendu à un arbre. Il s'agissait juste d'une image de lui. Rien de plus. Cette projection a grandi, tout comme les autres arbres et les fleurs alentour. Plus la culpabilité d'Abby est disproportionnée, plus tout ce qui l'entoure dans les jardins l'est également.

— Alors, Declan est ailleurs ?

Baker s'écarta enfin de son arbre.

— Oh oui, dans les environs, mais il n'est pas revenu voir sa mère pour l'instant. J'imagine que le moment n'est pas encore venu.

Baker se mit en marche, quittant l'ombre de la forêt. Il regardait droit devant lui, au-delà des plaines, mais il hurla par-dessus son épaule :

— Alors, tu es prêt à bouger à présent ?

Joe sentit enfin qu'il retrouvait son calme. C'était pour lui une consolation que Declan ne soit pas véritablement pendu dans les jardins.

— Oui, je crois.

Il avança pour rejoindre Baker et demanda :

— Nous allons recommencer à marcher ? Nous ferons le trajet à pied ?

— Non. Nous trouverons bientôt un moyen de locomotion, répondit le guide. Tu t'en sortiras, fils. Je te le promets.

Avec un sourire, Baker ébouriffa les cheveux de son protégé. En réponse, Joe lui offrit un sourire lumineux.

— Je sais. Grâce à toi, parce que tu veilles sur moi.

— Je ne suis pas le seul. Il y en a bien d'autres qui veillent sur toi sans que tu le saches.

Sans laisser à Joe le temps de lui poser les questions, Baker se détourna vivement : quelque chose approchait, ce qui avait attiré son attention.

— Voici nos montures, déclara-t-il.

Deux superbes étalons arrivaient vers eux à travers l'océan herbeux. L'un était blanc, l'autre noir. Leur poil brillait sous le soleil. Ils ne galopaient pas, ils marchaient en relevant gracieusement et en cadence leurs longues jambes, comme pour une parade. Tous deux avaient de longues crinières, des queues fournies et bien lustrées.

— Ils sont à nous ? s'enquit Joe.

— Ouaip, répondit Baker. Tu sais, ce sera la première fois que je monterais sur le dos d'un cheval. Du moins, dans mes deux dernières vies.

Il esquissa un clin d'œil et continua :

— Mais dans mes jeunes années, mon père travaillait avec les chevaux. Et ces deux-là… Regarde-les, ils me rappellent les étalons reproducteurs dont mon père s'occupait autrefois.

— Très bien.

Une voix profonde et caverneuse qui émanait des deux étalons. Joe les fixa avec stupéfaction.

— Nous sommes des *reproducteurs*, reprit la même voix.

C'était celle du cheval noir, qui maintenant fixait Baker de ses gros yeux ronds. Les deux bêtes s'arrêtèrent devant les deux hommes. C'étaient des animaux imposants, très grands et bien musclés.

— Au moins, nous revoilà sur Terre, déclara le blanc.

Les deux étalons hennirent à l'unisson, comme s'il partageait une plaisanterie d'ordre privé.

Baker leva un sourcil sarcastique.

— Génial, marmonna-t-il. Ils nous ont envoyé des canassons qui parlent.

— Nous sommes des étalons !

Le cheval blanc se pencha vers le guide, ses grands yeux devenus menaçants. Il produisit un son en secouant les naseaux, une sorte de ricanement méchant, puis il tapa du fer sur le sol afin de bien marquer sa position.

Baker recula, les deux mains levées.

— D'accord, d'accord.

Joe, toujours sidéré de cette apparition, se sentait la tête vide.

— Vous êtes venus pour nous ? demanda-t-il.

— Oui, messire, répondit l'étalon noir. Mon nom est Buck. Et voici Phil. Vous devez être Joe.

Joe le confirma d'un mouvement de tête, puis il sourit et se mordilla la lèvre. Il se tourna vers Baker :

— 3P adorerait ça ! s'exclama-t-il.

Une fois encore, Phil heurta le sol d'une ruade, puis il ordonna :

— Bon, maintenant, en selle ! Bougez vos culs osseux. Nous n'avons pas toute la journée à perdre !

— Ne vous préoccupez pas de lui, il hennit, mais il ne mord pas, déclara Buck tandis que Baker lui grimpait sur le dos. Vous savez, nous sommes ensemble depuis l'époque où Dieu n'était qu'un gamin, et si je me souviens bien, je n'ai pas connu un seul jour sans que Phil se comporte en vieux grincheux.

Le petit groupe s'élançait déjà en direction des plaines, Phil jeta à son compagnon un regard mauvais.

— Tu dormiras tout seul ce soir, déclara-t-il sèchement.

Baker regarda Joe et ricana discrètement.

— Nous ne voulions pas créer un différend entre vous, dit le jeune homme gentiment.

L'apparition de ces deux chevaux dotés de parole lui avait presque fait oublier les jardins d'Abigail.

— C'est vrai, intervint Baker. Excusez-moi pour ce commentaire concernant les canassons.

Ses excuses ne paraissaient pas très convaincantes, vu le grand sourire moqueur qu'il gardait au visage.

— Il s'en remettra, lui assura Buck. Il ne supporte pas de passer une minute sans moi.

— Espèce de gros prétentieux, bas de la croupe, mangeur de carottes…

Le chapelet d'insultes émergeait de Phil comme l'eau jaillissant d'une source. Mais c'était énoncé d'un ton plutôt affectueux. Les disputes entre ces deux-là étaient bien rodées, aussi anciennes que les montagnes droit devant.

Et voilà que Joe et son guide étaient à nouveau en route vers leur prochaine destination, sur le dos de deux étalons querelleurs. Le souvenir des jardins s'estompait, du moins pour le moment. Dans le ciel si bleu, les lunes et les planètes célestes paraissaient être des anges gardiens qui surveillaient le territoire que Joe apprêtait à découvrir.

TOUT D'ABORD,
UNE DE CES 'CHOSES'

LA CHEVAUCHÉE à travers les immenses plaines désertes s'avérait une succession d'éblouissants tableaux parsemés d'îlots d'ennui. Quand Phil et Buck avançaient doucement, en échangeant piques et répliques, c'était intéressant et même parfois amusant. Mais quand ils gardaient le silence, à cause du caractère atrabilaire de Phil, le temps paraissait s'éterniser, le petit groupe ne faisant rien d'autre que traverser un territoire paisible.

— L'Éternité Seconde est immense, pas vrai ? marmonna Joe.

En ce moment précis, il trouvait le paradis parfaitement mortel.

— Il est immense parce que c'est la plus immense des inventions de ton imaginaire, répondit Baker.

De plus, les lieux changeaient en permanence, comme pour mieux se réinventer. Devant leurs yeux, une colline émergeait du sol, un lac tombait du ciel dans un rugissement soudain. Mais Joe découvrait que même le cycle des lunes et les panoramas azur devenaient monotones au bout d'un moment. La magie de la nouveauté ne durait pas. Pourtant, il y avait toujours des montagnes se formant à l'horizon ou des forêts sortant d'un lit à sec comme des sonnets de poésie reprenant vie.

Quand la conversation ralentissait, Baker grattait sa guitare pour alléger l'atmosphère et le petit groupe continuait à avancer. Buck aimait bien la musique. Il sifflotait parfois pour l'accompagner tout en tortillant de la croupe au rythme des notes. Bien entendu, Phil s'obstinait à râler. Il s'était mis dans la tête que Baker lui déplaisait. Aussi, il hennissait avec dérision, renâclait et ricanait plus souvent qu'à son tour.

Parfois aussi, la cavalcade s'arrêtait un moment. Joe et Baker descendaient se rafraîchir dans l'eau d'un ruisseau, marchant pieds nus sur l'herbe épaisse. Le guide trouvait ensuite un endroit où s'étendre sous un arbre, les chevaux également, et tous les trois regardaient Joe admirer son nouveau corps dans le miroir de l'eau. Les rayons du soleil avaient donné à sa poitrine nue et à son dos un hâle doré.

Quand il était temps de repartir, Phil et Buck prenaient en général le galop. Le paysage défilait à toute vitesse comme des taches de peinture sur une toile inachevée. Joe adorait cette sensation. Il adorait sentir le vent le heurter en pleine poitrine, avant de glisser sur ses épaules. Baker était moins enthousiaste, mais c'était surtout sa guitare qui l'inquiétait. Bien sûr, en principe, l'instrument aurait été facile à remplacer, mais le musicien s'était attaché à celui-ci : il lui trouvait une âme. Et comme il l'expliqua à Joe, une guitare lui étant aussi bien accordée n'était pas facile à découvrir, même après la mort. Quand Buck suggéra, pour faire plaisir à Baker, de ralentir le train, Phil grogna et protesta, mais il finit par accepter la requête.

Buck continuait à prendre la défense du guide. Il expliqua à son compagnon équin :

— Nous ne sommes pas tellement différents de lui. Nous affrontons l'air et le vent durant nos courses folles, Baker en fait de la musique.

Peu après, le groupe arriva dans un épais bosquet d'oliviers, anormalement immenses et plantés serré. Ils étaient alignés comme dans un verger. Entre chacun des troncs poussaient des figuiers et des dattiers. Tous étaient noueux et penchés à des angles variés, comme sous l'effet d'un cyclone ou, au moins, d'un vent violent. À la base des arbres, l'écorce était grattée et arrachée. Les morceaux gisaient à terre, éparpillés dans l'herbe piétinée. D'innombrables lutins et colibris voletaient nerveusement, passant comme des flèches au-dessus de la tête des quatre voyageurs.

Un sentier les mena jusqu'à un petit pont de pierre qui traversait un ru presque à sec. De l'autre côté, il y avait d'autres arbres, eux aussi en piteux état. Et soudain, le verger s'arrêtait.

Les deux chevaux avaient considérablement ralenti le pas.

— Il doit être par là. Soyez prudents, les avertit Buck. Ce gros cul !

Et ces derniers mots n'avaient rien d'un compliment.

Joe retenait sa respiration.

— Qui ? souffla-t-il.

Les lutins s'agitaient devant son visage, comme s'ils connaissaient un secret. D'un geste de la main, Joe les écarta, les bestioles disparurent avec des piaillements furieux.

— Nous aurions dû contourner cet endroit, déclara Phil.

— Non, ça nous aurait pris trop longtemps, répondit Buck. Il faut que le garçon s'en débarrasse au plus vite.

Joe commençait à se sentir mal à l'aise.

— Qui vit par ici ? répéta-t-il.

Mais la réponse à sa question devint vite inutile. De l'autre côté du pont – et comment il avait pu se cacher jusque-là restait un mystère – apparut un énorme centaure. Joe en resta bouche bée, sidéré de voir cette légende mythologique sous forme vivante. La créature, plus haute qu'un homme à cheval, avait un teint bleuâtre assez étrange, comme si elle avait retenu trop longtemps son souffle. Les muscles gonflaient, depuis sa croupe chevaline jusqu'à son cou épais et humanoïde dont les tendons étaient apparents. Le centaure avait de longs cheveux relevés en chignon à l'arrière de sa tête. Les irritants petits lutins lui avaient décoré le crâne de trèfles et de fruits. La mâchoire carrée, énorme, exhibait des dents très blanches et régulières, et les yeux hantés jetaient sur le petit groupe un regard menaçant et intense.

— Cette fois, vous ne réussirez pas à m'échapper ! jeta le centaure aux deux chevaux.

Sa voix était si forte qu'elle faillit déraciner un petit figuier non loin de là.

— Chitron, nous voulons simplement traverser, déclara Phil. N'as-tu pas un héros à aller entraîner ? Un bel homme à moitié nu dont le destin est de sauver son village ou je ne sais quoi ?

— Oh, mon adoré, ce n'est pas à toi que j'en veux, mais à ton *ami.*

— N'y pense même pas ! grogna Buck à Chiron.

C'était la première fois que Joe entendait l'étalon noir élever la voix, ne serait-ce qu'un peu.

— Je veux mon dû ! hurla Chiron.

Il se mit à trépigner, ce qui terrorisa davantage le territoire autour de lui. Joe se pencha pour demander à mi-voix à l'oreille de Phil :

— Que se passe-t-il ? Qu'est-ce qu'il veut au juste ?

Ce fut le centaure qui répondit :

— Pas grand-chose.

Chiron fit quelques pas sur le pont, dont les pierres supportaient son poids de justesse, et s'adressa directement à Joe :

— Je veux juste un baiser. Un seul et tendre baiser de cette superbe monture pour avoir traversé mon pont il y a quelque temps.

Ses yeux nostalgiques lourdement fixés sur Phil, Chiron ajouta :

— Bien entendu, le prix a doublé à présent.

Buck s'interposa. Il fit un bond en avant et força Phil à reculer de quelques pas.

— Jamais ! cria-t-il. Tu ne l'obtiendras jamais, vieux troll !

67

— Dans ce cas, rugit Chiron, je vais devoir faire les choses à l'ancienne.

Il avait perdu tout contrôle de lui. Devant une telle violence, les fruits tombaient des arbres, figues, dates et olives. Sa colère capricieuse effraya les lutins et les oiseaux qui allèrent se réfugier au sommet des arbres.

Buck fixait toujours le centaure.

— Baker, s'il te plaît.

Le guide ne se le fit pas dire deux fois, bien que la question n'ait pas été véritablement formulée. Il glissa lentement de selle, quittant le dos de l'étalon noir, et s'écarta jusqu'à l'endroit où attendaient Phil et Joe.

— Buck, intervint Phil, ce n'est pas nécessaire. Je pourrais juste l'embrasser et…

— Ne t'avise pas de faire une chose pareille, menaça Buck.

Chiron se mit à hurler :

— Depuis la fin de ma période d'entraînement, j'ai combattu avec succès et gagné le baiser d'innombrables héros – Alexandre, David, Achille – mais jamais aucun d'eux n'a été aussi hargneux que toi à me le refuser.

Buck répondit avec la même véhémence :

— Des comiques, tous autant qu'ils sont ! Ce soir, je vais mettre fin à la tyrannie de tes avances amoureuses !

Très embarrassé, Phil leva les yeux au ciel, en secouant la tête.

D'un seul coup, Chiron se dressa sur son train arrière, démontrant la véritable puissance de sa masse, de ses muscles durs, de ses veines épaisses. Avant que Buck puisse faire de même – et il faut bien l'admettre, l'étalon n'aurait pas été aussi impressionnant – le centaure utilisa ses bras massifs pour projeter, d'un seul élan, son adversaire contre un arbre. Sous le choc, le tronc cassa en deux, comme une brindille, lutins et oiseaux s'envolèrent comme s'ils avaient été personnellement agressés. Buck s'écroula sur le sol avec un gémissement plaintif.

Chiron avança vers l'étalon abattu.

— Tu vois comme c'est facile ! Si tu avais seulement…

Mais alors Buck le heurta sous son lourd poitrail équin d'un coup de tête et de toute la force de son échine. Le centaure s'envola dans les airs. Il retrouva vite son équilibre et empoigna l'étalon par le cou. À nouveau, la noble bête fut jetée sur un arbre ; à nouveau, les lutins le quittèrent avec des cris aigus.

— Pauvre Buck ! s'exclama Joe.

— Il est idiot ! répondit Phil, sans cacher son inquiétude. La fierté le rend idiot.

Il avait la voix marquée par la fierté et l'amour qu'il éprouvait pour son champion.

Le combat se poursuivit quelque temps de la même façon, mais pour dire la vérité, affirmait qu'il avait duré 'un moment' aurait été une exagération flagrante. Buck se faisait *déBuckiser* de façon sévère. Et pourtant, il ne renonçait pas. Il était manifestement prêt à se battre jusqu'à sa prochaine existence, s'il le fallait.

Alors que tout semblait perdu, alors que Chiron se tenait au-dessus d'un Buck tout tremblant et amoché, et qu'il s'apprêtait à lui porter le coup de grâce, Phil intervint pour faire cesser le combat.

— Assez ! hurla-t-il. Je vais le faire. Je vais t'accorder ton fichu baiser.

Sidéré et choqué, Joe se tourna vers Baker.

— Phil, non, haleta Buck d'une voix brisée à peine audible.

— Ce n'est qu'un baiser, Buck. Ensuite, nous pourrons traverser. Cesse de jouer au héros, bon sang ! Tu es encore pire que cette grosse brute !

— Ah, voilà enfin une décision sensée, tu es un étalon très intelligent, fanfaronna Chiron, prêt à réclamer son trophée.

Avançant jusqu'à Buck, Baker aida le courageux étalon à se remettre sur ses fers.

— Désolé, mon vieux, dit le guide. Tu as fait de ton mieux. Mais tu affrontais un véritable monstre.

Impuissant et désolé, Buck dut assister à la scène : Chiron se penchait pour recevoir son dû, son baiser. Ce serait certainement la pire défaite que l'étalon noir ait connue durant cette existence. Baker et Joe partageaient tous les deux la peine du vieux mâle.

Mais au moment où Chiron fermait les yeux avec une joyeuse anticipation, Phil eut un vigoureux mouvement de la tête et, de tout son poids, il heurta le centaure géant. Le choc fut si brutal que l'étalon blanc en fut également sonné. Dans un fracas de tonnerre, Chiron tomba à la renverse sur le sol boisé. Il resta là, immobile, sa langue lui pendant hors de la bouche de façon grotesque.

Phil vacillait sur ses pattes, la tête ballante, à moitié assommé, mais il retrouva vite son équilibre.

Et Buck se ranima, bien qu'il ait du mal à comprendre ce qui venait de se produire.

— Phil ! cria-t-il, très excité. Sacré vieux brigand !

— Silence, répondit Phil d'un air mauvais. Et maintenant, filons d'ici avant qu'il se réveille. Je ne veux pas le voir se mettre également en colère contre moi. Tu peux galoper, Buck ? Comment te sens-tu ?

— Morbleu, bien sûr que je peux galoper, je suis en pleine forme, affirma l'étalon noir rasséréné.

Baker reprit donc place sur son dos en se hâtant, parce que Chiron commençait à marmonner des mots incohérents. Les lutins chuchotaient autour de lui, le tiraillant de leurs petits doigts pour le réveiller plus vite. Quelques-uns d'entre eux filèrent vers les étalons victorieux qui s'apprêtaient à quitter les lieux.

En dépit de leurs efforts, le petit groupe se mit en route au grand galop. Les étalons filaient plus vite qu'ils ne l'avaient jamais fait. Joe et Baker s'accrochèrent de toutes leurs forces à la crinière de leurs montures qui, à la vitesse de l'éclair, traversaient le pont et les bois, pour s'aventurer ensuite dans des territoires nouvellement formés. Cette fois, même Baker ne se plaignait pas d'une telle vélocité.

Alors que les deux chevaux traversaient des cavernes qui venaient de se créer autour d'eux, Buck ne résista pas à son envie de taquiner son partenaire :

— Tu m'aimes, ricana-t-il.

— La ferme.

LE CIEL devenait d'un bleu plus profond et les lumières commençaient à clignoter au firmament, lorsque les quatre compagnons arrivèrent à leur destination, après une rapide traversée des grandes plaines. Ils se trouvaient dans un bosquet plus petit, circulaire, émergeant d'un territoire sans autre relief. Les arbres arboraient un air important, une stature royale à donner le vertige. Il ne s'agissait pas des troncs normaux d'une ancienne forêt ni de ceux tout tordus qui formaient le verger de Chiron ni des gigantesques anomalies du jardin d'Abigail. Non, ces arbres-là étaient vigoureux, avec des troncs solides à l'écorce blanchie. Ils semblaient se plier en deux dans un salut, presque une danse, alors que les cavaliers approchaient. Leurs branches ondulaient avec tant de beauté et de grâce qu'il était presque tentant de s'y accrocher pour participer à la valse. Les rameaux se cambraient et tourbillonnaient à travers l'air. Et pourtant, ils ne dansaient pas seulement avec le vent, mais au rythme d'une musique qui provenait de l'intérieur de leur cercle boisé. Le son des tambours, des flûtes et des cymbales produisait

70

une mélodie rythmée qui envoûtait les arbres en les faisant osciller dans une danse à la sensualité enivrante. Et c'était contagieux. Parce que la musique charmait aussi les cavaliers et leurs montures. Phil et Buck avançaient lentement, attirés par cet air qui flottait dans l'air crépusculaire.

Tandis qu'ils approchaient, les feuilles des arbres se mirent à changer de couleur et prirent une multitude de teintes nouvelles. Bleu, vert, rouge brillant. Jaune, rose et violet.

— Tant de couleur ! haleta Joe.

Les feuilles de ces arbres joueurs étaient le symbole de leur extase. Il y avait plus de couleurs, et chacune d'elles avait plus de nuances et de sous-nuances que Joe n'en avait jamais rêvées. Il ignorait qu'une telle richesse puisse exister ! Les feuilles dégringolaient sans cesse des branchages jusqu'au sol, dans un arc-en-ciel multicolore, une pluie de confettis. Dès qu'une feuille quittait son rameau, une autre poussait pour prendre sa place, d'une autre teinte, bien entendu. Le sol sur lequel marchaient les deux chevaux était un tapis à la beauté impressionniste. Les confettis végétaux tombaient également sur les voyageurs, s'accrochant à leurs cheveux, leurs crinières et leurs longues queues.

Joe prit dans la main une poignée de ces feuilles afin de les examiner de plus près.

— Où sommes-nous ? demanda-t-il.

— C'est une fête, répondit Buck. Est-ce que tu n'apprécies pas une joyeuse soirée ?

— Fais quand même attention, avertit Phil. Ils ne t'aimeront probablement pas.

Il s'ébroua pour faire tomber de sa crinière et de sa queue les feuilles multicolores.

— Phil, le sermonna Buck de sa voix profonde. Bien sûr qu'ils les aimeront. Claire aime tout le monde.

— Qui est Claire ? s'enquit Joe.

— Tu le sauras bien assez tôt, grommela l'étalon blanc.

En se rapprochant de la musique, les quatre voyageurs entendaient le son inimitable de rires et de chansons.

Les yeux écarquillés de curiosité, Joe regardait toujours autour de lui les vives couleurs de ce bosquet.

— Est-ce que vous vivez ici ? demanda-t-il.

— Non, répondit Buck. Nous résidons dans la Prairie. On nous a simplement demandé de vous accompagner jusqu'ici. Nous sommes chez

Claire. Nous sommes ses hôtes, vous voyez. Tous ceux que vous rencontrerez ici sont les invités de Claire, notre amie – et aussi la vôtre.

Le petit groupe émergea devant une gigantesque fougère multicolore, aussi démesurée que les plantes qu'Abigail faisait pousser dans ses jardins. Mais celle-ci battait comme un cœur – *boum, boum, boum* – avec les teintes vibrantes des couleurs primaires. De par sa position centrale, elle ressemblait à un portail aussi joyeux que magnifique.

— Vous êtes prêts ? demanda Buck. Parce que vous allez adorer !

Sans attendre de réponse, il suivit son compagnon Phil pour pénétrer l'entrée organique qui leur faisait face, ce qui les mena au cœur même de la musique.

Joe n'arrivait pas à en croire ses yeux : en pénétrant dans le cercle, au cœur des bois, il était tombé dans un spectacle musical pour enfants. La musique – cet air si vif et entraînant – émanait d'instruments dont les musiciens se trouvaient être une ménagerie animale. Un petit chat calicot jouait de la flûte de Pan, un énorme gorille tapait sur ses tambours, un très joyeux pingouin agitait ses courtes nageoires pour faire vibrer ses cymbales. Il y avait d'autres instruments et d'autres créatures qui en jouaient, ce qui créait une harmonie auditive, chacun d'eux connaissant exactement sa place dans l'orchestre. Par là, un raton laveur grattait une harpe ; par ici, un geai bleu sifflait ses trilles ; mais tous ajoutaient au joyeux tintamarre de la forêt. La musique n'avait rien de mélancolique, la bande formée par les musiciens et les autres invités dansaient alentour et hurlaient dans un sauvage abandon tandis que les fleurs multicolores voltigeaient autour d'eux.

Une énorme tour formée d'animaux montés les uns sur les épaules des autres, comme un totem vivant – dont un jeune hippopotame formait la base – se mit en route, toute bringuebalante, vers les nouveaux arrivants. D'autres créatures couraient ou faisaient des cabrioles tout autour de la pile animale. Chacun criait à tue-tête, comme pour chercher à surpasser son voisin. Aucun d'eux ne semblait remarquer Joe et Baker sur leur selle jusqu'à ce qu'une petite voix, tout au sommet du totem, s'écrie :

— *De nouveaux amis ! Vous nous avez amené de nouveaux amis !*

C'était une voix grinçante, excitée et énergique. Et l'auteur de ce braillement plein d'enthousiasme se mit à descendre avec une joyeuse ardeur la pyramide de cinq animaux sur laquelle il avait été hissé. Peu après, un petit ours noir et trapu sautait de l'arrière-train de l'hippopotame pour atterrir sur le sol. Ce qui fit jaillir en rayons tout autour de lui les confettis arc-en-ciel. Le petit ours arborait sur le côté de la tête une fleur d'un orange brillant artistiquement positionnée derrière l'oreille. Ses petits yeux examinaient les nouveaux arrivants avec jubilation.

— Vous les avez conduits jusqu'à nous, répéta-t-elle.

Parce que sans aucun doute, le petit ours était une femelle.

Si la fête se calma un tantinet, l'ambiance générale demeurait joyeuse. La musique baissa de volume tandis que les autres créatures s'agglutinaient pour mieux voir les quatre voyageurs ; les murmures excités s'échangeaient à mi-voix.

Phil en fut quelque peu énervé.

— Oui, oui, marmonna-t-il. Nous les avons amenés. Mais celui-ci...

Il désigna Baker d'un mouvement de tête avant d'ajouter :

— ... est vraiment pénible.

— Phil ! le sermonna une fois encore son ami Buck.

— Bon, bienvenue à notre fête, déclara l'ourse. Bienvenue chez moi, Joe.

Elle agita ses bras couverts de fourrure dans un geste extravagant.

— Je suis Claire, continua-t-elle. Vous saurez tout ce qu'il y a à savoir me concernant quand le temps sera venu. C'est pour ça que vous êtes ici, pas vrai ?

Elle eut un clin d'œil, puis remua la main avec excitation en disant :

— Coucou, Baker !

— Claire.

Le guide, très amusé, salua d'un signe de la tête le petit ours si populaire.

Claire poussa un cri aigu avant de se retourner pour affronter la foule, elle leva au ciel ses petits membres potelés.

— Écoutez-moi tous. Phil et Buck nous ont amené de nouveaux amis. Voici Baker et Joe !

Les cris sonores s'élevant des animaux assemblés ressemblaient à une clameur, en plus joyeux.

— J'espère que vous veillerez tous à bien les accueillir, continua Claire. Phil, s'il te plaît, emmène ton ami pour la parade de bienvenue.

Un autre rugissement d'approbation. C'était chose étrange de voir tous ces sourires qui n'étaient pas humains. Il ne s'agissait pas des vagues rictus dont Joe avait l'habitude chez les chiens lorsqu'ils jouaient, non, c'était de vrais sourires heureux qui exhibaient toutes les dents et faisaient briller les yeux.

— Je déteste les parades, grogna Phil.

73

L'orchestre, à la demande de Claire, entonnait déjà un air plein d'allant pour ouvrir les réjouissances. La foule animale des invités s'écarta pour laisser Claire mener le train avec enthousiasme. Elle pompait des bras en l'air, l'un après l'autre, au rythme de la musique endiablée. Le petit ours était un vrai leader. Ce fut à contrecœur que Phil le suivit à travers la pluie des feuilles-confettis. En fait, Buck dut pousser l'étalon blanc d'un coup de museau pour le forcer à prendre un premier pas récalcitrant. Joe, pris dans la joie du moment, agitait les bras avec force. Les animaux lui rendaient ses saluts, aussi bien ceux alignés sur le côté que ceux qui jouaient dans l'orchestre. Tous hurlaient des encouragements, comme les spectateurs accueillant le retour d'un héros.

— Hourrah, Joe !

— Bienvenue, les amis !

— Joe, chatouille Phil au niveau des côtes. Il faut le dérider.

Derrière Phil et Joe, défilèrent Buck et Baker. Ensuite, un par un, tous les animaux et oiseaux prirent à leur tour place dans la procession. Seul l'orchestre restait à jouer à l'intérieur de ce carrousel vivant. Très vite, les musiciens eux aussi rejoignirent la joyeuse assemblée, sans cesser de jouer. Les créatures les plus petites dont les instruments leur étaient trop lourds à porter furent hissées sur le dos d'animaux plus solides. Joe ressentait le vertige enivrant d'un enfant. Il se retrouvait presque aussi heureux qu'en compagnie de 3P. La ronde menée par le petit ours rondouillard était à la fois turbulente, suante, et magique. Exactement le genre de choses que 3P aurait adoré.

Joe fut pris d'un fou rire inextinguible. Il se retourna pour regarder Baker, qui lui aussi paraissait heureux. Et pourtant, le guide avait sur le visage une autre sorte de plaisir tandis qu'il regardait Joe. C'était l'expression, à la fois soulagée et affectueuse, d'un adulte responsable. Baker appréciait davantage la joie de son protégé que le spectacle l'ayant provoqué.

Le cercle de la parade continua jusqu'au moment où Claire décida que la bienvenue avait suffisamment duré. Mais même lorsque la procession s'arrêta, la fête se poursuivit sous la ramure des arbres qui ne laissait passer que quelques lueurs du ciel nocturne. Les rires émanaient de tous les côtés dans le Rond Bosquet, emportant dans leur vague festive même les créatures ne participant pas à la soirée. Il y avait aussi beaucoup à boire et Joe n'arrivait pas à savoir si les invités étaient véritablement ivres ou pas, parce qu'ici, *absolument tout* paraissait plus ou moins enivrant. Les alentours paraissaient troubles, fluorescents et flous. Joe se sentait dans un autre monde, irréel et brumeux. Il vit un carlin buvant du rhum dans un gobelet de bois. Quand le chien réalisa être observé, il offrit à Joe un sourire vibrant de joie délirante. Ce qui poussa celui-ci à glousser plus encore.

Au centre des arbres, un brasier avait été allumé. Joe y fut traîné, toujours explosé de rire, par un joyeux tourbillon d'invités. Claire s'accrochait à ses doigts de ses petites pattes pour le faire danser autour du feu, tournant et sautant, en chantant des couplés inventés au fur et à mesure. Les cendres embrasées s'envolaient dans la nuit, emportant les rires et le plaisir au rythme de la musique plus haut, très haut, jusqu'à d'autres endroits ayant peut-être besoin d'un peu de gaieté. Parce qu'ici, dans le Rond Bosquet, il y avait beaucoup de bonheur en surplus.

Baker s'était aussi joint à la fête. Le gorille joueur de tambour – qui s'était présenté poliment comme étant Sam – avait repéré la guitare que portait le guide dès son entrée dans les bois. Et puisqu'un guitariste manquait à l'orchestre, il s'agissait bien évidemment d'un manque à combler. Aussi, il proposa à Baker de jouer avec eux.

Baker examina le puissant Kong de haut en bas.

— Eh bien, ce serait vraiment idiot de ma part de refuser la requête d'un gorille capable de taper aussi fort sur un tambour, pas vrai ?

Malgré tout, Joe savait bien que Baker mourait d'envie de jouer depuis qu'il avait entendu la musique lors de leur chevauchée. Pour le moment, le guide paraissait avoir oublié qu'il préférait les chansons mélancoliques et faisait de son mieux pour s'accorder aux airs plus dynamiques des festivités.

Buck avait réussi à tirer Phil de sa mauvaise humeur. Les deux chevaux trottaient et galopaient comme de jeunes poulains tout autour de la forêt, ruant dans les tas de feuilles multicolores pour créer les arcs-en-ciel d'un crépuscule spectaculaire. Les étalons faisaient très attention de ne pas écraser par erreur un tamia ivre ou une souris faisant la fête.

La spontanéité flamboyante de l'instant était si intense que Joe réalisa que son cerveau avait été libéré de tout souvenir pesant : il se contentait de suivre le mouvement, avec naturel. Le manège emportait tout dans son sillage, les vivants et les morts, et même ceux qui se trouvaient entre les deux. Joe vivait dans le présent, comme il l'aurait dû.

Des langues de flammes jaillissaient du brasier pour jouer avec les bois environnants, créant des ombres élégantes et magnifiques sur le sol, tout autour des danseurs. Les êtres, aussi bien vivants qu'inanimés, resplendissaient. Tout était magnifique. Joe aurait dû s'en sentir parfaitement satisfait, mais quelque chose le perturbait. Le feu… il s'intéressa davantage au feu et avança, comme hypnotisé, jusqu'au cœur même de ce foyer d'or – qui tout à coup le prenait par la main et l'attirait vers d'autres chemins oubliés.

Une nouvelle réalité de son passé lui fut révélée…

JOE ÉTAIT maintenant assis sur un canapé, entouré de jeunes de son âge. Tous riaient et proféraient des insanités, bien qu'aucun de leurs commentaires ne s'adresse directement à Joe. Quelques-uns dansaient, la musique hurlait à fond sur l'énorme stéréo, au coin de la pièce. Joe était à une soirée, tout aussi animée et bruyante que celle qu'il venait d'abandonner, de l'autre côté des flammes. Ici, il était plus jeune. Il avait le même âge que ceux qui l'entouraient, environ dix-huit ans. Il s'apprêtait à quitter le lycée pour entrer à l'université. Et il était seul, même ici. Il s'efforçait de se montrer amical, souriant et bavardant gaiement, mais il restait le plus souvent abandonné à lui-même. Aussi, après quelques minutes à passer d'un groupe à l'autre en cherchant à s'intégrer, il s'était réfugié sur ce canapé où il serrait à deux mains son rhum dans un gobelet en plastique.

Il fixait un autre jeune garçon de l'autre côté de la salle. Celui-là était bien intégré dans la fête, il y participait et s'amusait. Ce n'était pas un compagnon de classe ni personne que Joe reconnaissait. Et pourtant, d'après Joe, c'était l'homme le plus beau qu'il ait jamais vu. Des cheveux bruns coupés courts, parfaitement taillés, de larges épaules qui indiquaient un sportif, une taille marquée et un torse aux muscles sculptés dont Joe devinait les contours à travers le tee-shirt blanc que le garçon portait. Quel magnifique spécimen ! Joe soupirait rien qu'en le dévisageant. Et si la musique n'avait pas été aussi forte, tous les autres auraient entendu ce soupir.

Joe se força à détourner les yeux, il fallait qu'il cesse de le dévorer comme ça ! Personne ne devait remarquer son attention. Joe veillait toujours à ne laisser paraître aucun signe de vie secrète. Oui, la sienne tout particulièrement. Ce qu'il ressentait devait rester caché. Conscient que ses sentiments avaient déjà provoqué la mort de Declan, Joe avait décidé de supprimer… de restreindre… *des émotions aussi dangereuses et intenses. Dorénavant, c'était ainsi qu'il vivrait, s'était-il promis à lui-même, comme s'il s'agissait d'un film télévisé mélodramatique ou bien d'un 'essai' divulguant un message plein de bonnes intentions.*

Quant à son ami fantôme, ce Louis qui semblait apparaître aux moments de sa vie les plus bizarres et difficiles, Joe ne l'avait pas revu depuis bien longtemps. Depuis ce jour chez le fleuriste. Et dans son cœur, Louis était la seule image représentant l'amour, du moins l'amour tel que l'envisageaient tous les autres.

En dépit de ses auto-prohibitions, Joe sentit ses véritables émotions briser les digues du déni qu'il avait bâties tout autour de lui, de son cerveau, de ses actions. Poussé par la curiosité, il ne put s'empêcher de regarder, encore et encore, le jeune homme au tee-shirt blanc. Et tout à coup, il ferma les yeux, d'un geste rapide et décisif. Il resta rigide sur son canapé en priant pour que personne n'ait remarqué son obsession concernant le cul du mec. Il réalisait que ses yeux s'étaient attardés bien trop longtemps sur cette partie de son anatomie.

Oui. Joe allait demeurer assis là quelques minutes de plus, puis il se lèverait et trouverait une voiture pour le ramener chez lui. Déni... déni... déni...

Mais alors, il sentit une pression sur le dossier du canapé. En ouvrant les yeux, Joe vit une fille penchée vers lui. Elle portait une fleur d'un orange brillant dans ses cheveux noirs et bouclés. Elle lui adressa un grand sourire, très innocent. Elle avait une fraîche odeur de vin à l'orange. Elle portait aussi des lunettes à monture épaisse, bien trop grande pour son visage. Et de chaque côté de sa tête pendaient de lourdes boucles d'oreilles qui ressemblaient à d'énormes paniers garnis de fruits.

Elle agitait les épaules au rythme de la musique.

— Qu'est-ce que tu regardes ? demanda-t-elle.

Pris de court, Joe ne chercha pas à cacher son mécontentement.

— Euh, rien, grommela-t-il.

— À mon avis, tu regardes ce chouette garçon là-bas, insista-t-elle. Tu lui mates le cul.

Joe se sentit immédiatement très humilié. Elle parlait si fort, sans réfléchir à la portée de ses paroles.

Elle escalada le dossier du canapé pour s'asseoir à côté de lui. En voyant la façon dont cette fille était habillée, Joe eut immédiatement en tête le mot 'vulgaire'. Elle ne paraissait pas craindre les couches multicolores. Elle portait plusieurs épaisseurs de vêtements aux teintes voyantes – d'abord, un tee-shirt orange, puis une chemise bleue à manches longues, et par-dessus tout ça, un châle rose – ce qui ne s'accordait pas du tout à sa jupe rayée jaune et vert, ses chaussettes magenta et ses talons noirs.

En plus, elle portait sur chaque bras un amoncellement de bracelets qui tintaient et s'emmêlaient au moindre de ses mouvements.

— Je ne matais pas son cul ! se défendit Joe dans un chuchotement furieux.

— Mais si. Et ce n'est pas grave. Je ne t'en blâme pas. Il est si chouette... enfin pour un cul !

Elle parlait sans hésitation, énonçant tout ce qui lui passait par la tête sans aucun filtrage. Apparemment, elle ne réfléchissait pas avant d'ouvrir la bouche. Peu lui importait de dire une merveille ou une ordure – et d'après Joe, c'était plutôt la seconde option.

— Tu es qui ? Qu'est-ce que tu fiches à venir t'asseoir là en m'accusant de...

— Ce n'était pas une accusation. Juste la vérité. Tu devrais accepter ce que tu es, même si cela te rend un peu différent de ceux qui t'entourent. Il n'y a rien de mal à ça. En fait, c'est pourquoi je t'aime bien. Je te préfère à tous ceux qui se trouvent en ce moment même dans cette pièce.

Elle regardait autour d'elle, comme pour vérifier qu'elle ne s'était pas trompée dans son affirmation, puis elle continua :

— Franchement, tu veux vraiment ressembler à tous ces gens ?

Elle accentua sa question d'un grand geste de la main, ce qui créa une clameur dans ses bracelets.

— Ils paraissent heureux, répondit Joe.

Il adressa un sourire à quelques camarades de classe qui passaient devant lui.

La fille vulgaire fit danser ses boucles d'oreilles.

— Tu crois vraiment qu'ils le sont ? insista-t-elle. Et moi, est-ce que j'ai l'air heureux ?

— Toi, tu donnes l'impression de chercher à dissimuler tes malheurs sous le prétexte d'être différente. J'ai souvent vu ça. Toutes ces foutaises de non-conformisme !

Elle sourit en exhibant des dents tordues.

— Peut-être. Mais peut-être aussi que je suis simplement moi-même, et que ça me plaît. Peut-être que je ne serai jamais la reine du bal, et que je m'en fiche. Peut-être que la vie est trop courte, alors j'essaie d'en goûter le plus de saveurs possible.

— Peut-être, répondit Joe. Ou peut-être que tu ne sauras jamais qui tu es parce que tu te caches derrière tout ça...

D'un geste ample de la main, il englobait sa tenue extravagante. Il en voulait tellement à cette fille qu'il avait perdu son calme.

Elle ne perdit pas son sourire.

— Je sais qui je suis. Claire. Et ce garçon que tu regardais tant, il s'appelle Ben. C'est mon cousin et il est gay.

Joe resta bouche bée en la dévisageant. Elle reprit :

— Si tu penses un jour que ça te plairait de mieux le connaître, fais-moi signe. Ben est très gentil. Et il te trouve adorable. Il me l'a dit tout à l'heure, dès qu'il t'a vu arriver.

Et tout à coup, cette fille vulgaire qui s'appelait Claire se releva et quitta les coussins du canapé aussi rapidement qu'elle s'y était assise. On aurait vraiment cru qu'elle portait des ressorts aux talons.

Joe se tourna en direction de Ben. Il remarqua que, effectivement, l'autre le fixait aussi. Il nota un bref signe de reconnaissance. D'intérêt mutuel. Claire courut jusqu'à Ben et lui jeta les bras autour du cou. Avec un rire, il la serra contre lui.

Quel merveilleux sourire il a ! pensa Joe. *Un sourire qui annonce 'tout va bien'. Un sourire qui affirme qu'il a cessé de se cacher.*

Sur ce, la remorque prudente des flammes le ramena sans effort du passé, terminant la leçon. Joe traversa la porte de feu et se retrouva bientôt comme auparavant, face au brasier.

La fête, la cavalcade animale, était terminée et Joe se trouvait le seul encore debout. Le bûcher commençait à s'éteindre, il n'en restait que de petits tisons chuintants que le vent léger emportait au loin. Pourtant, la chaleur demeurait partout alentour. Joe prit conscience d'un contact pelucheux contre sa main, il baissa les yeux pour voir le petit ours qui le fixait tendrement, de ses grosses prunelles marron et rondes. La nuit s'était refermée sur le bosquet comme d'immenses ailes protectrices.

— Alors, maintenant tu te souviens de moi, c'est ça ? chuchota Claire.

Joe acquiesça avec un sourire. Puis il répondit dans un murmure :

— Oui, Claire, maintenant je me souviens de toi. Merci.

Il resserra les doigts sur sa patte. Elle haussa les épaules.

— Eh, je n'ai pas fait grand-chose.

Joe continua à mi-voix, les yeux fixés sur les tisons mourants :

— Claire, si je peux te poser une question, pourquoi es-tu là ? Comment est-ce arrivé ?

— Tu veux savoir comment j'ai avalé mon extrait de naissance ? dit-elle avec une franchise brutale.

Sans changement de voix ou de comportement, elle enchaîna tranquillement :

— Eh bien, après le lycée, j'ai trouvé du boulot dans un zoo, un de ceux qui n'ont pas les moyens d'être bien entretenus. Ils avaient du mal à garder la tête hors de l'eau, ça leur était difficile de continuer et d'attirer du public. Moi, j'étais chargée de m'occuper des animaux. Je les nourrissais et souvent, je les nettoyais au jet d'eau. J'adorais mon travail. J'adorais les animaux. Je les trouve tellement plus intéressants que les gens. Et ils sont aussi plus gentils avec moi. Je n'ai jamais rencontré une bête qui se soucie de mon aspect physique. Mais un jour, alors que je travaillais dans l'enclos des éléphants, voilà t'y pas qu'un de ces balourds s'échappe. Imagine un peu ! Tous les visiteurs et le personnel ont réussi à lui échapper... mais pas moi.

— Tu as été...

Joe cherchait à exprimer avec tact ce qu'il pensait. Ce fut Claire qui termina sa phrase :

— ... écrabouillée. J'ai perdu mes boyaux, ils se sont répandus tout autour de moi. Je n'ai rien vu venir. Ce fichu pachyderme m'est tombé droit dessus ! Heureusement, je n'ai pas eu mal. Je n'ai rien ressenti, je ne me souviens de rien. Je me suis juste réveillée ici.

Joe regardait toujours ce qui restait du brasier.

— Tu n'as rien senti ? Eh bien... tant mieux, déclara-t-il très calme.

— Oui, confirma Claire, tout aussi calme.

Tout autour d'eux, il y avait les autres animaux, les autres invités, qui dormaient, se reposaient, ou contentaient de rester silencieux. Il y avait aussi Phil et Buck somnolant l'un contre l'autre, bien serrés, malgré la menace de l'étalon blanc plus tôt dans la journée. Il y avait aussi Baker étalé sur un tas de feuilles aux couleurs d'arc-en-ciel, avec sa guitare à ses côtés et ses mains sous la tête. Il y avait le petit carlin ivre, appuyé contre son gobelet comme ce poster que Joe se souvenait avoir vu en cours d'anglais, durant sa seconde année en primaire. Les arbres avaient cessé de projeter leurs confettis, le calme était retombé sur le rond bosquet.

Joe et l'ourse restèrent ensemble un moment, main dans la patte, perdus dans le même silence nostalgique. Lorsque la dernière étincelle jaillit des cendres pour monter vers le ciel, Joe remarqua une silhouette immobile qui le fixait, dans la sérénité des bois. Lorsqu'il voulut mieux regarder, l'ombre avait disparu. *L'Étranger.*

QUAND CE fut le moment, les couleurs se replièrent dans le ciel comme les vagues d'un océan gigantesque. Joe était couché sur le dos, les yeux écarquillés d'émerveillement devant cet horizon qui changeait en permanence et dont il admirait la performance, au-delà des arbres. C'était comme si une aurore boréale avait lieu toutes les nuits, mais plus vive et plus lente, ce qui permettait de mieux en goûter la complexité. Il trouvait que cette expérience belle et bouleversante, réparait en lui des blessures intimes.

Claire avait disparu. En fait, la plupart des autres animaux s'en étaient allés au petit matin. Joe les entendait vaquer à leurs occupations et s'éloigner du bosquet. Il ne voyait plus dans le cercle des bois que Baker, toujours étendu près de sa guitare.

Joe ne résista pas à l'appel de cette aube nouvelle, il se leva lentement et traversa ce qui restait des couleurs à terre pour aller jusqu'à son guide.

— Je t'entends, gamin, déclara Baker sans ouvrir les yeux.

Baker soupira, puis s'étira pour assouplir ses muscles après une bonne nuit. Enfin, il se décida à lever les paupières. Il prit sa guitare par le col et se remit debout.

— Nouveau jour, nouvelles aventures, dit-il avec un sourire.

En même temps, il frottait ses vêtements pour les nettoyer des confettis dont ils étaient parsemés.

— Hé, vous deux !

La petite voix aiguë de Claire les interpellait au-delà du cercle des arbres.

Joe et Baker se dirigèrent vers l'origine de cet appel, passant sous une voûte élégante et feuillue. En quittant le Rond Bosquet, ils tombèrent sur Claire, assise sur l'herbe, ses jambes potelées croisées en tailleur. Phil et Buck broutaient non loin de là dans les plaines et, au-delà, ondulaient les vagues des collines. Encore plus loin, rendue floue par la distance et l'humidité, il y avait une massive chaîne de montagnes. Un essaim d'oiseaux argentés voletait quelque part derrière les deux étalons.

Dès que les deux hommes arrivèrent près de Claire, le guide la taquina :

— Comment va, mon nounours ?

— Je me sens prête pour un nouveau jour ! répondit-elle.

Elle tendit un bras devant elle, pointant une petite griffe vers la masse rocheuse qui s'élevait loin devant et ajouta :

— Voilà où vous devez vous rendre à présent !

Elle paraissait toujours aussi joviale.

— C'est dingue, déclara Joe, cet endroit est comme une carte vivante. Personne n'a la moindre chance de se perdre, ça c'est sûr. Tout le monde semble savoir où je dois aller. Sauf moi !

— Nous avons tous connus ça au début, piailla Claire avec entrain. Mais tu peux te perdre, je t'assure. Il y a ici de nombreuses âmes errantes. Une fois perdus, les gens continuent leur chemin en trébuchant, tristes et incomplets. Et ils paraissent vraiment très fatigués. Mais la plupart d'entre nous trouvent leur chemin. Ensuite, quand nous commençons à comprendre le principe, nous pouvons aider les autres. Ceux qui n'ont pas encore appris. Parfois, il nous est possible de remettre sur le bon chemin certains de ceux qui se sont égarés. Mais en vérité, nous ne cessons jamais de faire des découvertes. Il y a toujours plus à apprendre.

— Bien dit, nounours, dit Baker.

— Alors, prêts à repartir ? Vous êtes prêts à affronter ce qui vous attend ?

C'était Phil. Lui et Buck, d'une foulée gracieuse, revenaient vers les deux hommes. Joe n'avait même pas remarqué que les deux chevaux avaient cessé de se nourrir. La voix de l'étalon blanc lui parut plus concernée, moins sarcastique.

— Oui, je pense, répondit-il.

— Dans ce cas, nous ferions mieux de nous mettre en route, déclara Baker.

Il se releva et tendit à Joe une main dont le garçon n'avait pas réellement besoin.

— Fais bien attention, jeune homme, dit Phil.

Ses yeux étaient à présent parfaitement sincères, gentils. Il ne restait plus rien de ronchon chez l'étalon. Il reprit :

— Vous allez rencontrer bien des difficultés, tu auras besoin de tous tes esprits et de ta force.

— Ne terrorise pas cet enfant ! renâcla Buck. Joe, tu t'en sortiras très bien. Tu arriveras sans problème jusqu'au bout. Tu as un excellent guide. D'autres n'ont pas eu la chance d'avoir un Baker pour les accompagner.

— Merci, répondit Joe. Je sais que je m'en sortirai. J'ai été heureux de vous connaître tous les deux.

Sa voix trahissait un peu ses inquiétudes. Il se retourna pour regarder le petit ours noir avec tendresse et lui dit :

— Ça m'a fait très plaisir de te revoir, Claire !

Elle bondit sur ses pattes arrière et referma ses deux bras autour de la taille de Joe. Il crut entendre un petit sanglot.

— Pareil pour moi, dit-elle. Tu as beaucoup à faire. Mais rappelle-toi bien : ça en vaut la peine.

Joe plia sa haute taille afin de la serrer contre lui. Oui, pas de doute, elle sanglotait.

— À la prochaine !

Buck criait ce dernier adieu aux deux voyageurs qui se mettaient en marche vers les montagnes. Ils étaient déjà à une certaine distance lorsque Phil intervint à son tour :

— Joe ! hurla-t-il. Ne le laisse pas jouer au grand patron avec toi !

Bien entendu, il parlait de Baker. Avec un sourire, Joe se retourna et agita la main pour saluer les deux étalons et le petit ours.

— Quel emmerdeur, ce canasson ! marmonna Baker.

Ayant repris des forces, Joe et Baker étaient prêts pour la longue marche qui les attendait jusqu'aux gigantesques masses rocheuses loin devant eux.

DES MONTAGNES QUI
CACHENT LE SOLEIL

LA TRAVERSÉE des plaines jusqu'aux montagnes parut durer une éternité. Des petites collines s'élevaient de-ci de-là tandis que Joe et Baker avançaient et avançaient encore. Il faut quand même dire qu'elles ne jaillissaient pas spontanément du sol comme d'autres accidents de terrain paraissaient le faire à cet endroit. Non, ces collines-là existaient depuis toujours. Sur un territoire aussi plat et étendu, elles ressemblaient à des grains de sable sur une plaque de verre, délicates déformations créant des illusions de perspective. Vues du bosquet de Claire, les montagnes paraissaient n'être qu'à une demi-journée de marche – une 'journée' étant un élément de mesure désuète que Joe avait beaucoup de mal à oublier, parce qu'il n'avait pas encore réussi à faire la distinction entre l'espace et le temps – mais la distance n'était qu'une illusion, bien plus importante encore que les collines. Les hectares de territoire semblaient s'étendre et grandir au fur et à mesure que les deux hommes marchaient, comme s'ils attendaient le 'bon' moment, selon leurs critères. Joe bâillait de plus en plus souvent – et de plus en plus bruyamment.

Bientôt, le ciel devint sombre. Depuis la voûte céleste, la nuit jetait sur eux son grand manteau. Baker estima préférable d'établir un camp, sur une pente douce du terrain, plutôt que continuer à progresser.

— Parfois, expliqua le guide, il est exaspérant de n'arriver nulle part. L'éternité a tout son temps.

Il établit rapidement un feu de camp auprès duquel il se mit à jouer de la guitare. Les notes s'élevaient et renvoyaient des échos dans les arbres alentour et dans la nuit. D'une voix rauque, Baker se mit à chanter tout ce que Joe lui demanda. *Tower of Song, You Ain't Goin' Nowhere, A Case of You.*

Au retour de l'aube, les deux voyageurs se remirent en route, mais les montagnes paraissaient toujours aussi éloignées. Elles restaient immenses, inatteignables et distantes, enveloppées des nuages brumeux de l'éther. De là où ils étaient, ni Joe ni Baker n'arrivaient à déterminer à quelle hauteur s'élevait la chaîne rocheuse dans l'atmosphère, mais Joe ne se souvenait pas avoir jamais rien vu d'aussi majestueux et imposant. On aurait cru que d'immenses rochers tombaient régulièrement du ciel, comme un magma solide craché par la masse épaisse des nuages.

Ils avançaient toujours lorsque leur attention fut attirée par une nouveauté peu agréable. Reniflant l'air alentour, Joe et Baker remarquèrent une odeur putride de cendres et de sulfure. Elle provenait des collines avoisinantes qui, au fur et à mesure que l'odeur se faisait plus forte, devenaient plus petites de taille et plus pauvres en végétation. Joe grimaça et se boucha le nez en grommelant son dégoût.

— Nous devons être près d'une tourbière ou d'un marécage, Baker, annonça-t-il, sans véritablement attendre de réponse.

Les deux hommes n'arrivaient pas encore à savoir d'où émanait cette odeur épouvantable. Les collines, bien qu'elles soient rares, modestes et érodées, représentaient cependant un bouclier, gardien de la myriade des petits canyons existants entre elles. Aussi, la source de cette odeur âcre et putride pouvait se trouver n'importe où.

Très vite, les voyageurs perçurent des voix fiévreuses et tourmentées. Elles s'élevaient de la puanteur comme une boue épaisse. Au début, presque inaudibles, étouffées par l'atmosphère épaisse, puis peu à peu, perceptibles. Il s'agissait de cris, de gémissements aigus, de râles d'agonie et de terreur, assez atroces pour assombrir l'atmosphère. Joe ralentit, mais Baker insista pour continuer.

— Ceci n'a rien à voir avec nous, dit-il d'un ton prudent. Nous devons passer, c'est tout.

— Passer quoi ?

Joe devait hausser le ton pour se faire entendre au-delà du terrifiant tumulte.

Baker n'eut jamais l'occasion de répondre. Parce que Joe voyait enfin, de ses propres yeux, l'obstacle qu'ils étaient censés ignorer. Ils se trouvaient quasiment pile dessus. Les collines érodées, maintenant complètement pelées – seules restaient visibles des plantes fanées et de mauvaises herbes –, cernaient une arène circulaire. On aurait cru la gueule ouverte de la terre elle-même, avec les rochers déchiquetés formant les monstrueuses canines et incisives de ces lèvres de pierre. Et là était l'origine de la puanteur, mais aussi des hurlements devenus si stridents qu'ils en étaient assourdissants. Au milieu du cercle, le sol était creusé comme par l'impact d'un météore ou d'un astéroïde. De ce trou béant dans la terre, la poussière et les rochers, émanait cette odeur infecte qui agressait l'odorat de Joe et les cris qui menaçaient de le rendre sourd. Une immonde brume jaunâtre flottait sur la scène et Joe n'avait aucune envie de la traverser.

— Viens, dit une fois de plus Baker. Ce que tu ignores ne peut te blesser. N'insiste pas pour savoir.

Joe se pinça le nez plus fort tandis qu'il avançait derrière son guide le long du cratère. Sous leurs pieds, la terre était sèche et morte. Joe regrettait de ne pas avoir une autre paire de mains disponible pour se boucher les oreilles. Il avait envie de vomir, à cause de l'odeur puante, mais aussi des cris de douleur. Tous ses sens en étaient bombardés jusqu'à la nausée.

Le cratère vorace plongeait dans un gouffre d'encre solide, insondable, inquiétant. De temps à autre, une hideuse lueur rouge, incandescente et dangereuse, jetait un bref éclat de sang sur cette noirceur sans pitié, comme une bombe explosant au cœur de la nuit durant une guerre meurtrière. Chaque éclair rouge était précédé par une vague de cris plus forts, de gémissements plus douloureux encore.

— Jusqu'où plonge ce trou ? hurla Joe au milieu du tumulte.

Il tremblait. Mais comment calmer des nerfs qui n'existaient plus vraiment ?

— Qui sait ? répondit Baker.

Il continuait à avancer d'un pas régulier, se désintéressant du spectacle. Il gardait les yeux fixés sur le sol devant lui, sur l'endroit où il posait les pieds. Il ajouta cependant :

— Je ne suis jamais allé jusque-là. Tu n'as pas non plus à y aller.

Joe, d'un geste de la main, repoussa de son visage une plume jaune.

— Qu'est-ce que c'est ?

— Un endroit bizarre. Voilà tout.

— L'enfer. C'est l'enfer, c'est ça ? Il y a des fourches, et du feu, et des démons ?

Sa voix frémissait sous la force de cette réalisation soudaine. Baker s'immobilisa et se retourna ; il regardait son protégé et paraissait déçu. Et Joe commençait à prendre l'habitude d'une telle expression chez son guide.

— Écoute, chef, si le paradis n'existe pas, comment veux-tu qu'il y ait un enfer ? Réfléchis un peu. Je sais que tu es plus intelligent que ça, plus logique. D'accord, je vais jouer au prêcheur, au professeur, et je vais te dire que les âmes qui tombent là-dedans…

Il parlait calmement, il avança jusqu'au bord de la fosse et enchaîna :

— Ils ont été trompés. Ce sont juste des gens normaux, comme toi et moi, mais ils ont gobé tout ce qu'on leur a raconté. Ils suivent les consignes sans se poser de questions.

— Juste des gens normaux ?

— Oui. Ils ont cru qu'ils seraient condamnés. Ils ont été convaincus par ce qu'on le leur a dit. Ils n'ont même pas cherché à comprendre, ils avaient bien trop peur de ceux qui les avaient endoctrinés. Alors, ils se retrouvent là. Ils auraient pu éviter tout ce merdier et se sauver, s'ils avaient seulement regardé autour d'eux, cherché d'autres solutions, exercé leur libre arbitre…

— Ils ont cru tout ce que leur ont dit les prêcheurs et maintenant ils en sont punis ? Ce n'est pas juste. Baker, ça ne me paraît pas bien du tout.

— Ils se punissent eux-mêmes, c'est tout. Aucun pouvoir supérieur ne les a condamnés. Ce n'est pas ce que tu penses. Comme je te l'ai dit, l'enfer n'existe pas. Tu m'obliges sans arrêt à me répéter. Il n'y a pas de paradis, ni Dieu, ni diable… rien de tout ça. Seul ton esprit détermine ce que tu es, ce que tu vois. Tu sais, l'esprit est une force terrible. Il est capable de créer à partir de rien.

Le guide s'interrompit avant de soupirer.

— Bon, c'est terminé pour aujourd'hui le sermon ?

— Pauvres gens, chuchota Joe.

Il avait le regard fixé sur l'obscurité puante. Ses yeux étaient pleins de larmes, mais elles ne coulaient pas, parce que la chaleur des flammes les séchait sur place.

Baker chercha à le réconforter en posant une main forte sur son épaule.

— Non, Joe. Il y a toujours de l'espoir. Regarde un peu…

D'un geste du menton, il désigna l'extrémité la plus éloignée du cratère.

Joe avait du mal à voir, mais quelques marches émanaient des profondeurs du gouffre noir, celles d'un très ancien escalier de pierre. Elles étaient recouvertes de brume jaunâtre et d'éclats de roche. Si Baker ne les lui avait pas montrées, Joe ne les aurait jamais remarquées. Et pourtant, ces marches avaient souvent été utilisées. Et c'était toujours le cas. Joe aperçut trois silhouettes, hagardes et en haillons, qui remontaient l'escalier. Aussi épuisées et abattues qu'elles paraissent, elles émergèrent du gouffre pour atteindre le terrain plat où Joe et son guide se tenaient aussi. Trois autres personnes les attendaient : des guides, comme Baker. Chacun prit son —

ou sa – protégé(e) dans les bras. Une telle joie brillait sur le visage des rescapés que Joe faillit pleurer. Il en oublia presque la puanteur et les cris qui polluaient toujours l'atmosphère.

D'autres guides traînaient alentour. Ils attendaient au bord de la faille, se penchant parfois pour regarder ce qui se passait en dessous. Certains paraissaient calmes et patients, d'autres anxieux.

Joe remarqua une femme âgée, aux cheveux gris et frisés. Elle ne cessait d'appeler, courbée au-dessus du cratère, de toute la force de ses poumons :

— Jolene ! Jolene ! Arrête immédiatement tes bêtises, reprends tes esprits, et monte retrouver maman !

Qui sait depuis combien de temps elle se trouvait là…

— Ils peuvent s'échapper. Ils peuvent sortir, chuchota Joe, plein d'espoir.

— Oui, confirma Baker. Il y a toujours une échappatoire. Ces trois cocos-là ont fini par grimper les marches … ils se sont enfin repris. Ça arrive tout le temps. Un jour ou l'autre, ils réalisent qu'ils ont l'option de se sauver eux-mêmes, ils oublient leurs préjugés et convictions bornées. Ils n'ont besoin de personne. Il leur suffit de décider de prendre l'escalier pour quitter le gouffre et commencez enfin leur quête. C'est à eux de choisir, tu vois.

— C'est quand même triste qu'ils aient à endurer de tels tourments avant d'être libres.

— La seule chose que les humains ont réussi brillamment, c'est de se créer un enfer et de se vautrer dans leur misère. Ensuite, ils se plaignent du sort qu'ils ont choisi, ils se complaisent dans la douleur. Ils sont nettement moins doués pour trouver une porte de sortie.

Baker resserra sa poigne sur l'épaule de son protégé.

— Viens, maintenant, Joe, insista-t-il. Nous devons avancer.

Les deux voyageurs continuèrent leur route à travers les collines et au-delà. Peu à peu, la puanteur du soufre et des cendres s'atténua, l'enfer des autres restants loin derrière. Joe ne put s'empêcher de regarder une dernière fois par-dessus son épaule, il aurait aimé voir d'autres évadés émerger du gouffre.

LA PORTE d'entrée, à la base des grandes montagnes, n'avait rien d'inspirant. Elle ne ressemblait pas du tout à ce qu'annonçaient les légendes ou les ballades. Il n'y avait aucun brouillard mystérieux. Il n'y avait pas non plus de trolls monstrueux prêts à dévorer les aventuriers téméraires ni de sphinx aux énigmes incompréhensibles. Le passage se trouvait là, tout simplement, entre deux énormes rochers. C'était un petit sentier banal creusé dans la pierre. Et la montagne elle-même, vue d'aussi près, paraissait déchiquetée, ses pentes abruptes parsemées d'éclats de roche en équilibre instable. Elle n'avait plus rien de majestueux. Même le sol devant son entrée était vide et sans intérêt, des plaques d'herbes émergeant de la terre, dont les mottes grisâtres étaient mêlées de graviers et de cailloux. Ceux-ci augmentèrent en taille et en nombre au fur et à mesure que Joe et Baker s'approchaient de la montagne.

— C'est ça ? demanda Joe plutôt sceptique.

Il était debout devant le passage. Un vent terne en sortait, qui lui soufflait au visage.

— Oui, c'est ça, chef, confirma Baker.

Il patienta jusqu'au moment où Joe se décida à avancer parmi les rochers. Puis il le suivit en disant :

— Tu t'attends toujours à une touche de dramatique, pas vrai ?

Joe, ignorant la petite pique taquine, se contenta de faire remarquer :

— Nous sommes pieds nus, ça ne va pas être facile de marcher là-dedans.

Et pourtant, à peine avait-il prononcé ces mots qu'il vit en face de lui, cachées derrière les rochers, des marches taillées dans la pierre. Parfaitement lisses, elles grimpaient vers le sommet de la montagne, même si Joe n'en voyait pas la fin. D'ailleurs, ce n'était pas la seule option qu'avaient les voyageurs pour continuer. Non, dès les premières marches, il y avait un carrefour et d'autres escaliers partaient en colimaçon vers diverses destinations. En fait, toutes les quelques marches, il y avait d'autres embranchements, et encore, et encore. Joe apercevait seulement ce labyrinthe qui était demeuré caché avant que les deux hommes pénètrent dans le passage. Ce qu'il avait cru être des rochers aux arêtes aiguës, entassés au hasard, s'avérait en réalité des marches empilées les unes sur les autres qui menaient de façon distante, mais certaine, jusqu'au plus haut de la montagne. Et ce sommet, s'il existait, si l'ascension ne continuait pas éternellement, était bien trop accroché au ciel, drapé dans ces nuages roses et blancs, pour que Joe puisse le voir de là où il était. Une fois de plus, le jeune homme se retrouva béant d'admiration. Il resta ainsi long moment, occupé à fixer le sommet. Il commençait à craindre que les marches, épuisées par la complexité inextricable et le pouvoir de cet endroit, s'écroulent pour l'ensevelir sous leur masse.

Éberlué, il contemplait les différents escaliers, la multitude innombrable de ses choix.

— Lequel devons-nous prendre ? demanda-t-il enfin.

— C'est sans importance, répondit Baker. Quelle que soit notre voie, elle nous emmènera là où nous devons aller... à un moment ou à un autre. Tu sais, c'est un peu comme ce vieux proverbe : tous les chemins mènent à Rome.

— J'espère que tu sais de quoi tu parles.

Après cet aveu, Joe poussa un soupir indiquant qu'il était prêt à se mettre en route, pour n'importe quelle destination. Il commença donc à escalader les marches de pierre, en se retournant légèrement vers Baker avec un rictus entendu. Il avait choisi un chemin de traverse : un escalier légèrement décalé par rapport à la voie centrale.

— Tu as l'esprit tordu, plaisanta Baker. Il est difficile de prédire des réactions.

L'ascension se poursuivit, sans événement majeur. Les marches paraissaient étonnamment faciles à grimper, comme si elles étaient entretenues de façon régulière, balayées tous les jours des éclats de roche qui dégringolaient. Joe décida de donner un titre à l'improbable personne chargée de cet entretien : le Gardien des Marches. Il jetait de fréquents coups d'œil sur le monde, en dessous, qui lui paraissait rapetisser à vue d'œil, mais qui pourtant devenait de plus en plus étendu au fur et à mesure qu'il montait.

Après ce qui lui parut une bonne journée de marche, Joe se retrouva à camper pour la nuit avec Baker sur un autre escalier, bien plus élevé. Quand Joe se pencha pour examiner l'étendue du territoire, il fut satisfait de leur progression. Tout, en dessous, paraissait désormais minuscule. De leur perchoir, les deux hommes avaient une vue imprenable sur le ciel aux changements permanents, sur l'immense étendue des plaines, les ondulations des collines, et aussi très loin à l'est, sur une rivière aux flots paisibles. En plissant les yeux pour contrer la faible luminosité du crépuscule, Joe pensait même discerner le petit bosquet où Claire donnait ses joyeuses soirées. Il sourit en imaginant quelles frivolités devaient avoir lieu là-bas, en ce moment même, alors que lui et son guide se trouvaient assis sur la dure roche de la montagne. Il regretta de ne pas être encore à la fête. D'un autre côté, bien qu'il ne puisse les voir, Joe savait qu'au-delà, il y avait toujours les jardins maudits d'Abigail et son sinistre cottage en deuil. Cette idée le déprimait, aussi il préféra reporter son attention sur Baker, assis sur une marche, entre deux escaliers. Le guide jouait de bon cœur son habituel folklore mélancolique.

Joe réalisa qu'il se sentait désormais à l'aise en compagnie de Baker.

— Comment es-tu retrouvé là, Baker ? demanda-t-il. Comment es-tu mort ?

Il s'était installé au bord du vide, les jambes pendant sur le côté.

— Je me demandais quand tu finirais par me poser cette question, dit Baker.

Il cessa de gratter sa guitare, les dernières notes de musique s'envolèrent vers la plaine dans un écho assourdi. Des yeux, Baker suivit leur invisible trajet. Très haut, au-dessus des deux hommes, un oiseau solitaire planait avec élégance dans le ciel obscurci.

Le guide continua :

— Comme je te l'ai déjà dit, j'étais un musicien... du moins, c'est ce que je voulais croire. Je n'ai jamais eu beaucoup de succès, mais ça me plaisait de jouer. Tout le monde a bien une passion, non ? Eh bien, la musique, c'était la mienne. Tu sais, le succès importe peu quand on fait ce qu'on aime et que ça vous rend heureux. Une nuit, j'ai été engagé au Poisson Tueur, à New York. Tu imagines, parmi tous les endroits du monde, je retrouvais dans ce rade. Bien sûr, 'rade', c'est une question de perspective. Je suis certain que pour des miséreux, cet endroit aurait été un palace, mais pas pour moi.

Il fit une pause avant de reprendre :

— Peu importe. Je n'étais pas très bien payé, mais j'étais jeune et je voulais cette expérience. En plus, ils avaient promis de me nourrir gratis. À l'époque, je n'en demandais pas plus. Je savais que je ne deviendrais jamais un Townes van Zandt [1], alors je me contentais d'accepter ce qui venait sans me préoccuper du reste. Eh bien, ma prestation s'est plutôt bien passée, je crois. En tout cas, aussi bien que possible dans le contexte. Il y avait tellement de bruit dans ce bar que personne n'entendait rien de ma musique, à mon avis. Mon audience était composée de serveuses bruyantes et de routiers enivrés. Ce n'est pas le genre d'endroit que fréquentent les producteurs à la recherche de nouveaux talents. Du moins, c'est ce que j'avais entendu dire. Quand j'ai eu fini, le gérant m'a payé mes modestes

---

1 Chanteur, auteur et compositeur américain de musique country (NdT).

honoraires et m'a offert à manger. Une tartine de pain de seigle avec du thon dessus. *Dingue, hein ?* C'était ça, mon dîner.

Il se mit à rire, en se remémorant les petits détails d'anciens souvenirs que seul trouve drôles celui les ayant vécus. Puis il enchaîna :

— Eh bien, pas de chance pour moi : le thon n'était pas frais. Je me suis retrouvé avec une intoxication alimentaire. Un truc grave. La pire douleur, j'imagine, que j'aie connue. Je suis mort à l'hôpital, le lendemain du jour où ils m'ont récupéré affalé, le nez sur le béton du parking de mon motel. J'avais encore ma guitare dans les mains. Ils ont eu la gentillesse de l'enterrer avec moi.

Il tapota son instrument avec amour.

— Bien sûr, continua-t-il, ce n'est pas la même. La musique a une âme, mais pas les instruments. Ils ne peuvent pas passer ici. Et c'est l'un des trucs qui me chiffonnent le plus. Parce que mon ancienne guitare avait plus de personnalité que la plupart des gens que je connaissais.

— Waouh ! chuchota Joe tout doucement.

Il y avait dans ses yeux un nouvel éclat, dû à la surprise, mais aussi à la compréhension. Il ne regardait plus au-delà des plaines, il fixait Baker avec une étrange sensation douloureuse qui lui comprimait le cœur.

Le guide gratta au hasard quelques cordes avant de marmonner :

— Ouais. Ma mort n'a rien eu de glorieux, pas vrai ?

— Tu as eu une intoxication alimentaire en mangeant du thon dans un bar qui s'appelle le Poisson Tueur... à New York ?

Joe faillit éclater de rire, mais il avait toujours dans les yeux cette lueur révélatrice. Son souffle s'était accéléré. Les aveux de Baker l'avaient pris par surprise, il s'efforçait de le cacher. Le guide, qui rêvait toujours de son ancienne vie, ne remarqua pas la réaction de son protégé. Pourtant, quelque chose vibrait dans l'air entre les deux hommes, une question et sa réponse. Le silence était complice, une explication à haute voix aurait été redondante.

— Tout est de la faute de ce fichu cuisinier, décida Baker. Quand je le retrouverai ici, je lui passerai le savon qu'il mérite. Il va m'entendre, je t'assure. Oui, monsieur !

Baker agitait un index frénétique. Joe resta muet, examinant une fois encore l'immensité autour de lui. Tout était immobile sous le ciel nocturne.

— Baker, dit-il enfin, est-ce que les gens te manquent ? Y a quelqu'un qui porte ton deuil ?

— Oui, bien sûr qu'ils me manquent, comme à tout le monde, tu ne crois pas ? J'avais une bien jolie femme. Nous venions de nous marier, ça ne faisait pas quinze jours. Quand je suis arrivé ici, j'ai mis quelque temps à me souvenir d'elle, je souffrais terriblement de l'avoir perdue. Parfois, elle chantait avec moi. Elle avait une voix plus délicieuse que tous les oiseaux que tu as pu entendre. Parfois, elle montait sur scène avec moi.

Il devenait de plus en plus triste, sinon mélancolique.

— Ça me manque qu'elle ne chante plus à mes côtés, avoua-t-il. Ça me manque vraiment.

— Moi, c'est ma mère qui me manque, dit Joe. Terriblement. Je commence à peine à réaliser tout ce qui m'attend ici. Je sais surtout que je ne vais pas la revoir pendant très, très longtemps. Mes souvenirs me reviennent, de plus en plus, et je n'ai jamais eu personne d'aussi proche que ma mère.

Les yeux pleins de larmes, il continua :

— Ma mère aussi chantait, de temps en temps. Elle avait une très jolie voix. Je ne suis pas certain de me rappeler de tout… je me demande si elle est morte avant moi…

Il secoua la tête pour écarter cette idée, il ne voulait pas y penser.

— J'espère que non, reprit-il. J'espère qu'elle est encore là-bas et qu'elle chante toujours.

— Mais la revoir te ferait très plaisir, pas vrai ? insista Baker d'une voix rauque.

Joe soupira.

— Oui, bien sûr. Bien sûr.

Au-dessus des deux hommes, dans le ciel d'encre, la silhouette d'un grand oiseau planait toujours en faisant d'élégants loopings. Si Joe avait levé la tête, il aurait vu que la gigantesque créature ailée s'attardait un moment au-dessus de lui avant de disparaître bien plus haut, dans les hauteurs nuageuses du sommet de la montagne.

'... Pitié, une seconde chance...'

Quand revint la lumière du jour, Joe et Baker se remirent en route et recommencèrent à monter, de plus en plus haut, s'éloignant du sol en dessous. Ils choisissaient au hasard de nouveaux escaliers et continuaient. Joe découvrait que l'air des hauteurs lui convenait : il se sentait régénéré, comme aux premières bouffées du printemps. Il escaladait la montagne avec un visage heureux.

Baker se moquait de lui :

— C'est quoi, ce sourire idiot ?

Ils avaient bien avancé et monté un nombre admirable de marche, quand ils parvinrent à un endroit qui ressemblait à divers corridors au milieu des escaliers. Ils marchaient le long d'une étendue plate qu'on aurait crue provenir d'une explosion de dynamite ! Ici et là poussaient un buisson obstiné ou un petit arbre solitaire. Le rugissement discret du vent renvoyait des échos sur les rochers. Joe et Baker se trouvaient dans un profond canyon, sorte de repli montagneux. Très haut au-dessus d'eux, les escaliers continuaient à serpenter le long des falaises et parmi les cavernes. Ils les voyaient et c'était le chemin qu'il leur restait à parcourir. Mais là, dans le canyon, il n'y avait rien. Pas une seule marche en vue pour entamer une nouvelle ascension. Rien qu'un long sentier poussiéreux.

Aussi, ils avancèrent sur l'étendue plate et rocheuse, jusqu'à ce que leur attention soit attirée, en même temps. Devant eux brillait une étrange luminescence, elle paraissait irréelle. Un brouillard pesant tomba soudain dans le canyon, rampant comme un animal blessé vers les deux hommes. Il se répandit d'un côté à l'autre et grimpa le long des falaises. Et ce brouillard avait des doigts qui se dressaient vers le ciel en signe de terreur ou de supplication. En voyant ça, Joe resserra les mains sur sa poitrine. Il avait du mal à respirer l'air ambiant.

— Bon sang ! jura Baker. J'espérais bien que nous ne tomberions pas sur eux.

— Quoi ? Qu'est-ce que c'est ? demanda Joe soudain alarmé.

Il aurait voulu s'enfuir loin de là ou demander à Baker de faire quelque chose pour les écarter.

Baker posa la main dans le dos de son protégé.

— C'est une brume de terreur, répondit-il. Prépare-toi, gamin. Ce que tu vas subir n'aura rien d'agréable. Mais il n'y a plus rien à faire maintenant. Impossible d'y échapper.

Ses yeux inquiets surveillaient le visage de Joe. Du coup, le jeune homme avait de moins en moins envie de s'aventurer plus avant. Malheureusement, il n'eut pas le choix. Il ne put éviter la brume. Elle s'approcha en rampant sur le sol où elle plantait des racines de vapeur. Très vite, elle engloba Joe et son guide, dans un tourbillon épais, blanc et humide, qui les comprimait et glissait des doigts suppliants et moites le long de leur peau nue. D'instinct, dès qu'il se trouva cerné par le brouillard, Joe retint sa respiration. Il sentait la poigne insistante qui cherchait à l'attirer.

— Continue à marcher ! cria Baker.

D'après le son de sa voix, lui aussi était englué dans la brume. Il parlait avec vigueur parce qu'il lui était difficile de se faire entendre : le brouillard étouffait les sons, les buvant comme de l'eau.

— Continue à marcher, répéta le guide.

Horrifié, Joe discernait à présent des visages tout autour de lui, émergeant de la brume blanchâtre. Des visages, dont les bouches se tordaient de si atroce façon que Joe, terrifié, en faisait souvent un pas en arrière. Des yeux brumeux vacillaient, fondaient et se fronçaient, avec des pupilles aussi noires qu'un soleil charbonneux.

C'étaient les Angoissés. Les Tristes, les Désespérés. Des hurlements assortis de gémissements pitoyables émergeaient de la brume inconsistante qui formait les visages. Ceux-ci apparaissaient de plus en plus nombreux tout autour de Joe. Tous criaient, pleuraient, suppliaient et lui réclamaient de l'aide. Ils voulaient une solution. Mais laquelle ?

— C'est quoi cette horreur ? chuchota Joe, assez fort pour se faire entendre dans le brouillard sonore.

Sa voix tremblait de terreur.

— Rien, répondit Baker. Juste de la tristesse. Ces visages sont ceux des êtres pris entre différents stades d'existence.

— Qu'est-ce que tu racontes ?

Au milieu des spectres qui le cernaient, Joe haletait d'horreur. Il continuait à avancer, les mains toujours serrées sur sa poitrine.

Baker hurla ses explications à travers la brume :

— Ils ne sont pas morts, pas vraiment. Mais ils ne sont pas véritablement ici non plus. Il y a ceux qui devraient être là, qui auraient dû passer, mais qui ont été coincés, immobilisés dans leur état précédent. Ils sont bloqués, artificiellement retenus 'en vie' par des machines médicales. Seuls leurs corps sont restés en arrière, les consciences, elles, étaient prêtes à partir.

Baker se mit en colère et cracha :

— Dire qu'ils appellent ça le maintien en vie sous assistance médicale !

— C'est affreux, marmonna Joe.

Il s'écarta vivement d'un tentacule de brouillard qui cherchait à le retenir par le bras.

— Les gens ont parfois d'étranges idées pour garder autour d'eux leur petit monde, ils font des choses horribles. Ils ne réalisent pas que quand c'est fini, eh bien... c'est fini. Forcer un être humain à végéter de cette façon, c'est...

Joe termina sa phrase :

— ... inhumain.

— J'allais dire stupide, corrigea Baker.

Joe se mit à courir droit devant lui pour échapper au brouillard suffocant.

— Je ne veux plus voir ça, je ne le supporte pas. Je suis désolée, Baker, mais c'est trop.

Il craignait de voir sa poitrine exploser, il avait le sentiment que ça n'allait pas tarder. Il ne se retourna pas pour vérifier si le guide était derrière lui. Il savait que c'était le cas. Baker était probablement capable de déambuler n'importe où sur la montagne, armé de sa seule nonchalance.

Derrière Joe, les visages hurlaient réclamant à tue-tête son attention. Il se frayait un passage en les repoussant, en les frappant même, malgré la honte qu'il en éprouvait. Les spectres s'évaporaient, mais réapparaissaient devant lui. Joe se mit à beugler des insultes à ces âmes perdues, exigeant qu'elles le laissent tranquille, qu'elles aillent trouver la paix ailleurs. Il leur conseilla de plutôt hanter les humains, sur terre, ou mieux encore, de se réveiller. Malgré ses efforts, les fantômes le poursuivaient et essayaient de l'attirer *lui aussi* dans leur cercle de misère et de tourments. Ils drapaient leur désespoir autour de lui et Joe devait se débattre pour y échapper. Il avait le sentiment terrifiant d'être en train de perdre le combat. Il se sentait de plus en plus anesthésié, comme vidé de sa substance, vampirisé. Ses doigts fourmillaient, son esprit gelait dans une série de flashs blancs douloureux. Tout autour de lui, la brume durcissait et l'emprisonnait. Les cris réclamant son attention ne cessaient pas, bien au contraire. Joe réalisa qu'il était désormais incapable d'émettre le moindre son.

Il ne sut pas quand ou comment il émergea enfin du brouillard, il avait fermé les yeux pour ne plus rien voir, les gémissements pitoyables étant suffisamment atroces. Mais il s'échappa – il y réussit entièrement seul. Quelque part, il avait trouvé en lui la force nécessaire pour éjecter de sa chair la brume de terreur. Quand il se détacha enfin des derniers doigts voraces du canyon, il retrouva le soleil.

Il inspira avec la force d'un petit cyclone, puis s'écroula sur le sol. Il ouvrit les yeux quand Baker, après avoir à son tour traversé la brume, le prit par l'épaule. Joe voyait enfin clair. Il respira plusieurs fois, avec force, tandis que Baker s'appuyait sur lui, le serrant d'un bras fort et protecteur.

Le guide lui chuchota à l'oreille :

— Tout va bien. Tout va bien, fils. Nous avons réussi. Nous avons traversé la brume. Maintenant, tu en es libéré.

Dans le ciel, au-dessus d'eux, la créature ailée s'était perchée sur un piton de pierre pour mieux les surveiller. Puis elle s'envola en suivant un chemin parallèle à celui que Joe et Baker s'apprêtaient à prendre.

BAKER RESTA en arrière, durant plusieurs volées de marche. Joe escaladait en silence, il paraissait avoir perdu toute ambition. L'émerveillement qu'il avait exprimé naguère à son premier aperçu de la montagne s'était évaporé, aspiré par la voracité de la brume douloureuse.

Le guide tenta quelques mots de réconfort :

— Ça fait partie de ton apprentissage. Je ne sais pas pourquoi il te fallait traverser cette brume de terreur, mais quelque part, c'était nécessaire. Au final, tout finira par avoir un sens. Tu verras.

Joe ne répondit pas.

Enfin, les deux hommes arrivèrent devant un escalier bien plus grand que ceux rencontrés jusque-là. Celui-ci avait des marches très larges, et bien plus hautes. Il y en avait dix, puis encore dix, et ainsi de suite, qui montaient plus haut. Il n'y avait pas d'embranchements sur cet escalier-là, du moins aussi loin que portait la vue des deux voyageurs. Ils ne voyaient qu'un seul et large passage grimpant tout droit à flanc de montagne pour disparaître dans la couverture nuageuse. C'était épuisant de regarder aussi haut.

— Nous ferions mieux d'avancer, insista Baker gentiment.

Cependant, ils avaient monté quelques marches à peine lorsque Joe décida en avoir assez. Émotionnellement épuisés, les deux hommes s'installèrent pour passer la nuit dans l'escalier. Baker offrit à Joe de poser la tête sur ses genoux, il lui caressa tendrement les cheveux jusqu'au moment où brilla la lumière d'une nouvelle lune. Tout autour d'eux, la nuit était silencieuse, seul le bruit du vent soufflait sur les montagnes.

— Vous devriez monter plus haut dès ce soir, cria une voix forte depuis les hauteurs.

Baker et Joe étaient encore étendus sur les marches de pierre quand des échos résonnèrent sur les rochers comme l'avertissement sonore d'un klaxon.

Ce ne fut pas tout.

— Ces derniers temps, les brumes de terreur se répandent. Vous devriez monter plus haut.

Baker se remit sur ses pieds d'un geste lent, puis il leva la tête pour mieux explorer les alentours.

— Qui est là ? cria-t-il.

Il n'avait élevé le ton qu'une fois dressé de toute sa taille. Le dos droit, les épaules carrées, il paraissait prêt à défendre son protégé, encore bouleversé et vulnérable.

— Plus haut ! indiqua la voix

Effectivement, elle résonnait d'au-dessus. Les voyageurs réussirent enfin à déterminer qui les interpellait. C'était la massive créature ailée qui les avait surveillés depuis le moment où ils s'étaient mis à escalader la montagne. Baker et Joe, ayant cru apercevoir un gros oiseau, ne s'en étaient donc plus souciés. Là, la bête était perchée sur un à pic et, d'après Joe, elle paraissait prête à attaquer. Les longues pointes de ses ailes étaient plaquées sur son dos comme deux lames symétriques.

— Il y a une cité bien plus haut, continua à la voix. C'est là que vous devriez aller. C'est là que je m'arrêterais, si j'étais vous. Vous trouverez dans cette ville une personne de connaissance. C'est le genre d'endroit où chaque âme retrouve ceux qu'elle a connus.

— Qui es-tu ? hurla Baker.

Sa question monta, rebondit et ricocha sur les rochers, puis s'envola très loin, sans obtenir de réponse.

— Suivez-moi, insista la voix en ignorant la requête. Je vous surplomberai, en éclaireur. Regardez vers le ciel et suivez-moi. Je vous protégerai des brumes.

Le guide fit la moue, avant de s'adresser à son protégé :

— Encore une bestiole qui parle ! grommela-t-il. Je veux quand même que tu le saches : je serais capable de te protéger.

Joe voulut alléger la culpabilité de Baker.

— Bien sûr, répondit-il.

La créature, oiseau ou démon, ouvrit ses larges ailes et prit son envol dans une véritable cacophonie, l'air claquant sous la force des coups de fouet de sa forte ramure. Joe étudia l'oiseau qui filait vers les cieux et décida qu'il s'agissait d'un bien curieux spécimen. Bien sûr, il l'apercevait de très loin, mais il lui trouvait un corps bien trop mince pour être celui d'un oiseau. Quelque chose n'allait pas. Il tenta de cacher ses inquiétudes à Baker.

Condamnés à rester sur le sol, les deux voyageurs suivirent les instructions : ils regardaient le ciel pour déterminer la direction que le vol de l'oiseau leur indiquait. Et ceci rendait leur avancée plus rapide. L'ascension paraissait moins ennuyeuse avec le spectacle qu'offrait leur guide à plumes : il faisait des cercles, loopings, pirouettes élégantes et autres figures. Peu à peu, Joe sentit son anxiété se calmer. À plus d'une occasion, l'oiseau se percha sur la falaise pour attendre que les deux hommes le rejoignent. Ensuite, il s'envolait, ses immenses ailes provoquant le même tintamarre assourdissant. Il ne paraissait pas se soucier de devoir régulièrement s'arrêter et repartir.

Au dernier moment, alors que leur difficile escalade arrivait à sa fin, Joe et Baker le perdirent de vue. L'étrange oiseau disparut dans les épais nuages roses au-dessus d'eux. Une fine brume rosée parut dégringoler du ciel pour s'agglutiner sur les marches supérieures, ce qui causait à Joe un léger souci.

Baker s'empressa de le rassurer :

— Ne t'inquiète pas, il ne s'agit pas d'une brume de terreur. Nous sommes en sécurité.

Confiant dans la véracité de ces paroles, Joe inspira profondément et se remit en marche, traversant sans crainte la brume au doux parfum. Elle s'ouvrit devant lui, Joe aperçut alors un large porche de pierre blanc et étincelant – exactement celui qu'il s'était attendu à voir au pied de la montagne. Sur les piliers, de chaque côté, s'enroulaient des rosiers garnis de fleurs roses et blanches. Et au-delà, il y avait la ville annoncée par l'oiseau.

Une métropole animée, taillée à même la roche de la montagne, avec les pierres qu'elle avait fournies. Les bâtiments étaient d'un blanc étincelant, chacun d'eux recouverts de perles polies. Joe songeait à tous ses cours d'histoire. Ces édifices étaient de style romain. Du classique, du moins dans l'Histoire de la terre. Ils arboraient avec fierté leurs hautes colonnes et leurs délicates statues.

Au centre de la place principale, où les deux hommes venaient de pénétrer, se trouvait une fontaine dessinée comme celle des Quatre-Fleuves [2] de Bernini [3], avec un obélisque central et des statues agglutinées en dessous, au milieu un bassin encadré d'un rebord en pierre. L'eau en jaillissait très haut, montant dans l'air avant de s'éparpiller dans une myriade de directions. Des enfants jouaient en cercle tout autour, tandis que des oiseaux étaient perchés sur les dieux de la rivière et l'obélisque.

Les résidents portaient des vêtements tout à fait normaux, rien d'extraordinaire. Joe aperçut des tenues marron ou blanches, avec d'éventuelles touches de bleu ou de pourpre. Les gens paraissaient ouverts et chaleureux, mais ils ne remarquèrent pas tous ensemble l'arrivée des nouveaux venus. Ce fut un mouvement de reconnaissance progressif, presque comme si Joe et Baker se trouvaient invités à un pique-nique dominical. Ils furent accueillis par les autres avec une amabilité familière, comme des amis déjà connus qui revenaient en ville après une brève absence.

Joe et Baker avaient perdu de vue leur guide aérien depuis un moment, mais ils continuaient à le chercher des yeux. Ils le virent donc émerger en vol plané des nuages. Il leur fut cependant difficile de suivre les déambulations de la créature ailée, leur attention étant sans cesse distraite par la joie, la beauté, et la chaleur sincère qui émanaient de la cité autour d'eux, si haut dans la montagne. Les deux hommes avaient cependant acquis une certitude : il ne s'agissait pas du tout d'un oiseau.

La créature volait toujours très haut dans le ciel, affleurant la masse épaisse des nuages roses, qui en ce moment se teintait d'orange. Les immenses ailes en mouvement arrachaient des flocons de brume comme des morceaux de coton. Joe et Baker, suivant toujours leur guide, furent conduits au-delà des rues marchandes et populeuses, ils dépassèrent les marchés, les écoles. Tous les gens qu'ils rencontraient n'exprimaient ni

---

2 Bâtie au centre de la piazza Navona à Rome (NdT).

3 Sculpteur, architecte et peintre italien du XV° siècle, surnommé le second Michel-Ange (NdT).

colère ni soupçon en voyant deux étrangers faire irruption parmi eux. Les enfants couraient et passaient auprès d'eux en riant, heureux et sans souci, s'arrêtant parfois pour leur offrir des fleurs coupées et des sourires.

Finalement, la créature ailée s'immobilisa sur la terrasse d'un élégant bâtiment construit à flanc de montagne, une construction plus imposante que les autres, avec davantage d'étages. La bête attendit que Joe et Baker se rapprochent en se frayant un passage parmi la joyeuse animation de la foule.

Enfin, après avoir dû jouer gentiment des coudes dans les rues, les deux hommes se trouvèrent sous la terrasse. D'aussi près, la créature était plus familière qu'un simple oiseau. Il ne s'agissait pas d'un griffon, de Pégase, ou d'une autre émergence de la mythologie antique, comme Joe l'avait cru un moment, non, c'était simplement un homme – un homme avec de grandes ailes. Et celles-ci étaient du blanc le plus immaculé que Joe ait jamais vu. Elles s'élevaient en arches gracieuses, majestueuses et splendides dans le dos de l'homme, tandis que son corps n'avait, en vérité, rien de particulier par rapport à ceux de tous les résidents de la cité alentour. Ou rien de particulier par rapport à celui de Joe lui-même. Et même, en y réfléchissant, le jeune homme trouvait beaucoup de points communs entre les traits de son propre visage et celui de l'homme en face de lui.

Joe entendit Baker souffler :

— Oh !

Comme si le guide venait de trouver la réponse à une énigme.

L'homme ouvrit ses ailes, une fierté toute particulière émanait de son beau visage lorsqu'il glissa à travers l'air pour rejoindre Joe et Baker sur les marches de pierre du bâtiment. Il portait un béret brun. Joe se souvint avoir vu ce genre de couvre-chef sur d'anciennes photos datant du début du vingtième siècle. Quant à sa chemise, elle était banale, beige clair, avec des bretelles qui retenaient un pantalon marron foncé. Aux pieds, des bottes noires avec de lourds et virils talons.

L'homme toucha du doigt le rebord de son béret, avec un vague sourire de reconnaissance adressée à Baker. Ensuite, il reporta son attention sur Joe. Pendant un long moment de silence intense, il le contempla avec attention.

Baker finit par intervenir :

— Surtout, ne te mets pas en tête des idées tordues, Joe. Ce n'est *toujours pas* le paradis, et lui n'a rien d'un ange.

— Silence, Baker ! Si Joe préfère croire au paradis, il peut continuer. C'est une notion qui ne correspond pas si mal à cet endroit.

L'homme ailé parlait avec bonne humeur. Manifestement, il connaissait déjà le musicien. Il se mit à rire avant de continuer :

— Par contre, je ne suis pas un ange… sur ce point-là, Baker a raison. Ça ne veut pas dire qu'ils n'existent pas, comme il te l'a probablement déjà indiqué. Ils sont bien réels, je t'assure, mais moi, je ne fais pas partie de leur groupe.

Joe eut un sourire qui ressemblait beaucoup à celui de son vis-à-vis. En fait, ils auraient pu être des clones, des reflets identiques l'un de l'autre. Seules quelques différences les distinguaient : leur taille et la teinte de leurs cheveux.

— Tu ne me reconnais pas, c'est ça ? s'enquit l'homme. C'est normal. La dernière fois que tu m'as vue, j'étais déjà un vieillard. Et même alors, je ne peux pas dire que nous nous croisions très souvent. Quel gâchis !

— Tu as été prénommé d'après lui, Joseph, intervint Baker. Voici Papi Joe, ton grand-père, du côté de ta mère.

Joe senior adressa à son petit-fils un sourire chaleureux, un grand sourire qui exprimait à la fois joie et fierté.

Joe haleta.

— Ah. Oui, je me souviens de vous avoir vu à la maison, mais il y a eu un problème… qui nous a séparés. C'est pour cette raison que je ne vous voyais pas souvent. Et à l'époque, vous n'aviez certainement pas le même aspect : vous ne me ressembliez pas autant !

Il tentait de se souvenir… cet homme avait si peu compté durant son existence terrestre.

Tout autour du trio allaient et venaient les résidents de la cité de pierre, toujours en pleine activité. Leurs voix flottaient en arrière-fond comme les eaux d'une rivière, sans être gênantes ou intrusives.

— Ça finira par te revenir, indiqua Joe senior. Ne cherche pas à forcer les choses. Tu as déjà vu comment, ici, les souvenirs reviennent peu à peu. Je suis très heureux d'avoir eu l'occasion de te voir avant…

Il s'arrêta net, comme s'il craignait d'avoir été sur le point de révéler un grand secret.

— Quel est cet endroit ? demanda Joe. Pourquoi avez-vous choisi de vivre dans une ville aussi peuplée, parmi tous ces gens ? D'après ce dont je me souviens de vous, vous aimiez la solitude, l'espace et la tranquillité.

Le grand-père regarda autour de lui, avant de répondre :

— Cet endroit me rappelle la Méditerranée. Et l'Italie était l'un de mes pays préférés. J'aimais sa culture, son art, son histoire. J'y suis allé pendant la guerre. C'est là que j'ai rencontré l'amour de ma vie.

Il parlait en revivant ses souvenirs, avec une étincelle de tristesse dans les yeux. L'Étranger avait eu exactement le même reflet, dans le champ d'orge, en contemplant Joe.

— Grand-mère ? s'étonna le garçon.

Joe Senior se contenta de le regarder, la tête penchée, comme cette question n'avait aucun sens. Puis il répondit :

— Non. Je n'ai jamais beaucoup aimé ta grand-mère. C'est triste, mais vrai.

Baker ricana, les yeux baissés vers le sol où il donnait quelques coups de pied qui faisaient gicler de la poussière et des graviers.

Joe ne comprenait plus rien.

— Pourtant, tu l'as épousée !

— C'est exact, admit son grand-père. Et alors ? Il nous arrive à tous de commettre des erreurs.

— Est-ce que tu la revois ? Est-ce qu'elle est ici ?

— Oui, elle est ici. Je le sais de façon certaine. Mais je ne l'ai pas revue depuis mon décès.

Tout en parlant, le grand-père de Joe fit quelques pas pour poser le bras sur ses épaules. Derrière lui, ses ailes se déployèrent un peu et Joe ressentit sur sa peau nue la caresse soyeuse des longues plumes.

— Bientôt, tu comprendras, tout te sera expliqué, continua Joe senior. Tu sauras tout ce qui concerne ta grand-mère. Mais pourquoi autant te soucier d'elle ? Si je me souviens bien, tu ne l'aimais pas beaucoup.

— C'est vrai ?

Joe posa sa question tandis que les trois hommes redescendaient vers la rue. Il se souvenait avoir éprouvé vis-à-vis de la vieille femme de l'amertume, à cause de la façon dont elle traitait sa fille, Veronica. Mais y avait-il autre chose ? Des souvenirs qui ne lui étaient pas encore revenus ?

Ce fut Baker qui répondit à la question qu'il se posait mentalement.

— Je crois qu'il n'a pas encore retrouvé la mémoire de cet événement-là, annonça-t-il.

— Ah, je vois.

Le grand-père contemplait le visage de Joe, avec une expression pleine d'amour.

103

— C'est peut-être la raison qui explique ta présence avec moi, ajouta-t-il.

Ils continuèrent à marcher, dépassant monuments et musées, prenant le temps d'admirer tout ce qu'ils voyaient autour d'eux.

— Joe, tu veux savoir où je vis ? demanda son grand-père.

— Bien sûr, répondit le jeune homme.

La jeunesse de celui qui se tenait à ses côtés le sidérait encore. Quelle étrangeté de trouver une telle vitalité et beauté chez un homme qui était si vieux, ridé et frêle dans ses souvenirs !

Sans prévenir, son grand-père lui passa un bras sur les épaules.

— Tiens-toi bien, annonça-t-il, prêt à décoller. Baker, je reviens te chercher d'ici peu.

— Je ne bougerai pas de là, promit le guide.

La foule se dispersa dès que Joe senior déploya ses ailes immenses pour prendre son envol. Les enfants, enchantés par le spectacle inattendu, poussaient des cris de joie. Joe ressentit une folle excitation qui lui accéléra le pouls lorsque ses pieds quittèrent le sol, que la cité devint de plus en plus petite. Le visage renversé de Baker suivait leur progression, loin en dessous. Le guide leva les deux pouces en direction de Joe en signe de victoire.

Bientôt, ils dépassèrent la douce barrière des nuages. Les stries de brume, rose et orange, les enveloppaient de tous côtés, étouffant les sons au fur et à mesure de l'ascension. Joe découvrit alors la confirmation de ses soupçons : les nuages colorés avaient un goût sucré. Il en lécha la douceur sur ses lèvres alors qu'il montait toujours. L'atmosphère autour de lui était aussi confortable qu'un oreiller, agréable et rafraîchissante.

Maintenant, ils avaient dépassé les nuages. Ici et là, pics et crêtes émergeaient de la mer de nuées. Joe avait l'impression qu'il aurait pu marcher sur ce tapis mousseux ou sauter d'un éperon rocheux pour glisser le long d'un toboggan rose sans rien risquer du tout. Oui, les nuages paraissaient capables de supporter son poids. Et le vent, la barbe à papa, la sensation de voler, tout était enivrant. Une incroyable impression de liberté !

Les deux hommes arrivèrent enfin au sommet de la montagne. Celui-ci était ceint d'un portique et d'une véranda en guise de piste d'atterrissage extérieure. Toujours en volant, Grand-père passa entre les minces piliers sculptés d'or, chacun ayant la forme d'une muse, puis il déposa doucement Joe sur le marbre du sol.

Il referma ses ailes parsemées de nuages.

— Bienvenue chez moi, dit-il. Voici ma villa.

— Une villa dans les nuages ! s'exclama Joe

Il regarda autour de lui, les collines de brume rose et orange. Émerveillé, il s'appuya à une colonne d'or pour mieux apprécier la vue et regarda son grand-père s'envoler pour retourner chercher Baker qui les attendait dans les rues animées de la ville en dessous. Dans le ciel, les étoiles commençaient à s'allumer, à clignoter. L'horizon de la voûte étoilée se paraît de voile nuageux aux couleurs pastel. C'est d'eux qu'émergea peu après Joe senior, ses grandes ailes vibrant et agitant l'atmosphère. Il tenait dans les bras Baker et sa guitare.

AU CRÉPUSCULE, réunis sous la véranda, les trois hommes regardaient la nuit tomber. Pris dans la sérénité et le calme de la nuit, Joe oubliait peu à peu l'anxiété qu'il avait gardée de sa rencontre avec les brumes de terreur. L'air doucement parfumé déposait sur ses lèvres un goût de sucre. Baker, appuyé contre l'une des muses dorées, grattait sur sa guitare des berceuses dont les notes s'envolaient vers le ciel. Joe senior s'était à un moment éclipsé dans les profondeurs de sa villa pour en ramener un plateau et des boissons. De longues flûtes gracieuses avec des cocktails aux couleurs de coucher du soleil, des bols de porcelaine délicate remplis du chocolat chaud le plus parfait, le plus aérien, le plus mousseux. Les nuages nocturnes avaient pris des teintes plus subtiles de bleu et violet ; dans le ciel, coléoptères et lucioles volaient en bourdonnant.

Joe était heureux et réconforté de s'être découvert de la famille. Désormais, son grand-père allait s'occuper de lui. Il sentait le lien qui se formait entre eux, comme un pont construit rapidement, mais solidement, avec des pierres définitives.

Joe et son grand-père menaient l'essentiel de la conversation, Baker intervenant parfois d'un bref commentaire ou d'une observation sardonique. Le reste du temps, il tenait le rôle du troubadour. Et bien entendu, comme c'est souvent le cas d'une assemblée, le soir, sur un balcon ou une terrasse, ils parlaient de tout et de rien : de petites anecdotes leur paraissant importantes concernant la vie qu'ils avaient connue, des banalités, des réflexions sur les aléas du sort, de la mort. Ils évoquèrent aussi d'autres personnes, des amis en commun, des proches, une mère, une sœur... Ils s'attardèrent sur les rares moments qu'ils avaient passés ensemble, regrettant avec la même ferveur de ne pas avoir su créer des opportunités de mieux se connaître.

Enfin Joe, incapable de se retenir davantage, demanda à son grand-père de lui conter ses aventures, sa vie.

En réponse, il reçut une promesse énigmatique et pleine de compassion :

— Tu sauras bientôt ce que tu savais autrefois.

Cependant, Joe senior admit avoir été pilote de chasse au cours de la Seconde Guerre Mondiale. Il avait rencontré l'amour en Italie et vécu la plus belle période de sa vie. Tout en parlant, ses yeux brillaient à nouveau de ces étincelles tristes qui rappelaient à Joe l'Étranger. Mais c'était tout, rien d'autre ne lui revenait.

Le grand-père expliqua :

— Ici, il n'y a pas de règles à suivre, pas de lois établies, seulement un agrément tacite : ne jamais révéler ce qui doit arriver. C'est une bonne chose d'avoir quelques secrets, Joe. Ça donne envie de continuer afin de les découvrir. Et toi, tu as *besoin* d'avancer dans ta quête. Aussi, je ne te le dirai rien de plus concernant mon ancienne vie.

Par contre, il se montra bien plus disert en ce qui concernait son existence actuelle. Il avait vécu de nombreuses et brûlantes aventures avec l'amour de sa vie – '*Bien sûr, nous nous sommes retrouvés presque immédiatement*'. Joe nota que son grand-père ne lui donnait aucun indice concernant l'identité de cette personne. Joe senior évoqua plutôt ses rencontres avec des héros, des saints, des voleurs et maraudeurs, des légendes et des femmes au foyer.

— Tous autant qu'ils sont, ils sont intéressants, affirma Joe senior. Parce que tous ont une histoire à raconter.

Bien entendu, son cœur appartenait à l'éther, il surfait sur les ailes du vent. C'était un homme volant, un esprit de l'air, un trapéziste libéré de ses cordes. Aussi, il avait rencontré des gens qui, comme lui, passaient presque toute leur existence au-dessus du sol : Amelia Earhart, Charles Lindbergh, les frères Wright, et d'autres noms qui paraissaient plus anciens, dont Joe n'avait jamais entendu parler. Grand-père était parti à leur recherche sous sa forme actuelle une fois qu'il eut appris où ils étaient, où il avait une chance de les trouver. Quelques-uns, expliqua-t-il, avaient quitté les lieux. Ils étaient partis quand ils avaient ressenti le besoin d'expérimenter de nouvelles vies sous d'autres formes.

— Un jour ou l'autre, affirma-t-il, nous voulons tous retourner pour connaître de nouvelles aventures, de nouvelles existences. Certains éprouvent cette envie plus tôt que d'autres. Je pense que l'âme possède un irrépressible besoin de frontières. La plupart de temps, nous les dépassons, tu vois, parce qu'au-delà de nos frontières, il y a d'autres découvertes.

Actuellement, Joe n'arrivait pas à imaginer pouvoir quitter cet endroit. Il le trouvait de plus en plus attirant. Surtout cette villa, et encore plus son grand-père. L'idée d'avoir un lien avec cet homme ailé, de partager le même sang, les mêmes gènes le remplissait de fierté.

Au cours de la nuit, après des milliers de paroles échangées, Joe commença à s'agiter. Il se sentait plus impatient. Il mourait d'envie d'explorer la villa de la montagne. Comme il lui devenait impossible d'échapper à sa curiosité, il en demanda à son grand-père terrestre la permission. Une fois celle-ci accordée, Joe pénétra dans la maison par une grande arche en arc de voûte. Derrière lui, Baker continuait à jouer.

Et comme toujours en cet endroit, Joe fut surpris : il découvrit très vite que l'intérieur ne ressemblait pas à ce qu'il avait envisagé. Il avait cru tomber dans une enfilade de pièces immenses, avec de profonds couloirs faiblement éclairés de torches ; une atmosphère inquiétante, des meubles rares, bref, un décor tout à fait dramatique comme celui d'un roman gothique se matérialisant. Ce qu'il découvrit en vérité fut une seule et très grande salle voûtée, très encaissée, éclairée par des lanternes qui flottaient dans l'espace, à différentes hauteurs, comme des orbes magiques.

Les meubles étaient confortables, plus légers de style que ceux qui lui auraient davantage convenu. Joe vit des tables anciennes, et pourtant élégantes ; des canapés de salon, qui gardaient une aura de grandeur et de classe ; des tapis aux riches tissages, qui n'oubliaient pas pour autant leur destin utile. Une harpe dorée avait la forme d'un ange, un piano noir se drapait dans la soie la plus fine. Et parmi ce mobilier superbe, il y avait les statues, dont l'archange Gabriel, la déesse Niké, et Icare, cet humain inconscient. Posés çà et là, des vases présentaient les plus superbes spécimens de vie végétale : lys, pétunias et gypsophiles dont les délicats parfums embaumaient la pièce et se mêlaient à la douceur sucrée de l'air extérieur. Un cocktail enivrant et libérateur.

Les murs étaient tout aussi somptueux. Du mur au plafond s'alignaient les toiles les plus élaborées représentant les tableaux les plus merveilleux. Beaucoup d'entre eux représentaient le ciel, avec des vols d'anges, de colombes ou d'aigles, et les étoiles, mais d'autres avaient des thèmes différents : paysages terrestres, tragédies, légendes et mythes. Même les poutres de coffrage du plafond étaient peintes de fresques, chacune représentant un chapitre d'histoire. Les lanternes flottantes s'en approchèrent, comme si elles savaient ce que Joe tenait à regarder. Et qu'il s'agisse d'un tableau ou d'une fresque, elles tenaient à lui permettre la meilleure vue possible.

Joe passait d'une œuvre à l'autre comme s'il visitait une galerie d'art. Il aurait voulu tout voir, mais il y en avait trop. La pièce était trop grande. Aussi il décida de commencer par un bout de l'immense salle, là où il était entré, et d'avancer pas à pas pour examiner chacun des tableaux présentés. Les lanternes s'accordèrent à sa démarche. D'après Joe, son grand-père était l'auteur des tableaux.

Ils étaient d'une extrême précision : chaque brin d'herbe vibrait sous la brise, chaque muscle était strié de tendons, prêt à s'élancer. Les couleurs vibraient, pleines d'animation et de mouvement. On aurait pu croire que les peintures palpitaient, respiraient d'une vie propre. Les sujets peints semblaient renvoyer à Joe son regard, il sentait leurs yeux fixés sur lui.

Alors qu'il prenait tout son temps pour mieux voir ce qui l'entourait, il réalisa que les tableaux lui devenaient familiers. Les visages changeaient, prenant une expression et une forme qu'il reconnaissait. Il s'agissait de ses souvenirs…

ET VOILÀ Joe, au beau milieu d'un tableau, devant une table de salle à manger peinte, au cours d'un dîner. Il reconnut la maison de ses grands-parents. Et la famille dont il se souvenait, une foule était assemblée là, biologiquement proche, mais dont les membres restaient distants. Pour Joe, ils ne seraient jamais rien de plus que des étrangers. Les plats étaient servis, posés sur la grande table avec soin, avec art, de façon délibérée pour en recouvrir toute la surface. Bien au centre, à la place d'honneur, il y avait une énorme dinde sur un lit de canneberges, de patates douces, de farce odorante, et autres assortiments du même genre.

Toujours debout, Joe soupira. Il fixait le centre de la table d'un regard terrifié, son visage, habilement fardé était crispé d'inquiétude. À ses côtés était assis Ben. Et son compagnon le regardait avec la même expression de désastre imminent. Ben était son premier ami de cœur, du moins le premier que Joe reconnaissait comme tel. Après sa conversation avec Claire, le soir de la fête qui leur avait permis de se rencontrer, Joe avait enfin accepté sa véritable nature. Il but une gorgée de son vin et s'assit enfin, attendant une réaction – n'importe laquelle – des autres convives autour de la table. Il venait de s'exprimer, ses mots résonnaient encore dans la pièce et exigeait une réponse.

Ah oui, Joe se souvenait à présent de ce moment pénible, si long et douloureux.

Sa mère, assise à ses côtés, posa ses deux mains sur la sienne, afin de cacher ses tremblements aux yeux des autres. Ensuite, la digue se rompit et grand-mère se redressa si brusquement qu'elle faillit en renverser son siège derrière elle. Le tableau bougeait, mais il ne parlait pas. Et il n'y avait aucun son non plus dans la mémoire de Joe. Malgré ça, il entendit parfaitement ses paroles. Elles s'étaient gravées dans son cerveau.

— C'est une honte... Tu devrais te cacher !

Grand-mère était lancée, elle continua encore et encore avant de se tourner vers Veronica :

— C'est ainsi que tu as élevé ton fils ?

Joe retrouva alors le sentiment de haine que lui inspirait sa grand-mère. Grand-père avait raison, il n'y avait rien à aimer chez cette vieille femme. Joe ne lui en voulait pas de s'en prendre à lui, non, mais il ne supportait pas ses attaques contre sa mère.

Il regarda son double peint se relever pour défendre sa mère contre la tirade de cette aïeule aigrie. Après avoir débité une litanie d'insultes à la vieille sorcière, Joe prit sa mère et son compagnon par la main, tous les trois quittèrent la pièce. Mais pas avant que Joe n'ait surpris un regard : sa grand-mère, ignorant la foule attablée, fixait d'un œil acéré, lourd d'accusations et de supplications, son mari assis à l'autre bout de la longue table, à son opposé. Le vieillard s'était tourné vers son petit-fils, Joe, qui s'éloignait. Son visage ridé exprimait joie et empathie. Il le comprenait. À l'époque, Joe n'avait pas enregistré cet échange muet. Il était bien trop préoccupé par son envie de protéger sa famille, du moins la seule qui comptait, des rafales meurtrières de sa grand-mère.

— Tu as vu ça ? Tu as vu ça ?

Il entendait bien ce qu'elle criait à son grand-père durant leur fuite. Mais que voulait-elle dire ?

Alors, les couleurs des fresques et des tableaux se mélangèrent, une autre toile émergea du magma. En fait, c'était comme si la peinture se déployait d'un cadre à l'autre, d'un mur à l'autre, dans une rivière continuelle, liquide, épaisse, pour ramener à la surface les scènes qui s'y trouvaient.

C'était un mois, à peine un petit mois plus tard, et le vieil homme gisait dans son lit. Prêt à rendre son dernier souffle. Joe alla lui rendre visite, non pas qu'il se sente très proche de lui, mais parce qu'il considérait cela comme son devoir. Après tout, il s'agissait de son grand-père, ils étaient parents, d'après la définition légale, aussi Joe lui devait le respect. Grand-mère se tenait au coin de la chambre, toute tremblante. Ses yeux n'avaient pas trop changé d'expression, restant accusateurs et suppliants, mais à présent, s'y lisait aussi le chagrin. Si Joe et sa mère se trouvaient là, cependant, c'était pour le mourant.

Les yeux du vieil homme s'éclairèrent de joie et de gratitude dès qu'ils se posèrent sur Joe. Le jeune homme s'installa au chevet de son grand-père, qui lui prit les mains, et força ses lèvres desséchées à parler.

Une fois encore, c'était un discours de vieux film muet, un enregistrement qui n'avait pas de son...

— Ne te soucie pas de ta grand-mère chuchota le vieillard pour réconforter le jeune homme.

Il jeta un coup d'œil en direction de son épouse, mais elle ne paraissait pas l'entendre. Le visage ridé du grand-père ressemblait à du vieux cuir, sa peau était fine et fragile.

— Elle ne peut pas comprendre, ajouta-t-il.

Des échos. Des échos qui n'avaient ni queue ni tête.

— Et toi ? demanda Joe. Est-ce tu me comprends ? Est-ce que quelqu'un le peut, en vérité ? Je me sens si seul.

Il sentait l'amertume monter en lui, étouffant celui qu'il avait été autrefois, si confiant, si aimant. Le vieil homme serra sa jeune main.

— Non, tu n'es pas tout seul !

Sa voix était aussi catégorique que possible dans son état. Puis il se mit à expliquer :

— J'avais un ami durant la guerre, tu vois... Il était pilote comme moi. C'était un Américain. Et c'est à lui que j'ai donné mon cœur, il y a bien des années. Je n'ai jamais aimé ta grand-mère, elle le sait.

Grand-mère poussa un gémissement, puis elle plaqua ses deux mains sur sa bouche comme pour étouffer un cri. Joe avait les yeux gonflés de larmes, il ne pouvait cacher sa surprise.

— Où est-il aujourd'hui ? demanda-t-il d'une voix étouffée.

— Il m'attend, quelque part, loin d'ici. Il est mort durant la guerre. Depuis lors, je me suis contenté d'attendre, je vis dans l'espoir qu'un jour, nous serons réunis.

Le vieil homme s'étranglait lui aussi avec ses larmes. Il toussota, un petit bruit sec et inquiétant.

— Oh, grand-père ! s'exclama Joe.

Il s'écroula avec de gros sanglots sur la poitrine de l'homme dont il portait le nom.

— Tu n'es pas tout seul, répéta le vieillard. Ne les laisse pas provoquer ta colère, c'est une réaction bien trop facile.

Sur le seuil de la chambre, le visage aussi beau que celui d'un ange patient, se tenait la mère de Joe, Veronica, si compatissante. Elle avança et posa une main sur le dos de son fils, l'autre sur le visage de son père. Ils furent ainsi connectés grâce à elle, adorable passerelle entre deux générations.

En étudiant ce geste de tendresse, Joe en comprit la leçon. Aussitôt, les peintures commencèrent à s'effacer, se mélangeant l'une à l'autre jusqu'à ce que Joe ne reconnaisse plus aucun des visages. Il ne s'agissait plus de lui-même agenouillé auprès du lit de son grand-père étendu, avec Veronica penchée sur eux, non, le tableau représentait deux anges dans les bras de l'un de l'autre, baignant dans un rayon de la lumière et d'amour divin.

Le paysage de la peinture changea, devint un endroit dont Joe ignorait tout, un endroit qui n'existait que dans le monde aventureux de son grand-père, grâce à la créativité de son imagination.

JOE RESTA figé, tétanisé. Il recevait ses souvenirs comme une injection de sang frais, une transfusion vitale. Les lanternes restèrent avec lui, jetant sur le mur des ombres mouvantes. Tout était calme et tranquille, propice à la prière.

Enfin, Joe se mit en marche. Lentement, il se dirigea vers la porte voûtée qu'il avait empruntée plus tôt. Il trouva sur la terrasse Baker, endormi sur le sol de marbre, sa guitare soigneusement allongée à ses côtés. Et dans le ciel, au-delà des nuages bleus, juste sous les étoiles pâlissantes, planait une silhouette libre et folle de joie. Joe senior accomplissait ses soubresauts et ses loopings à travers l'obscurité comme un rafraîchissant plongeon dans les ondes d'un ruisseau. Joe s'appuya au pilier latéral de la porte, pour mieux profiter du spectacle, un sourire aux lèvres. Une larme solitaire glissa sur sa joue. Cette fois, il comprenait enfin le cercle éternel.

Joe et Baker s'attardèrent à la villa plus longtemps qu'ils l'avaient initialement prévu. Le ciel changea si souvent de teintes et de luminosité que Joe en perdait le décompte des jours qui passaient. Pourtant, bien trop vite, il réalisa qu'il était temps de se remettre en route. Lui et son guide avaient une nouvelle destination à atteindre, sa quête n'était pas finie, son âme attendait toujours des réponses. Ils profitaient en attendant du temps qui leur était alloué, en compagnie les uns des autres, détendus et heureux.

Grand-père et petit-fils s'entendaient parfaitement, le trio prospérait dans l'aura de cette chaleureuse affection. Parfois, ils se rendaient dans la cité, en dessous ou bien ils volaient à minuit au milieu des nuages lapis-lazuli. Ils se lançaient à la poursuite des rideaux de pluie, connectaient les étoiles point par point pour dessiner des figures.

Joe décida que son existence n'avait jamais été aussi magique.

L'aube venait à peine de se lever. Un nouveau jour rayonnait déjà sur la villa et ses champs de nuages. Joe ouvrit les yeux sur le confortable sofa rouge de la chambre intérieure. Des rayons se glissaient par les interstices de la fenêtre, comme des promeneurs désireux de savourer le beau temps. Baker, déjà réveillé, était assis au piano, dans un coin. Il tapotait les touches du clavier de façon expérimentale, mais il s'en sortait très bien. C'était un musicien de génie. S'il préférait des airs folkloriques à la guitare, au piano, il jouait plutôt du jazz.

Dehors, sur la véranda, Joe senior se tenait debout entre deux muses dorées, ses ailes immenses repliées derrière lui dans leur position de repos. Les plumes qui en formaient les extrémités étaient si longues qu'elles touchaient le sol de pierre et devaient se replier sur elles-mêmes. Grand-père avait le regard braqué sur l'horizon pastel. Joe avança sans bruit jusque derrière lui, puis à son tour il se figea au bord de la terrasse. Ses yeux embrassaient le panorama, les collines de douceur brumeuse. Ce matin, les nuages arboraient des teintes particulièrement brillantes, jamais Joe n'avait encore vu, même ici, de rose aussi pimpant. Très loin devant, un gigantesque orbe lumineux paraissait avancer en direction de la villa. C'était de toute évidence l'indication d'un changement.

Joe regarda son grand-père.

— Qu'est-ce que c'est ? demanda-t-il.

Joe senior se pencha en avant comme irrésistiblement attiré, mais son jeune visage arborait une touche d'amertume. La masse visière de sa casquette jetait une ombre sur son front.

— Il est temps pour moi de partir, déclara-t-il.

Baker jouait toujours du piano à l'intérieur de la villa.

— Tu veux dire qu'il est temps *pour nous* de partir, corrigea Joe.

Il se sentait tout triste de cette décision abrupte. Mais son grand-père le détrompa.

— Non. Bien que ce ballon que tu vois là-bas soit ton nouveau moyen de locomotion, c'est bien moi qui vais devoir partir. Mon temps ici touche à sa fin.

— Je... je ne comprends pas.

— Mon compagnon pilote, mon amour, mon partenaire, est parti le premier vers sa nouvelle existence. Je dois le suivre. Je sais qu'il m'attend quelque part.

— Tu t'en vas ? s'exclama Joe. Mais ce n'est pas possible. Je viens juste d'arriver.

Joe senior regarda son petit-fils avec compassion.

— Il est mon âme sœur. Je dois partir à sa recherche. Nous avions tous les deux décidé d'accepter une autre vie. Mais alors, j'ai appris ton arrivée, aussi je me suis attardé pour te voir. Il est parti le premier, je lui ai promis que nous nous retrouverions. Et que nous serions bientôt ensemble.

Le dirigeable se rapprochait de plus en plus. Il était de couleur rouge sombre et se reflétait sur la mer de nuages.

— Tu me comprends, j'espère ? insista le grand-père.

Il avait raison, bien sûr. Joe commençait à discerner comment les choses se passaient ici. Il serait égoïste de sa part de demander à Joe senior de demeurer avec lui plus longtemps, mais il en avait bien envie...

Le grand-père posa la main sur son visage.

— Nous nous retrouverons. Nous serons toujours ensemble. Chaque nouvelle existence permet aux âmes de se reconnaître.

Joe aurait voulu continuer à discuter, mais son grand-père l'en empêcha d'un léger mouvement de la tête. Aussi, il se contenta de remarquer :

— C'est étrange de découvrir qu'on peut avoir le cœur brisé ici comme sur terre.

Il essuya les larmes de ses joues avec ses paumes. Baker avait cessé de jouer, il se tenait à présent devant la porte, sa guitare en place sur son dos. Joe senior se tourna vers lui et le salua de la tête avant de lui adresser un clin d'œil.

— Ça m'a fait plaisir de te revoir, Baker.

Baker lui renvoya son salut.

— La même chose pour moi, papy. Je te dis à la prochaine, d'accord ?

Le ballon d'air chaud se trouvait maintenant presque arrivé. C'était un engin très bizarre. À son bord, une femme très mince s'occupait de manier les filins. Elle portait un costume rayé de jaune, orange et rouge. Ses longs cheveux étaient enroulés sous un chapeau rouge, orné d'une grosse broche en rubis et d'une plume blanche. Sous la nacelle, attelée comme un cheval à un carrosse, une autre femme vêtue à l'identique montait sur une bicyclette. La seule différence, c'est qu'elle n'avait pas de chapeau, mais un casque et d'épaisses lunettes de pilote.

— Montez à bord, cria la femme de la nacelle, d'une voix bien trop sonore dans le contexte.

Joe senior se tourna vers son petit-fils, les yeux humides de larmes, il déclara :

— Comme je te l'ai dit, ce ballon est venu pour toi.

— Faut-il vraiment que tu t'en ailles ? lui demanda Joe.

Il savait déjà la réponse, sa lèvre tremblait.

— Oui, je le dois. Un jour, tu comprendras pourquoi. Je te le promets. Et ce sera très bientôt. Tu sais, toi aussi tu as quelqu'un qui t'attend.

À nouveau, il cligna de l'œil, l'air complice. La femme du dirigeable s'impatientait en tapotant la nacelle de ses ongles. Quant à l'autre, sur sa bicyclette, elle vibrait d'énergie, comme pour se préparer à une course.

Baker monta dans la nacelle, puis il attendit le plus jeune des deux Joe.

Le grand-père prit son petit-fils dans ses bras, il enveloppa ses ailes autour de lui et le serra jusqu'à lui couper le souffle.

À travers ses larmes, il chuchota :

— Ça m'a fait vraiment plaisir de te connaître, Joe.

Le jeune homme fut incapable de répondre, ses propres émotions l'étouffaient.

— Je suis incroyablement fier de toi, reprit son grand-père. Je l'ai toujours été.

Joe se décida enfin à s'écarter et à grimper dans le ballon.

— Tu vas me manquer, souffla-t-il, très ému. Pourquoi est-ce que j'arrive toujours au moment où tu t'en vas ?

Son grand-père lui sourit, puis il agita la main tandis que le dirigeable s'éloignait de la villa. La femme de la nacelle maniait ses câbles, celle d'en dessous pédalait avec énergie pour lutter contre le vent. Quant à Joe, le cœur broyé, il regardait son grand-père disparaître, une fois de plus, dans les nuages. Quand il perdit de vue la villa, il baissa la tête. Ses pensées devenant trop pesantes, il se mit à pleurer.

Baker attira son attention :

— Joe ! chuchota-t-il. Regarde. *Joe, regarde !*

Le jeune homme releva le menton. Dans le ciel, chevauchant les nuages parallèlement au dirigeable, Joe senior agitait ses ailes immenses creusant son chemin au milieu de l'immensité rosée dans les flocons voltigeaient derrière lui. Une fois encore, il cabriolait et dansait avec le vent. Joe éclata d'un rire joyeux, même si les larmes coulaient toujours sur ses joues. Son grand-père suivit le ballon un moment, pour leur tenir compagnie, et adresser à Joe un dernier sourire. Enfin, il toucha son béret et s'éloigna, il se perdit dans les nuages, en direction d'une nouvelle existence.

— Il est parti ? renifla Joe.

— Mais non, Joseph. Il ne partira jamais vraiment. Il change, c'est tout.

'... Le ciel deviendra noir...'

Ils voyagèrent en douceur, bien au-dessus des nuages. Épaules voûtées, penchée sur son guidon, la cycliste propulsait le dirigeable avec conviction. Elle n'avait pas semblé remarquer les nouveaux passagers de la nacelle. L'air était sain et pur, avec un parfum sucré. Joe et Baker en avaient pris l'habitude : ils se réveillaient tous les jours dans une telle atmosphère depuis qu'ils vivaient dans les nuages. Une brise rafraîchissante leur soufflait au visage. Et tandis qu'ils avançaient, le seul son alentour était le sifflement de la flamme alimentant le ballon. L'ombre oblongue du dirigeable les suivait, se reflétant sur la nuée rosée qui ondulait en dessous.

Joe se penchait, accoudé au rebord de la nacelle, il évoquait ce dernier adieu. Il avait cru ce genre d'au revoir définitivement derrière lui. D'après Joe, se réveiller au paradis – parce que malgré les objections de Baker, c'est toujours le nom qu'il donnait à cet endroit – devait provoquer une joyeuse succession de retrouvailles enthousiastes. Les adieux lui paraissaient réservés à la terre, à son ancienne existence. Mais non, ici aussi, il les avait retrouvés. À ce qu'il paraissait, chaque incarnation était menacée, dans l'ombre, par de tristes séparations menant à des cœurs brisés…

Les voyageurs flottaient de plus en plus loin, loin des montagnes et de la villa perchée dans les nuages. Très vite, elle disparut dans l'éther. Le trajet se faisait en silence, ni mot ni souffle ne troublaient la quiétude ambiante. La femme aux commandes n'était pas bavarde. Elle arborait un visage grave, sérieux, un regard intense et concentré. Ce qui convenait parfaitement à Joe. Il n'était pas d'humeur à se montrer aimable ou amical, il ne cherchait pas à faire de nouvelles connaissances. Pour le moment, il préférait rester à l'écart, en suivant des yeux les différentes silhouettes que dessinaient les nuages.

Il ne se passait rien de spécial. Un vol d'oies sauvages suivit un moment le ballon, plongeant et jouant à travers les nappes de brume. Elles lancèrent de joyeux cris, auxquels Joe ne répondit pas. Puis les oiseaux s'égayèrent vers une autre partie du ciel.

Baker était appuyé contre le rebord de la nacelle, à l'arrière, d'où il contemplait le pilote stoïque d'un œil moyennement intéressé. Les deux femmes, la cycliste et celle qui se trouvait à bord paraissaient capables de communiquer sans paroles. Ou encore, autre possibilité, elles avaient peut-être si souvent pris cette route qu'elles n'avaient pas besoin d'évoquer à haute voix les directions à prendre. Les nuages étaient-ils trop épais ou chargés d'électricité statique ? Fallait-il toujours prendre à droite derrière le nuage en forme de tortue ? Ou bien descendre de dix pieds en atteignant cet autre, qui avait la forme de l'État d'Indiana ?

La seule fois où le pilote jeta un regard en direction de ses passagers, Baker fit exprès de lui adresser un clin d'œil égrillard. La femme détourna les yeux sans répondre. Ni embarrassée ni choquée, elle rejetait simplement son geste par-dessus bord, comme du lest inutile. Malgré cette rebuffade, Baker eut un sourire.

Joe finit par rompre le silence, il poussa un profond soupir mélancolique. Le vent lui soufflait aux oreilles.

— Alors, c'est comme ça, hein ?

— Qu'est-ce qui est comme ça, gamin ? demanda Baker.

Il avança prudemment jusqu'à son protégé et s'immobilisa, mal à son aise.

— Même ici, au paradis, nous errons sans savoir où aller ? Sans but, sans direction ? Exactement comme sur terre, quand nous étions vivants ?

Baker chercha doucement à le réconforter.

— Mais non, voyons, Joe. Il y a un but. Pour le moment, tu ne le vois pas encore, mais ça viendra. Bientôt. Tu le découvriras au cours de ta quête, quelque part, en chemin.

— Mais pourquoi devons-nous avancer pour cette quête ? Franchement, la vie n'était-elle pas assez difficile ? Nous devrions être capables de nous imaginer vivre n'importe où, à notre guise. Nous l'avons bien mérité.

— C'est possible, répondit Baker. Et pour toi, c'est peut-être vrai. Quand tu auras vécu ici un peu plus longtemps, tu pourras le faire. Tu seras comme ce fichu génie de la lampe, tu sais, celui qu'on voit à la télévision. Tu désigneras quelque chose du doigt, tu y penseras, et paf ! Il apparaîtra. Si tu veux mon avis, je pense que ça enlève tout intérêt à une expérience, quelle qu'elle soit. Il faut lutter pour obtenir quelque chose si l'on veut l'apprécier véritablement. Tu le sais. Durant ta quête, tu apprendras des leçons, Joe. Tu comprendras ce qui les a rendus nécessaires.

Joe soupira.

— Ah. Des leçons à tirer de ses expériences... oui, toujours les mêmes critères. Et toi, Baker ? Qu'as-tu appris ?

Il se tourna vers le musicien, attendant sa réponse. Des yeux, il le suppliait. Baker resta silencieux un moment, se contentant de renvoyer à Joe son regard.

Enfin, il avoua :

— Il me faut apprendre à pardonner, comme tout le monde.

Il y avait dans ses yeux quelque chose de plus profond, comme si le guide aurait voulu en dire davantage à son protégé, mais sans réussir à en trouver le courage.

— Pardonner à qui ?

Baker soupira avant de se rapprocher de Joe.

— Eh bien, d'abord à mon père pour avoir été un ivrogne. Je dois aussi pardonner à ma mère, qui ne lui a jamais tenu tête. Enfin, il faut que je me pardonne à moi-même.

Il s'interrompit et leva la main pour la poser sur les épaules du jeune homme et se mit à les masser.

— Tu vois, reprit-il, je dois me pardonner d'avoir laissé filer certaines choses...

— Tout le monde le fait, tu ne crois pas ? Parfois, nous ne pouvons pas nous en empêcher, même si nous faisons de notre mieux. Alors, qu'y a-t-il à pardonner ?

— Bien sûr, certaines erreurs sont normales, et même inévitables. Mais d'autres fois, la situation n'avait rien d'irrémédiable. Il nous était possible de réparer nos torts. Mais nous les cachons dans un placard, nous les balayons sous le tapis ou dans un coin. Nous nous trompons parfois parce que nous raisonnons à court terme, ou dans mon cas, à trop long terme. Oui, j'étais tellement focalisé sur l'avenir que j'en ai oublié le présent... Certaines fautes sont plus difficiles que d'autres à réparer.

— Mais quand même, c'est possible, non ? Est-ce qu'on peut tout arranger ?

— Bien sûr que oui !

Baker énonça cette affirmation d'une voix nouvelle, qui n'était plus grave, mais pleine d'espoir. Il reprit :

— Quand on attend suffisamment longtemps, tout ce qui a été perdu vous revient. Et crois-moi, fils, je sais de quoi je parle. Tu t'en sors très bien, Joseph. Très bien.

Il frappa l'épaule du jeune homme d'une petite bourrade amicale. Joe lui sourit, conscient de l'affection qui résonnait dans la voix de son guide, mais il avait également perçu son inquiétude.

— Je vais très bien, Baker. Tu as raison, ça va aller.

TOUT AUTOUR d'eux, l'atmosphère devenait plus humide. Apparemment, un autre crépuscule se préparait après ce qui avait été une longue traversée. La circulation dans le ciel devint plus encombrée. D'abord, il n'y eut en vue qu'un ou deux dirigeables également menés par une bicyclette. Puis d'autres arrivèrent pour les rejoindre, dans un flot ordonné et régulier qui paraissait suivre une invisible autoroute céleste. Peu après, le ballon sur lequel se trouvait Joe se mêla à ceux qui se dirigeaient dans la même direction. À l'occasion, l'un d'entre eux s'écartait sur une rampe de sortie, un autre prenait sa place. Tous portaient la même enveloppe colorée : un jaune étincelant aussi brillant que le soleil. Quant à l'équipage, pilote et cycliste, il était dans le même uniforme que les deux femmes du ballon qui transportait Joe et son guide.

Tous les dirigeables flottaient de plus en plus vite sur la voie aérienne. Joe vit apparaître quelque chose parmi les nuages : peut-être s'agissait-il de leur destination. Au premier regard, il ne vit pas grand-chose. Il lui était encore impossible de discerner de quoi il s'agissait. Mais au fur et à mesure que le ballon se rapprochait, Joe plissa les yeux pour mieux distinguer l'endroit qui l'attendait. C'était une autre cité. Celle-ci était bâtie de plusieurs structures : hautes tours, clochers et dômes émanaient des nuages. En fait, ceux-ci formaient la base solide de toute l'architecture, étincelante de verre et d'acier. Les immeubles brillaient de mille feux, renvoyant les éclats de lumière qui rebondissaient à l'infini, d'un mur de verre à l'autre, d'un gratte-ciel à son voisin. L'effet général était celui d'un prisme lumineux, vue claire et lumière réfractée.

Les ballons servaient à alimenter le trafic de la foule, les visiteurs entraient et sortaient comme des pèlerins à la Mecque. L'enveloppe brillamment colorée des dirigeables contrastait avec les teintes sombres du ciel, mélange de bleu et d'orange, ce qui formait un panorama d'une richesse fabuleuse tout autour de la cité de verre.

Les ballons n'étaient pas les seuls à déambuler. De-ci de-là, d'immenses navires aux ailes déployées fendaient la mer de nuages roses, créant derrière eux de profondes vagues dans leur sillage. D'autres bateaux plus petits, goélettes et yoles et canoës, sillonnaient les alentours, certains ne portant qu'un ou deux passagers. Parfois, un marin lançait par-dessus bord son filet étincelant comme pour pêcher.

Sur les quais lumineux, hommes, femmes et enfants étaient assis, avec de longues cannes en cristal dont les fils se perdaient dans la nuée cotonneuse en dessous. Que pouvait-il espérer attraper ? Quel butin mystérieux se cachait dans les nuages ? Ce n'était pourtant que de la vapeur... D'ailleurs, les cannes étaient fragiles : comment la moindre prise n'allait-elle pas les casser en deux ?

Le ballon de Joe glissa au milieu de toute cette activité et projeta son ombre ronde sur les façades vitrées de la métropole. En dessous, les citoyens et autres visiteurs vaquaient à leurs occupations, les rues d'argent étaient bien animées. Des prismes lumineux et des arcs-en-ciel dansaient tout autour d'eux.

Joe remarqua une autre spécificité tandis que le ballon surplombait le cœur de la cité. La foule s'agglutinait au bas des marches étincelantes d'un énorme bâtiment d'apparence académique. Il s'agissait sans doute d'une bibliothèque publique. Parmi ces inconnus, nombreux étaient ceux qui tenaient un livre à la main. D'autres personnes entraient et sortaient des portes massives du bâtiment dans un flot régulier, et tous avaient également un livre. Et plus haut, sous le dôme d'argent de la résidence, la plus grande de toute la cité, des mots flottaient. Solitaires ou réunis en phrases, sinon en paragraphes. Ils étaient un tantinet transparents, mais ils existaient bien et planaient à côté du ballon. Ces manifestations physiques de phrases s'envolaient, plus haut dans l'atmosphère, bien plus haut qu'aucun ballon n'aurait jamais pu le tenter. Certains mots étaient écrits très fin, d'autres en italique, d'autres en gras ou en majuscules. Certains étaient anciens, définitions, hiéroglyphes ou runes, ou même libellés dans des écritures n'ayant pas encore été découvertes. Ils tourbillonnaient en mini-cyclones, de plus en plus haut. On aurait pu lire un livre entier, ou une lettre d'amour, ou un manuel pratique, du moins à condition de rester dans l'atmosphère suffisamment longtemps dans la même position. C'était comme si tous les mots jamais créés, de tous genres, de toutes formes et de toutes natures, dansaient et tournoyaient tout autour du ballon.

— Bon sang, mais c'est quoi ce truc ? marmonna Baker.

D'un geste brusque, il repoussait une phrase comme s'il s'agissait d'une abeille ou d'un moustique. Les lettres s'éparpillèrent sous le courant d'air, mais elles se regroupèrent très vite pour continuer à monter. Un O majuscule glissa sur l'annulaire du guide, qui s'en débarrassa frénétiquement.

— C'est la Cité des Pensées, répondit le pilote.

Elle regardait toujours droit devant elle, toujours aussi concentrée sur sa tâche.

— Faites bien attention à ce que vous pensez ici, continua-t-elle. Une fois qu'une idée s'échappe de votre cerveau, elle ne vous appartient plus, elle devient propriété commune. Un jour ou l'autre, quelqu'un la lira et l'écrira pour la postérité.

— Et que font tous ces gens, là-bas en bas ? demanda Joe. Qu'espèrent-ils attraper dans les nuages ?

Penché par-dessus bord, il s'intéressait toujours aux bateaux de pêche et aux pêcheurs à la ligne.

— Des rêves. Des idées. Des pensées. Voilà ce qu'ils cherchent. Après tout, il faut bien que les pensées naissent quelque part, non ?

Elle avait répondu d'un ton blasé, comme un guide touristique qui répétait éternellement le même discours.

— Alors, c'est de là qu'ils viennent ? Les rêves viennent des nuages ?

Le grand filet d'argent précédemment jeté était maintenant remonté de la mer de nuages. Et il contenait une masse ondoyante de gros flocons pelucheux et blancs. Était-ce ainsi que se matérialisaient les idées ?

— Ils viennent de partout. Ils flottent vers nous depuis l'éther, dans la pluie d'un orage d'été, de la première neige de l'hiver. Ils se glissent dans nos oreilles et s'incrustent dans notre peau.

— Je compte garder mes idées pour moi, merci beaucoup, grommela Baker, plutôt sèchement.

Il agitait toujours les deux mains pour repousser loin de lui d'autres mots, très épais et très longs, qui contenaient d'innombrables syllabes.

— Dans ce cas, vous n'auriez jamais dû venir, répondit le pilote.

— Ah, comme si j'avais eu le choix ! rétorqua Baker.

Elle le corrigea :

— Ce n'est pas votre destination finale, ce n'est qu'une étape.

— Alors, où allons-nous ? demanda Joe.

Il vit sa question se matérialiser et lui passer devant les yeux avant de s'éloigner, flottant dans l'air. Cette nouvelle forme de création lui arracha un sourire.

— Je vais vous faire atterrir, répondit-elle. Nous retournons sur la terre ferme. Mais à un endroit bien spécifique. C'est pourquoi vous deviez d'abord voler, le ballon vous a permis d'arriver ici plus vite, sans perdre de temps à traverser les montagnes. Dorénavant, vous vous débrouillerez seuls. Je n'ai rien à voir avec la suite de votre voyage.

— Ne t'inquiète pas, mon garçon, assura Baker à son protégé. Je sais où nous sommes censés nous rendre.

Il regarda le pilote qui lui tournait toujours le dos.

— Et ce n'est pas dans ce fichu ciel de zut ! hurla-t-il.

Il reporta son attention sur Joe pour continuer son discours :

— Tu te rappelles ce que je t'ai déjà dit, chef ? Tu arriveras là où tu dois aller quels que soient les chemins que tu prendras. C'est ta route, peu importe les ornières rencontrées.

— Dommage, j'aurais aimé voir la Cité des Pensées, se plaignit Joe à mi-voix. J'aurais aimé marcher le long des rues. J'ai adoré aller à l'école. En tout cas, quand il s'agissait d'apprendre.

Baker vint à côté de lui.

— Nous y reviendrons de temps à autre. D'accord ? Et nous y serons bien tranquilles, juste toi et moi.

Il grimaça à l'adresse du pilote qui ne lui prêtait aucune attention. Joe adressa un grand sourire à son guide.

— Non, ça ne te plairait pas du tout. Tu l'as dit toi-même. Tu préfères garder tes pensées pour toi.

— Eh bien, je trouverais peut-être un moyen de les bloquer, une sorte de protection, tu vois ? Si je porte un casque de mon invention, quelque chose en métal bien épais, je ne crois pas que mes pensées risquent de m'échapper. Quand il le faut, je peux me montrer ingénieux.

Baker serrait très fort les épaules de Joe.

Le ballon continuait sa route. Bientôt, les passagers perdirent de vue la Cité des Pensées, ses mots dérobés et ses rêves qui flottaient dans l'éther comme des nuages de pluie. La cycliste continuait à pédaler avec fureur, sans jamais se fatiguer ni demander un moment de repos.

À planer ainsi, au milieu des nuages, il n'y avait pas grand-chose à faire. Joe s'ennuyait de plus en plus, bercé par le doux roulement de la nacelle et le sifflement du vent, il faillit s'endormir. De temps à autre, il plongeait les doigts dans les nuages vaporeux à sa portée, il en ramassait des flocons pour accompagner le vol du dirigeable. Ensuite, il portait ses doigts à ses lèvres et dégustait leur parfum de sucre. C'était un goût qui lui rappelait d'agréables moments : il se revoyait manger de la barbe à papa, épaisse et collante, durant les fêtes foraines du mois d'août. Il s'y rendait d'abord avec sa mère et, plus tard, avec Declan, quand les deux garçons furent assez âgés pour déambuler seuls. Ils faisaient des tours d'autos tamponneuses, mettaient des pièces dans les machines, achetaient de faux tatouages, ou assistaient à des parades agricoles. Une fois, sur la grande roue, alors que les deux garçons se trouvaient très haut, sans que personne ne puisse les voir, Declan s'était risqué à poser la main sur le genou de Joe. Oh, quel moment excitant ! Cette liberté totale ! Durant des semaines, par la suite, Joe avait gardé sur le genou la sensation de cette caresse. Il se souvenait encore de son excitation.

Enfin, après une éternité en seule compagnie des nuages et des oiseaux, le ballon emporta ses passagers vers un nuage blanc, tout à fait banal et bien trop floconneux. D'après sa position, il représentait le vestibule d'arches gigantesques bloquées par des barreaux et serties de perles d'une taille extravagante et ridicule. La porte était ternie et quelque peu abandonnée. Malgré cela, Joe fut ravi de la voir parce qu'il s'agissait enfin d'un changement après tant de monotonie. Collé sur la porte close, un panneau annonçait :

FERMÉ SUITE AU MANQUE DE FRÉQUENTATION

Les lettres étaient grandes, épaisses, dorées : on ne pouvait pas les rater. Elles étaient aussi soigneusement définies. À travers les barreaux de la porte d'or, Joe ne voyait qu'une étendue déserte, brumeuse et blanche, et des sanctuaires à gros piliers – comme les temples des anciens dieux – ou sinon, de très importants gazebos. Il y a également plusieurs stands bâtis en marbre qui ressemblaient beaucoup aux estrades destinées aux chorales publiques, comme Joe se souvenait en avoir vu à l'école primaire. Par contre, il n'y avait pas une âme en vue.

Baker répondit à sa curiosité inexprimée.

— Voilà ton paradis, chef. Tu vois, il a existé. Du moins, autrefois, il y a longtemps, quand les gens croyaient encore à une vie après la mort. Mais aujourd'hui, c'est devenu une ville fantôme, pas vrai ?

— Le paradis est *fermé* ? s'exclama Joe sans y croire.

— Ça fait un bail que plus personne ne vient ici, intervint la femme du dirigeable, d'un ton blasé. J'ai vu de mes yeux s'en aller les derniers résidents. Ils sont sortis des portes de perles comme des enfants désobéissants et trop curieux, à la fois désireux de s'échapper pour tenter de nouvelles expériences et inquiets d'en être punis.

— Où sont-ils allés ? demanda Joe.

— Je n'en sais rien, répondit-elle. Certains sont retournés sur terre pour une nouvelle existence, d'autres ont fait comme nous tous, ils ont exploré ce qui se passe ici avant de décider la meilleure façon d'en profiter. Mais tous ont quitté cet endroit-là avec une célérité enthousiaste.

— Et Saint-Pierre a enfin pu refermer ses portes, plaisanta Baker.

La femme se renfrogna tout en poussant une exclamation impatientée.

— Pfut ! Il n'aimait pas du tout ni son boulot ni son costume. Des sandales et une robe blanche, c'est tellement démodé. Il n'attendait qu'une chose : que ses résidents échappent enfin à l'endoctrinement et à la stagnation cérébrale. Il a été obligé d'accepter ce boulot, parce que tout le monde – tous les chrétiens de la terre ! – s'attendait à le trouver là, qui les attendait. À la fin, il était devenu franchement morose. Après tout, son boulot lui avait été imposé, pas vrai ? Il n'avait jamais demandé à être le gardien des portes.

— Et maintenant, où est-il ? s'enquit Joe.

— Il est retourné sur terre pour une autre vie. Il voulait tout recommencer, mais sans responsabilité cette fois-ci. Si on compte en années terrestres, il est resté bloqué ici pendant des lustres ! Il espérait retrouver les onze rigolos ayant autrefois formé sa bande. Et je dis 'rigolos' avec affection, bien entendu.

Elle avait énoncé la dernière phrase comme s'il s'agissait plutôt de boulets.

— Vous parlez des apôtres ?

— Quelle importance, grogna-t-elle, le regard fixé droit devant elle.

— Qu'est-ce qui a finalement provoqué leur réveil à tous ?

— Qu'est-ce qui pousse chacun d'entre nous à comprendre enfin des évidences qui nous pendaient au nez ? Une fois encore, je n'en sais rien. Je ne pourrais pas vous le dire. Ils ont simplement eu une sorte de révélation, je présume. Ils ont réalisé qu'il y avait davantage à faire après la mort que se contenter de végéter dans des nuages blancs en chantant des hymnes en chœur. À mon avis, la plupart d'entre eux s'ennuyaient mortellement.

— Mais…

Le pilote du dirigeable l'interrompit

— Écoute, mon chou, tu es bien gentil et je trouve ta curiosité adorable, je t'assure, mais j'ai du travail. Alors, si ça ne te dérange pas…

Baker regarda Joe en haussant les épaules, avec un sourire. Le jeune homme décida, pour ne pas contrarier davantage leur pilote, de rester à l'arrière avec son guide.

— Le paradis est fermé, se répétait-il, sidéré.

Il se demandait si quelqu'un croyait encore à une vie après la mort, aux harpes divines, au chœur des anges, à Saint-Pierre et aux portes de perles... Et dans ce cas, où iraient ces gens-là une fois arrivés ici ? Seraient-ils obligés de flotter aux alentours, en attendant la réouverture des portes comme s'il s'agissait d'un parc à thème ? Penseraient-ils qu'il s'agissait juste d'une fermeture momentanée, pour la saison creuse ou des réparations ?

Pendant que le ballon dépassait l'Ancien Paradis, le ciel fonçait et prenait des couleurs bien plus sombres. Il ne paraissait plus du tout aussi accueillant et joyeux qu'auparavant. Le dirigeable descendait à travers les nuages, à la recherche d'un point d'atterrissage.

— Tenez-vous bien, avertit le pilote. Je n'aime pas du tout l'aspect de ces nuées.

Alors qu'ils continuaient leur descente, un vif éclair électrique frappa l'espace juste devant le ballon. Le ciel devint aveuglant de lumière blanche. Dans cette luminosité soudaine, Joe vit apparaître ce qui semblait être un chien géant. La bête furieuse émergea de l'obscurité de l'atmosphère avec un aboiement de tonnerre. Ses yeux envoyaient des éclairs, son grondement était enragé.

— Qu'est-ce que c'est ? demanda Joe.

Il fit quelques pas pour se rapprocher du pilote, les deux mains bien accrochées à la nacelle. La bête regardait le ballon de haut et rugissait de plus belle. Les éclairs lui jaillissaient de la bouche et des yeux, en avertissements menaçants.

— Gabriel Ratchet. Le chien des orages et de la fureur.

Elle avait répondu sans émotion, mais en parlant fort afin que Joe et Baker puissent entendre sa voix au milieu des aboiements.

— Nous devons essayer de lui passer sous le nez, quels que soient les risques. Il ne va pas apprécier.

— Vous ne pouvez pas l'éviter ? demanda Baker, derrière eux.

Le guide s'inquiétait davantage pour Joe que pour lui-même. La femme ne répondit pas, elle garda les yeux fixés sur la menace tandis que le ballon continuait à descendre à travers l'épais plafond de nuages. Elle avait raison. Il ne paraissait y avoir aucune échappatoire. L'orage était comme un mur dressé devant eux depuis le firmament jusqu'au ras du sol.

Ils commencèrent à le traverser. Joe aperçut enfin la terre en dessous, patchwork de champs, ruisseaux, montagnes et plaines. Le chien fou de la tempête était toujours à leur poursuite, il n'y avait aucun moyen de lui échapper. Il allait les rejoindre avant que le ballon ne puisse atterrir. Joe releva les yeux, le ciel n'avait plus sa couleur rose tendre à laquelle il s'était depuis longtemps habitué. Même loin derrière, tout était assombri. Du coup, tout paraissait menaçant. Gris, noir et bleu marine tourbillonnaient en une force terrible qui annonçait des périls à venir. Le vent féroce se mit à secouer la nacelle, faisant vibrer le ballon d'un côté et de l'autre.

Gabriel Ratchet tendit ses pattes gigantesques pour frapper. D'autres éclairs traversèrent l'air.

— Tenez-vous bien, hurla le pilote au milieu du tumulte.

Le vent hurlant dépassa Gabriel Ratchet et projeta le ballon et ses passagers comme s'il s'agissait de jouets. Les éclairs tranchaient le ciel nuageux et lourd, aux couleurs de meurtrissures, une pluie terrible se mit à les marteler, bousculant davantage la nacelle. Les passagers se trouvèrent frappés par d'innombrables petits poings rageurs et mouillés. La cycliste maintenait sa vitesse, se battant contre la bête céleste, aussi le ballon poursuivait sa descente.

Baker faisait de son mieux pour protéger à la fois Joe et sa bien-aimée guitare, tout en maintenant son propre équilibre. C'était une tâche impossible. Les rugissements vicieux du chien leur parvenaient maintenant de tous les côtés, comme s'ils étaient menés à lui, où qu'ils aillent. Et Joe ne savait plus où il devait regarder.

Tout à coup, la bourrasque la plus violente que Joe ait jamais vue emporta le ballon, renversant tout ce qu'il contenait. La patte de la bête venait de les attaquer avec fureur. Baker et Joe furent tous les deux projetés au sol. Lorsqu'ils se redressèrent, ils virent que le pilote avait été éjecté de la nacelle : accrochée à un filin, elle tentait de remonter à bord. Vite, les deux hommes se précipitèrent pour lui venir en aide. Une fois cette tâche accomplie, ils réalisèrent que la cycliste et sa bicyclette avaient disparu, ni l'une ni l'autre ne se trouvaient plus sous le dirigeable. Ils n'eurent pas le temps de s'inquiéter de son sort, parce que Gabriel Ratchet revenait pour le coup de grâce, il paraissait prêt à déchiqueter le ballon.

Une autre rafale heurta le dirigeable. La bête hurlait si fort et si près que Joe vit le gouffre béant entre ses mâchoires. À l'intérieur flottaient débris et morceaux de provenances diverses. Le ballon semblait pris dans une vrille infernale et Joe craignait qu'elle les entraîne à leur perte : il lui paraissait impossible dorénavant d'y échapper. Les filins, tendus au maximum, paraissaient déjà prêts à céder. Gabriel Ratchet n'avait plus envie de jouer. Il y eut un bruit de déchirure, de cassure. Le claquement sec des cordes s'entendit à peine dans le fracas assourdissant de l'orage, mais l'expression terrifiée du visage du pilote suffisait à annoncer aux deux passagers que la situation était sans issue.

Avant que Joe ne puisse réaliser ce qui se passait, il se sentit en apesanteur. Il volait, mais sans la sécurité de bras aimants serrés autour de lui cette fois, l'homme volant n'était pas là pour l'aider. Et ce n'était pas rassurant du tout. C'était une chute libre et terrifiante, non une envolée sublime. Il tombait comme une pierre à travers l'orage. La tempête l'avait fait basculer par-dessus le rebord de la nacelle, et maintenant il filait à toute vitesse vers le sol en compagnie d'une pluie torrentielle.

Baker avait tendu le bras vers Joe, dans une vaine tentative pour le sauver. Il ne put rien faire. La nacelle, arrachée de son ballon, fut instantanément déchiquetée. Le guide et le pilote se retrouvèrent aux prises des mâchoires furieuses et démoniaques de la bête, Gabriel Ratchet.

Joe tombait toujours. Il savait qu'il n'y avait plus d'espoir. Il était perdu. Tout ce qu'il avait accompli était en vain. Il allait terminer sa nouvelle existence sans réellement savoir qui il avait été précédemment.

Et quelque part, durant sa chute mortelle vers le sol, Joe perdit conscience du moment. Désespéré de douleur après avoir perdu son grand-père et Baker, il se laissa emporter par une nouvelle vague de souvenirs.

JOE SUIVAIT des cours en folklore et mythologie. Lui et Ben sortaient ensemble depuis un bail. À l'université, tout le monde les savait en couple et Ben en était ravi, épanoui. Joe savait pourquoi : son compagnon avait la sensation d'être un brise-glace, celui qui ouvrait la voie, un activiste – intentionnel – sans le vouloir. Ben avait créé sur le campus une organisation pour les gays. Joe n'aurait pas dit non à un peu plus de discrétion. Pourquoi les autres devaient-ils être au courant ? En quoi est-ce que ça les regardait ? Comme il était à cran, les deux garçons se disputaient souvent, mais au final, Ben gagnait toujours. Parfois, Joe n'était même plus certain de l'aimer vraiment. Il trouvait son attitude tellement stéréotypée et provocatrice. Tous leurs différends se réglaient de la même manière : un coup rapide entre deux cours suffisait en général à les réconcilier.

Ben avait un don pour l'organisation. Il gérait leurs week-ends des mois à l'avance et s'en tenait avec obstination à ses plans quel que soit le temps – ou même en dépit de lui. Il avait réuni bon nombre de gays autour de lui, certains modérés et d'autres franchement agressifs. Ils traînaient ensemble dans les magasins ou les bars branchés, ils ne paraissaient heureux qu'un verre à la main quand ils avaient trouvé une proie à déchirer sous leurs sarcasmes. Ben les appréciait beaucoup. Joe les détestait. Tout ce qu'ils disaient semblait émaner d'un vieux film de Bette Davis ou Tallulah Bankhead : ils se spécialisaient dans les vannes caustiques suivies de grands mouvements de cigarette.

Tout se termina un samedi d'octobre. Le dernier pas, ou la proverbiale goutte d'eau, força Joe à faire le bilan de sa vie, à décider qu'il voulait en changer. Il y avait trop longtemps que Ben n'était plus le séduisant garçon rencontré au cours d'une soirée. Désormais, c'était un être complètement différent.

Joe, accompagné de Ben et d'une multitude de ses amis déjantés, se trouvait à un festival, à quelques kilomètres en voiture de leur université, une école privée qui avait bonne réputation dans le milieu académique. C'est là qu'ils étaient censés passer la journée, comme l'avait décidé Ben, à arpenter les stands qui présentaient de l'artisanat et diverses spécialités de 'ploucs'. Le plan était d'y goûter et de faire semblant de vomir avec ostentation, quelle que soit la qualité de l'échantillon. D'après Ben, ce serait une prétentieuse farandole de jeu d'acteurs. En vérité, Joe n'avait jamais rien trouvé à redire à la nourriture, aussi il refusait de participer à ces mauvaises plaisanteries. Il dégustait ce qu'on lui proposait – et les fritures locales n'étaient pas si mauvaises.

Joe se tenait accoudé à un stand désert alors que les 'amis de Ben' se prenaient en photo dans des tenues grotesques. Plus tard, ils jureraient avoir vu les autochtones porter les mêmes, ce qui, bien entendu, était un mensonge. Joe regardait Ben sans ressentir le moindre intérêt. C'était un jeune homme bien fatigant. Qu'est-ce qu'il avait bien pu voir en lui à part ses bras forts et son joli petit cul bien rond ?

Ben l'avait aidé. Ça, c'était vrai. Sans Ben, jamais Joe n'aurait osé faire son 'coming out'. Mais pourquoi restait-il avec lui ? Ben était devenu un tel stéréotype... Ou bien l'avait-il toujours été ? Joe n'en savait plus rien. Il n'était sûr que d'une chose : Ben n'était pas celui qu'il voulait. Pas vraiment. Plus maintenant. Joe avait même pris la peine de regarder d'autres universités où s'inscrire durant le semestre à venir. Peut-être, pensait-il, que s'éloigner un moment de Ben renforcerait leur relation. Il y avait une possibilité pour que cette séparation momentanée soit ce dont les deux garçons avaient besoin. Il évoquait ce vieil adage prétendant que l'absence renforce l'amour... ou bien était-ce le temps ?

Tandis qu'il disséquait toutes ces pensées, en essayant de trouver un sens à ce qu'il était – actuellement – et ce qu'il pourrait être – ailleurs – une silhouette passa devant le groupe vulgaire et bruyant qui continuait à se prendre en photo. À cause de l'incivilité odieuse des 'amis de Ben', les passants leur jetaient des regards noirs. La silhouette fut comme une vision, un spectre, mais il s'agissait pourtant d'une personne en chair et en os. Joe en oublia instantanément son malaise. Le moment était venu pour lui de prendre une décision concernant son avenir, il le savait de façon certaine.

Déjà, la silhouette furtive venait d'éclipser Ben à ses yeux. Il s'agissait de Louis. Joe en était sûr. Il lui fallut un moment pour se remettre d'une révélation aussi brutale que lumineuse : la certitude de ce qu'il désirait vraiment. Quand il reprit ses esprits et regarda autour de lui, Louis avait disparu.

Joe sentit monter en lui une vague de panique et d'excitation. Il y avait si longtemps qu'il n'avait ni revu ni entendu Louis. Il l'avait presque oublié. Alors, pourquoi maintenant ? Il devait y avoir une raison. Quittant son poste devant le photomaton, il parcourut à la hâte le festival, flottant dans un brouillard distrait, à la recherche de Louis. Son âme était comme affamée de retrouver celui qu'il avait plus ou moins connu toute sa vie. Il faillit renverser plusieurs personnes, heurtant aussi bien enfants que vieillards sans excuse ni regret. Il entendait les insultes – 'connard !' – résonner derrière lui durant sa quête frénétique, mais il ne prêta aucune attention à quiconque. Il n'avait qu'une obsession : retrouver Louis.

De-ci de-là, il apercevait le sommet d'une tête aux magnifiques cheveux noirs ou la douceur d'un regard bleu, mais il n'était jamais assez près pour en être certain. La foule était de plus en plus dense, de plus en plus animée, de plus en plus en colère contre Joe qui continuait ses recherches. Il aurait voulu se débarrasser de tous ces gens qui se trouvaient sur son chemin, les soulever, un par un, et violemment les jeter au loin – ils le méritaient bien pour être aussi ennuyeux ! Comment était-il possible qu'il y ait autant de monde ? Qu'y avait-il de si intéressant à ce festival ? Bouffez un sandwich et disparaissez !

Joe faillit s'écrouler sous le poids de sa poursuite, qui s'avérait de toute évidence inutile et sans espoir. Il vacillait, pris de nausée ; il ne *supportait plus l'odeur de la barbe à papa, de la friture, des cigarettes. Maintenant, les gens le regardaient bizarrement, parce que sa respiration était devenue erratique, que ses yeux flamboyaient de colère et de terreur.*

Une voix cria derrière lui :

— Joe !

Louis ? S'agissait-il de Louis ?

Très excité, Joe pivota sur ses talons, mais il fut terriblement déçu. Il s'agissait seulement de Ben et de sa cohorte. Sa déception se transforma en colère.

— Joe, mais qu'est-ce que tu fous ? hurla Ben. Qu'est-ce qui ne va pas ? Tu es malade ? Tu veux que nous rentrions ?

À cette idée, les 'amis de Ben' levèrent au ciel des yeux mécontents. Joe se contenta de les fixer, de plus en plus furieux. Ben finit par s'impatienter.

— Bon sang, réponds. Tu es franchement gênant !

— Je pense, commença Joe. Je pense... je pense que je vais demander mon transfert. Oui, je pense que ce sera préférable.

ICI, TOUT LE MONDE TE VEUT

LA PREMIÈRE pensée de Joe en se réveillant – outre la réalisation immédiate qu'il n'était pas blessé – fut la découverte qu'il était seul à présent. Baker avait été emporté dans les mâchoires de la bête, ainsi que la nacelle du ballon et son peu aimable pilote. Il n'y avait plus de guitare jouant en sourdine pour l'accueillir à son réveil. Il n'y avait plus de notes apaisantes et mélancoliques. Il n'y avait que les sons étouffés d'un monde à découvrir.

Quand Joe ouvrit les yeux, il vit au-dessus de lui un toit constitué de fougères et autres débris arrachés par l'orage. Il avait dormi durant la tempête et le déracinement végétal, ayant perdu conscience avant même que son corps soit déposé au sol par les bras forts de Zéphyr. Sa chambre à coucher avait été construite par le cyclone ! Joe en repoussa les feuilles et laissa les gouttes accumulées sur la curieuse bâtisse lui tomber dessus. Il se leva, dans son jean trempé, et chercha à comprendre où il se trouvait. Le monticule de débris ayant formé son lit était petit et parfaitement délimité, comme découpé à la palette. De plus, il s'était avéré confortable : Joe n'avait pas ouvert l'œil avant l'aube.

Il écarta de ses yeux ses cheveux mouillés. Autour de lui, le terrain était vide et sinistre, essentiellement composé de cailloux déchiquetés et d'énormes rochers gris sombre ou noirs comme du charbon. En clair, un paysage apocalyptique digne des pires versets de la Bible. On aurait pu croire qu'une bombe atomique avait anéanti toute vie animale et végétale à des kilomètres à la ronde. Joe ne voyait que quelques débris de plantes éparpillées, jetées de-ci de-là par l'orage l'ayant lui-même déposé.

— Baker ! cria-t-il tandis que ses yeux scrutaient l'horizon aussi loin que possible.

En son for intérieur, il savait qu'il s'agissait d'un appel inutile. Son guide n'était plus là. Et pourtant, Joe ressentait le besoin d'essayer. Il s'était habitué à la présence discrète du musicien à ses côtés.

— Baker ! hurla-t-il encore.

Il ne reçut en réponse que les échos de sa propre voix lui revenant de partout.

Joe quitta son lit de fougères et de buissons pour un dernier appel. Le vent sifflait une mélodie solitaire qui flottait sur la désolation du terrain. Joe avait la sensation d'être tout seul, le dernier être de ce monde d'après-vie. Il avait été abandonné.

Il se mit en marche vers l'horizon sinistre qui s'étalait devant lui. Le sol sous ses pieds était dur et poussiéreux. L'humidité laissée par l'orage avait depuis longtemps été absorbée par la terre asséchée. D'énormes rochers noirs pointaient, tout droit, émergeant d'un profond ravin. Joe s'en approcha pour savoir ce qu'il y avait au fond. Il sentit immédiatement son estomac se tordre. Parce que, au fond du gouffre et s'étendant tout le long de la faille, bouillonnait un épais brouillard. Il en émergeait parfois un arbre mort qui dressait ses branches dépouillées comme des doigts déformés réclamant pitié après une condamnation. Joe écouta avec attention. Il n'entendit ni hurlements douloureux ni supplications. Mais devant cet océan opaque, il ne pouvait s'empêcher de repenser aux Brumes de Terreur que lui et Baker avaient rencontrées dans les montagnes. Ce seul souvenir le tétanisait sur place, figé et incapable de réfléchir.

— Baker, où es-tu ? chuchota-t-il pour lui-même.

Sa voix tremblait de peur, la vue abyssale devant lui ayant réanimé son pire cauchemar. À ses côtés, très haut et menaçant, se dressait un pilier noirci qui surplombait le ravin comme une sentinelle. Joe imagina des attributs humains à cette épaisse colonne rocheuse : membres, bras et jambes handicapés et visage tordu de douleur et de regrets. Comme un ancien gardien transformé en pierre au seul souvenir des Brumes de Terreur qui, à présent, visaient Joe. Il se força à bouger, il s'accrocha à la jambe déformée du pilier et se mit à monter, décidé à découvrir ce qui l'attendait au-delà du ravin. Il lui fallait trouver un autre passage. Ainsi, les âmes qu'il imaginait prisonnière dans la brume maudite ne s'en prendraient pas à lui, ne le harcèleraient pas de leurs bouleversantes prières. Joe tenait absolument à ne pas se laisser prendre dans ce marécage de désespoir épouvantable, sinon il y resterait bloqué à jamais, incapable de trouver une échappatoire ou un moyen de se sauver. Il se voyait comme Prométhée, condamné à une torture éternelle. Joe ignorait si le fond du ravin constituait ou pas la route qu'il lui fallait prendre. Après tout, il n'avait plus de guide. Peut-être, après avoir étudié le paysage depuis le sommet du pilier, serait-il capable de trouver une route plus accueillante.

La colonne était solide et trapue. Une fois arrivé en haut, Joe resserra les deux bras sur la tête pointue de son rocher. À son grand soulagement, il découvrit que le brouillard ne s'étendait pas à perte de vue. Il discerna l'endroit où il s'atténuait, ce n'était pas très loin, mais quand même, il lui restait une bonne distance à parcourir. De toute façon, Joe ne voulait pas risquer son petit orteil dans le brouillard, qu'il soit ou non celui qu'il connaissait déjà. Il ignorait tout de cet endroit. Il était encore un néophyte au paradis. Il devait y avoir d'autres horreurs cachées dans les plus sombres recoins.

Aussi, toujours accroché à sa tête de pierre, Joe tordit le cou pour étudier ses autres options. Mais alors, la solidité de la colonne fut remise en question par le plus étrange des événements. Un petit papillon, une sorte de mite avec des petites ailes brunes et ternes, se posa sur l'extrémité supérieure du pilier. La roche craqua et se fendit. Le papillon s'envola instantanément, mais le dommage était irrémédiable. Joe poussa un hurlement terrifié quand le pilier se cassa en deux. La tête débobla jusque dans le ravin. Le jeune homme lâcha prise à temps, mais il n'évita pas la chute. Ayant perdu l'équilibre, lui aussi roula par-dessus bord et plongea dans la mer de brouillard. Ses hurlements furent rapidement étouffés par la brume épaisse.

Lorsqu'il atterrit enfin sur la terre ferme, Joe se remit immédiatement sur pied. Il se préparait déjà aux horreurs à venir : il s'attendait à des fantômes en deuil, spectres humides, et bêtes féroces. Mais il ne vit rien. D'ailleurs, c'était, et de loin, le pire aspect de la situation. Le brouillard était si dense que Joe ne voyait même pas ses mains devant lui lorsqu'il les agita pour tenter de trouver un passage. Son seul soulagement immédiat s'avéra découvrir qu'aucun prisonnier ne paraissait l'entourer. Il ne s'agissait pas des Brumes de Terreur qu'il avait craint de rencontrer. En vérité, il n'entendait rien du tout, à part le son produit par ses pieds pataugeant sur la terre détrempée et sa respiration, rauque et difficile.

— Baker, où es-tu ? supplia Joe encore une fois.

Il parlait surtout pour briser le silence étouffant. Il avançait et la terre mouillée lui jaillissait entre les orteils, ses pieds étaient déjà recouverts d'herbe, de boue, et de brindilles. De temps à autre, ses mains tâtonnantes heurtaient le tronc gluant d'un arbre, que Joe évitait ou, au contraire, utilisait pour s'y adosser, afin de s'accorder un bref moment de repos. Très vite, il réalisa que ces arbres apparaissaient à un rythme régulier et prévisible, tous les six ou sept pas. Il n'avait rien de mieux à faire que suivre leur alignement.

Et cela continua un bon moment. Joe avait perdu toute notion du temps et de l'espace, sa désorientation augmentant à chaque pas. Il n'entendait plus rien, il se mit à heurter les arbres et à vaciller en arrière, comme s'ils le repoussaient délibérément, comme le feraient des brutes envers un plus faible. Garder son équilibre demandait à Joe un effort permanent. Parfois, des branches basses lui égratignaient le visage, ce qui le faisait sursauter et pousser quelques jurons surpris.

Joe était tellement déboussolé que, lorsqu'il trébucha sur une grosse racine jaillissant de terre, il tomba le nez en avant dans la boue et y demeura, sans tenter de se remettre debout. Il décida qu'il était incapable d'aller plus loin. Même si toutes les âmes perdues de ce monde et du précédent se réunissaient pour lui tomber dessus dans une horde assourdissante à l'agonie inexorable, il resterait ici, il ne bougerait pas. Sa quête s'arrêtait là.

S'il était encore un enfant, celui qui jouait avec 3P, voilà qui aurait été une aventure à nulle autre pareille. Et Joe aurait adoré ça ! Mais l'aventurier en lui, le petit garçon, réussissait encore à se poser des questions concernant sa situation actuelle. Malgré tout, Joe avait besoin de repos, d'un petit moment de repos. Ensuite, peut-être pourrait-il se remettre en marche.

— D'accord, repose-toi. Retrouve tes forces.

Il se parlait à lui-même, toujours couché, le nez dans la boue, à boire l'eau nauséabonde. Franchement, l'idée de retrouver des forces paraissait ridicule dans une atmosphère à la condensation aussi épaisse. Mais à l'heure actuelle, Joe n'accordait plus aucune pensée à sa destination. Il resta couché sur la terre détrempée, le nez dans l'herbe mouillée, inconscient du temps qui passait. Sa seule compagnie fut les amphibiens et quelques rats des marais, particulièrement hideux. Ils sautillaient ou crapahutaient sans se soucier de lui, de simples passants qui vaquaient à leurs occupations.

— Relève-toi.

La voix gentille s'adressait à Joe et les mots semblaient alléger la brume alentour. Cette voix paraissait émaner du brouillard, comme si elle était créée au cœur même de sa densité, mais avec une tonalité fluide et aérienne. Une sorte de chuchotement, un écho murmuré. C'était une voix familière et chaleureuse.

— Relève-toi, Joe, répéta la voix.

Très lentement, Joe redressa la tête, son front quittant le sol mouillé, mais il eut beau scruter autour de lui, il ne vit rien dans le labyrinthe blanc.

— Baker ? demanda-t-il péniblement.

Il s'essuya la bouche pour se débarrasser de la boue qui le maculait.

— Non, Joe. Mais tu le reverras bientôt. Ne t'inquiète pas. Tout d'abord, tu dois te relever. Tu as encore des choses à accomplir, Joe.

C'était l'Étranger. Joe en était certain. Une sensation de chaleur monta en lui, d'amour, de retour à la maison. C'était ce qu'il avait déjà connu à son premier réveil dans le champ d'orge. Une douce chaleur se répandait dans tout son être, mêlée à un bref élan de culpabilité. Parce qu'il n'avait pas oublié les épis d'orge fanés et pourrissants. Et tout à coup, très naturellement, comme s'il s'agissait d'une connaissance qu'il possédait depuis toujours, Joe compris qui était l'Étranger. Une bulle d'excitation brûlait en lui.

Il se releva, tout vacillant parce que le brouillard le désorientait.

— Pourquoi es-tu ici, avec moi ? demanda-t-il. Est-ce que je t'ai retrouvé ? Est-ce que je t'ai trouvé après le festival ? Vas-tu rester avec moi ?

— Non, Joe. Pas maintenant.

La réponse pleine de gentillesse, d'élégance et de compréhension, rebondit avec grâce comme une danseuse de ballet à travers le brouillard.

— Pas encore, reprit l'Étranger. Il te faut continuer. Il te faut avancer sans te décourager. Tu es presque arrivé, Joe. Tu es presque arrivé au but.

— Mais quel but ? Je suis arrivé où ?

Impatient, Joe se mit à faire les cent pas à travers le brouillard, il ne se souciait plus de trébucher ou de heurter un arbre de plein fouet.

— Continue à marcher. Garde courage, Joe. Un grand courage. Regarde ! La brume se dissipe.

Au moment même où l'Étranger prononçait ces mots, le rideau de confusion disparut. Tout d'abord, il y eut un vague rai de lumière, une décoloration annonçant que le brouillard se levait. Ensuite, comme un vœu matérialisé, le paysage commença à apparaître. Au début, des silhouettes, puis elles prirent leurs véritables formes. Joe était au cœur d'une forêt clairsemée, dans une clairière où voletaient les papillons, plantée d'herbe très haute, très verte. Les arbres étaient seuls, sans être solitaires, plantés à intervalles réguliers tout autour de la prairie. Joe fut très soulagé de voir que le ciel avait retrouvé sa douce teinte bleue. Il n'y avait plus de menace grise, ni le moindre nuage. Derrière lui, le brouillard s'étant dissipé, il vit un verger qui s'étendait jusqu'à la falaise.

Joe chercha à apercevoir celui qui s'était adressé à lui, mais il savait bien que l'Étranger avait à nouveau disparu. Du coup, il perdit aussi sa sensation de chaleur et d'acceptation inconditionnelle. Il était à nouveau seul dans cet endroit inconnu. Il ne restait plus la moindre trace de brume, c'était comme elle n'avait jamais existé.

135

Joe ramassa sur un arbre une feuille de pommier pour essuyer la boue et l'humidité de son visage et de son corps. Ensuite, il se remit en marche. Il n'avait rien d'autre à faire.

La route fut longue et monotone. Pourtant, Joe appréciait la balade, il s'en trouvait réconforté. Il savourait le simple plaisir de marcher dans l'herbe grasse de la prairie. Quand il laissa derrière lui la forêt et le verger, il avança d'un pas plus déterminé. Ses pieds renvoyaient des échos solides, comme si Joe savait où aller. Et pourquoi pas. C'était le cas. Après tout, quelqu'un l'attendait : l'Étranger.

Il parcourait des chemins de terre battue, passait devant de petits cottages, des champs où paissait du bétail, bœufs ou moutons. Il admirait des paysages aussi somptueux que ceux ayant été peints par les plus grands maîtres hollandais. Sur une impulsion, parce qu'il se sentait brave et aventureux – que pouvait-il rencontrer de plus dangereux que ce qu'il avait déjà affronté ? – il sauta par-dessus une barrière de pierre pour traverser une horde de bisons occupés à paître. Les bêtes ne lui prêtèrent aucune attention, même lorsque Joe passa les mains dans leurs poils épais afin d'en savourer le contact.

Le crépuscule tombait, Joe décida de trouver un endroit où passer la nuit. Il commençait à faire diablement sombre alentour. D'épais nuages cachaient le moindre rayon de lune. Cependant, Joe n'était pas inquiet, rien n'indiquait qu'un nouvel orage se préparait. Il avança avec précaution lorsqu'il tomba enfin sur un arbre perché sur la berge abrupte d'un petit ruisseau d'eau vive. Joe glissa sur un obstacle invisible – soit une motte de mousse, soit une petite créature à fourrure qui n'avait pas été assez rapide pour s'écarter de son chemin – et faillit heurter l'arbre de plein fouet. Il se rattrapa juste à temps. Il s'installa dans un creux à la base du tronc, tout à fait confortable, et s'endormit au son de l'eau dans le ruisseau, au bruissement des feuilles qui, tout autour de lui, paraissaient respirer.

LORSQUE JOE reprit conscience, la brume matinale s'atténuait, aussi bien dans sa tête que dans le paysage environnant. Il réalisa peu à peu un doux et léger contact sur son poignet. Il ne s'agissait pas d'une prise solide, plutôt un gentil grattement, au rythme du cours d'eau qui chantonnait non loin de là. Joe ouvrit de grands yeux, effrayé à l'idée qu'une bête s'était approchée de lui. Il se remit sur pied d'un bond et agita vivement le bras, comme pour se débarrasser d'une énorme araignée au millier de pattes. Mais non. Il y avait juste une jeune femme, appuyée contre le tronc d'arbre, juste à côté de lui, assise avec bras et jambes étalés à des angles différents. Elle était nue. Et quasiment inerte.

— Se trouvait-elle là depuis le début ? se demanda Joe à haute voix.

Elle ne pouvait être morte, c'était impossible. Ce n'était pas non plus une création imaginaire née la fiévreuse culpabilité d'un autre, comme ce qui poussait dans les jardins d'Abigail, pas vrai ? Alors, que faisait-elle là ? Et pourquoi Joe ne l'avait-il pas remarquée plus tôt ?

Du coin de l'œil, il vit d'autres doigts appartenant à une main posée sur la cheville de l'inconnue. Elle ne s'y accrochait pas, elle restait juste là, paume ouverte, détendue. Et cette main se trouvait reliée à un autre corps – celui d'un jeune homme. Couché sur les jambes de ce nouveau venu, il y en avait un autre, lui-même effleuré par une nouvelle silhouette, et ainsi de suite. Joe haleta, sidéré, quand il réalisa que s'alignait devant lui une longue file de corps nus, tous connectés les uns aux autres, tous immobiles, endormis, et tranquilles. Ils reposaient tranquillement sur l'herbe, sans s'agiter ni se retourner. Les corps s'étendaient sur des kilomètres à la ronde. Des montagnes de chair, de membres, de têtes, comme un champ macabre après la moisson. On aurait pu les croire tous morts, mais ils avaient le teint rose et sain, les couleurs de la vie.

Incapable de croire au spectacle qu'il avait devant les yeux, Joe recula d'un pas. Ce qui le fit trébucher sur un obstacle et basculer en arrière. C'était encore cette racine qui, la nuit précédente, avait failli le faire s'ouvrir le crâne sur le tronc d'arbre. Il tomba sur le dos. Sauf qu'il ne s'agissait pas d'une racine, mais d'un vieillard aux longs cheveux gris, on aurait dit de la fourrure ou de la mousse. La veille, c'est sur lui que Joe avait marché dans le noir.

— Excusez-moi, marmonna-t-il, par habitude.

Le vieillard ne bougeait pas. Il demeurait aussi placide que les autres morts-vivants étalés dans le champ. Dans sa nouvelle position, couché aux côtés du vieil homme, Joe leva les yeux vers le ciel et aperçut l'arbre sous lequel il avait passé la nuit. Sur chaque branche, les corps endormis s'alignaient, bras et jambes ballants comme un saule pleureur aux rameaux vivants. Joe se releva vivement et s'enfuit, en veillant à enjamber les corps endormis. Il n'était pas facile de ne pas piétiner autant de doigts épars.

Sans doute une grande bataille, pensa-t-il. *Est-ce possible ? Une guerre dans l'Après Vie ?*

Et tandis qu'il continuait à enjamber les corps, certains plus imposants que d'autres, il remarqua à sa grande surprise ne pas être le seul à déambuler parmi eux. Plusieurs silhouettes marchaient également dans la brume et parcouraient le champ de bataille. Certains de ces inconnus restaient simplement debout et figés, aux abords extérieurs, attendant dans les chemins qui menaient aux champs adjacents. D'autres au contraire arpentaient les lieux, se penchant sur ceux qui, dans la masse des endormis, se réveillaient enfin, confus et sidérés à la fois. Chacun, en reprenant conscience avait la même expression incrédule et émerveillée. Chacun recevait le choc de la révélation. Et Joe reconnaissait leur regard, joie et satisfaction mélangées. Il avait éprouvé la même sensation dans le champ d'orge, avant que sa quête devienne aussi ardue.

Joe marchait en direction des badauds qui restaient loin de cette étrange moisson d'hommes et de femmes. Juste avant de quitter le champ et d'accéder aux sentiers dégagés, il faillit buter sur le corps d'un homme très imposant.

Joe remarqua parmi la foule une Asiatique dont les yeux exprimaient une sagesse séculaire.

— Excusez-moi, dit-il à la jeune femme. Pourriez-vous m'expliquer où je suis ? J'ai perdu mon guide, je suis plutôt perdu.

— Oui, bien sûr, répondit-elle avec un sourire radieux. Vous êtes au Jardin des Incroyants. C'est un nom qui a été donné depuis si longtemps que plus personne ne se souvient de son origine. Même ici, nous avons gardé nos vieilles habitudes de faire du mélo, vous ne croyez pas ?

Joe la fixait toujours, espérant qu'elle s'expliquerait davantage. La femme agita la main en direction des corps endormis.

— Ce sont les athées, mon chou. Ceux qui ne croient pas en l'Après Vie. Ni en rien. En rien du tout. Après leur mort, leur incroyance se manifeste d'elle-même... Et ils se retrouvent là où ils n'ont pas conscience de leurs nouvelles options d'existence jusqu'au moment...

Joe termina sa phrase :

— ... où ils se réveillent. C'est intéressant.

Il regarda autour de lui, très soulagé que l'état de tous ces gens n'ait rien à voir avec une trop lourde culpabilité ou une horrible douleur. Il était également soulagé de ne pas devoir endurer l'effroyable spectacle de Declan dans son arbre. Il en avait été témoin une fois, c'était suffisant.

La femme reprit la parole, avec un sourire :

— Je suis ici pour attendre mon fils. Quand on élève un enfant avec de bons principes, on espère toujours qu'il lui en restera quelque chose, pas vrai ?

Elle plaisantait doucement.

— Pourquoi ne pas aller le chercher ? Ce champ est immense.

— Non, ce n'est pas la peine. Il me trouvera. J'attendrai ici aussi longtemps qu'il le faudra. D'autres préfèrent se lancer à la recherche de leurs chers disparus, mais mon fils a toujours été très indépendant. Il retrouvera son chemin.

— Vous êtes une très bonne mère.

Elle lui sourit, ravie, mais son expression restait énigmatique.

— Je lui ai toujours dit qu'il fallait croire en quelque chose. N'importe quoi, à condition que cette croyance aide l'âme à s'épanouir. Mais comme je vous l'ai dit, il était indépendant. Si indépendant. Il l'a toujours été.

Joe réfléchit un moment.

— Je ne me souviens pas avoir jamais cru ni en Dieu ni en l'Après Vie. Du moins, pas vraiment. Alors pourquoi ne me suis-je pas réveillé ici ?

La femme passa au tutoiement :

— Tu devais bien croire en quelque chose, pas vrai ? Une entité ? Un microcosme ?

— Il me semble bien. Enfin, je n'étais pas contre toute croyance.

— Eh bien, tu as ta réponse ! s'exclama-t-elle radieuse. Tu croyais *possible* qu'il existe autre chose. Donc, tu gardais l'esprit ouvert à des idées nouvelles. Tu n'as jamais laissé les préjugés empêcher ta spiritualité d'explorer un chemin ou un autre. Dans ce cas, que tu le saches ou non, ton âme s'est épanouie.

Joe sourit. Voilà un discours qui lui plaisait.

— Bien, je vais devoir m'en aller. Je n'ai pas terminé ma quête.

Il tourna la tête vers une femme étendue non loin de lui, dans le champ. Ses doigts s'agitaient, indiquant un réveil imminent.

— Je te souhaite bonne chance, dit gentiment l'Asiatique.

— Je vous souhaite la même chose, répondit Joe. J'espère que vous retrouverez votre fils. Ou plutôt, que lui vous retrouvera.

— Oh, il le fera, assura-t-elle avec un clin d'œil.

Joe s'éloigna. En quittant le champ humain, il se dirigea vers de nouvelles rencontres, encore inconnues, mais programmées qui lui permettraient de retrouver d'autres âmes de son passé. Ça commençait à lui plaire de résoudre ces petites énigmes de la vie. Il aimait surtout la façon dont ces solutions lui apparaissaient d'elles-mêmes. Les explications aux questions qu'il s'était posées toute sa vie existaient, de-ci de-là, et Joe n'avait qu'à les recueillir en cours de route.

Avant peu, Joe rejoignit une route en terre battue, qui semblait l'avoir patiemment attendu, prête à le mener dans la bonne direction. Il marcha un bon moment, sans baguenauder en chemin, comme il l'avait fait précédemment. Il avançait d'un bon pas, heureux de sentir la terre souple et douce sous ses pieds nus. La route sinuait et Joe était emporté par le courant.

Bientôt, il croisa une large avenue bordée d'arbres menant à un bâtiment massif de style grec. Sur l'immense porche avant, les colonnes s'alignaient, la glycine montait le long des murs d'un blanc immaculé. Joe se sentit attiré par cet endroit. Les arbres agitaient vers lui leurs branches en guise d'appel. Joe fit quelques pas à travers une véritable armée de hauts pissenlits, brillants, parfaits, qui poussaient sous la ramure des arbres, et vit s'étendre devant lui une large prairie où s'ébattaient des dizaines de jeunes gens. Ils donnaient une nouvelle définition au verbe 'chahuter'.

Le spectacle était à couper le souffle. Joe en resta figé sur place, au milieu des pissenlits. Tous les garçons, quasiment nus, étaient jeunes et beaux et paraissaient bien s'amuser. Certains jouaient au Frisbee, d'autres lézardaient au soleil, étendus sur des couvertures. Joe vit des jeunes gens sur le porche. Nonchalamment appuyés aux colonnes dans des postures toutes de grâce languide et de sensualité irradiante, ils se jetaient les uns les autres des regards enflammés tout en buvant une sorte de thé sucré dans des verres embués. C'était une assemblée très bruyante et érotique, un hymne à la beauté et à la jeunesse.

Planté là, à épier ce groupe de nudistes, Joe se sentait beaucoup trop habillé. Les rayons du soleil chauffaient les peaux tannées et les corps musclés de ces jeunes qui s'amusaient, sans pudeur, souci, ou inquiétude. Ils avaient de quoi être fiers de leur physique : ces corps-là étaient dignes d'être gravés sur des temples antiques ou faire de la pub pour des clubs de gym. Les jeunes athlètes démontraient leur supériorité, née d'une concentration totale et d'un entraînement régulier.

Diverses activités étaient organisées dans le parc, tout autour de la grande demeure. Au centre de la pelouse, une petite assemblée cernait une arène où deux jeunes hommes nus s'opposaient dans un match de catch.

Joe remarqua la taille extravagante de leur pénis. En fait, même ceux qui portaient un vêtement, short ou jean, exhibaient à l'entrejambe une bosse digne d'une bande dessinée caricaturale. La masse des spectateurs hurlait son approbation ; l'excitation montait à chaque prise réussie, à chaque point marqué.

À d'autres endroits de la pelouse, certains jouaient nus au football, d'autres amélioraient leur habileté au lancer avec une très intéressante variante du jeu d'anneau. Manifestement, tous les participants avaient un fort esprit de compétition, mais l'ambiance restait bon enfant, les perdants n'exprimant aucune colère. C'était presque une parade amoureuse, pensa Joe. Des préliminaires entre poursuivis et poursuivants. Et tous les sports paraissaient mener à la même conclusion : une course '*homoérotique*' vers la récompense. Mais quelle était sa nature ? Le mystère resterait entier jusqu'à la fin des jeux. Et d'après la taille des pénis en vue, 'la douloureuse' devenait un euphémisme, le malheureux perdant risquait de la sentir passer !

Malgré tout, aucun des joueurs n'était un athlète. En plus de ceux couchés sur la pelouse, sur des couvertures ou des serviettes en sirotant du thé, ou ceux qui flirtaient sous le porche entre les colonnes, il y avait aussi ceux qui s'embrassaient, les uns plaquant les autres contre le tronc d'un arbre ou les murs couverts de glycine, frottant leurs pénis érigés avec une fièvre érotique. Certains faisaient preuve de plus de créativité dans leur frivolité : ils peignaient sur la terrasse, à l'étage, ou jouaient de la guitare dans l'herbe, inspirés par le spectacle des ébats autour d'eux. Mais quelle que soit la façon dont ces hommes se distrayaient, Joe comprit une vérité évidente : l'endroit était réservé aux hommes et conçu pour les hommes qui appréciaient les hommes. C'était un temple à la virilité, afin de remercier la puissante nature ou le pouvoir divin – s'il en existait un – d'avoir conçu les hommes tels qu'ils étaient.

Peu à peu, mais de façon régulière, les superbes résidents jouant sur la pelouse commencèrent à prendre conscience du nouveau venu. La foule devint silencieuse, même les catcheurs s'immobilisèrent au milieu d'une prise. La guitare s'arrêta et tout flirt cessa. On n'entendait plus que le tintement des glaçons dans les verres à thé. Les hommes se mirent à chuchoter entre eux, tout en adressant à Joe des sourires curieux et d'amicaux signes de tête. Un homme – qui jusqu'ici se tenait près d'une colonne, sous le porche – émergea alors du groupe. Rompant la tétanie générale, il se mit à courir et pénétra dans la maison, son cul musclé durci par ses mouvements.

Joe resta figé, tout hésitant. Il ignorait s'il avait ou non le droit de se trouver là… et s'il serait bien accueilli. Peut-être n'était-il qu'un intrus dans une fête privée.

Certains s'approchaient déjà de lui, un sourire aux lèvres. Joe ne savait toujours pas comment réagir. Tous arboraient une expression chaleureuse, aucun ne montrait envers lui la moindre hostilité, ni ne semblait irrités de sa présence. Très vite, Joe se retrouva entouré par les hommes les plus beaux et les plus attirants qu'il ait jamais vus. Du coup, il lui était très difficile de se concentrer et de réfléchir.

— Bienvenue, Frère Joe !

La voix sonore et emphatique provenait de la porte d'entrée de la maison. Tous les hommes se retournèrent d'un mouvement unanime.

Un homme sortait du bâtiment et se tenait sur le porche. Si beau qu'il était facile de douter de son côté humain. D'après Joe, une telle perfection n'avait jamais existé. Il était gigantesque, bien plus grand que tous ceux qui l'entouraient, la peau hâlée, d'épais cheveux noirs qui lui descendaient plus bas que les oreilles. Il arborait un menton carré, un nez et des sourcils d'empereur romain, forts, décidés. Quant à son corps, ce n'était que muscles parfaits, sans une once de graisse. Ses bras solides exhibaient manifestement bien plus que de simples biceps et triceps, sa poitrine large aurait fait le plus délicieux des oreillers, ses mamelons étaient ronds et bruns. En dessous, les abdominaux dessinaient des vagues régulières. Ses jambes paraissaient faire la taille du corps tout entier des autres hommes. Et enfin, il y avait son pénis. Une fois encore, jamais Joe n'en avait vu de pareil. Il était énorme et dangereux, avec un gland renflé et des veines régulières, esthétiques. Tout chez cet homme hurlait l'irréalité. Joe sentit son propre sexe durcir devant un tel spectacle. Il fut heureux de porter un jean, ce qui lui permettait de garder une certaine pudeur. Par contre, il ne put retenir le soupir extatique qui lui échappa tandis qu'il dévisageait le géant sur le porche.

— Salut, marmonna-t-il enfin.

Il parlait d'une voix étranglée, le regard toujours écarquillé de stupéfaction. Ses yeux avaient du mal à accepter le nouvel arrivant. Au sens littéral, le géant était 'trop'.

Les autres hommes, qui n'avaient pas manqué de remarquer son admiration, se mirent à rire.

— Tu es en retard, déclara le géant.

Il descendait les marches pour se rapprocher de Joe. L'escalier avait de la peine à supporter son poids. À chaque pas qu'il faisait, son membre énorme rebondissait, d'une jambe à l'autre, heurtant avec un claquement sonore les muscles gonflés de ses cuisses.

— Nous t'attendions plus tôt, reprit-il. Mais je présume que tu as été pris par l'orage, c'est ça ? Ce bon vieux Gabriel Ratchet a tenté d'éteindre la Flamme Ardente.

— Euh… oui… bredouilla Joe.

Il dévisageait le béhémoth debout devant lui, qui le surplombait, tout en muscles, pectoraux et pénis. Le Dieu du Sexe matérialisé.

— Voici la Fraternité. Tu en es désormais membre honoraire.

D'un grand geste de la main, il désignait tous ceux qui l'entouraient. Ses pectoraux gonflèrent pour accompagner son mouvement, ses bras devinrent une carte de veines saillantes, comme écrite en Braille. Le géant regardait autour de lui : il paraissait étonné.

— Où est ton ami ? Ton guide ? Il n'est pas venu ?

— Baker ? Nous avons été séparés durant l'orage. Je ne sais pas ce qu'il est devenu.

Joe était tout triste de devoir prononcer cet aveu à haute voix. Le géant chercha à le consoler :

— C'est vraiment dommage, mais ne t'inquiète pas. Tu le retrouveras certainement. C'est comme ça que ça marche, ici. En attendant, nous allons bien nous occuper de toi.

Posant un bras épais sur les épaules de Joe, il l'entraîna en direction du porche. Ensuite, il se présenta :

— Je suis Guy. Tu me connais déjà, mais je n'avais pas vraiment le même aspect lorsque nous nous sommes rencontrés. Lorsque toi et moi faisions des cochonneries ensemble.

Guy avait un sourire malicieux et une excitation sournoise dans les yeux.

— Sans blague ? répondit Joe. Je pense que je me serais souvenu d'un mec comme toi, même après l'amnésie de la mort.

Les autres frères marchant à ses côtés se mirent à rire. La foule qui les entourait était comme un rempart de muscles et de chair. Joe en eut un sursaut surpris en sentant le long pénis flaccide du géant le heurter sur le bras ; une certaine nostalgie s'empara de lui.

— Joe, déclara Guy, nous avons pas mal de choses à nous dire pour rattraper le temps perdu.

Il l'entraînait à l'intérieur, certains des frères restèrent sur le porche. Tous paraissaient curieux d'en apprendre davantage sur Joe, mais d'après

143

la façon dont ils regardaient Guy, c'était manifestement leur Messie, aussi nu soit-il.

— Tu devrais rester un moment avec nous, continua le géant. Tu n'as aucune urgence. Pas ici. Tu es d'accord pour rester, pas vrai ?

— Je ne sais pas trop. Pourquoi pas ? Il faudrait quand même que je retrouve Baker, s'il est toujours…

— Tu le retrouveras. Ou bien, c'est lui qui te retrouvera. Mais il ne s'amuserait pas beaucoup avec nous, je le crains. Je ne pense pas que nous soyons son type. C'est sans doute aussi bien que tu sois venu ici sans lui.

Il fit entrer Joe dans un grand vestibule et enchaîna :

— Cette nuit, mon vieil ami, il n'y aura que nous. Tu ne dois penser qu'à une chose : à boire et à t'amuser.

Tous ceux qui les entouraient manifestèrent bruyamment leur approbation, avec des hurlements, des cris, et des hourras à casser les vitres.

— Emmenez Frère Joe faire un brin de toilette. Puis que la fête commence ! Je veux des tonnes à boire et à manger ! hurla Guy, les bras levés durant sa proclamation.

Il reprit d'un ton plus calme :

— Joe, je reviens d'ici peu. Tu trouveras quelqu'un qui t'attend ici. Il y a pas mal de jours qu'il est là pour toi.

Déjà détourné, Guy s'éloignait en se frayant un chemin parmi la foule de ses thuriféraires agglutinés. Joe ne put s'empêcher d'admirer le dos énorme et musclé de l'homme qui s'en allait. Il était trop sous le charme du géant pour s'inquiéter de ce qui l'attendait. Il déglutit avec difficulté en évoquant le membre glorieux qui ballotait entre les deux énormes cuisses musculeuses. À nouveau, il sentit un éclair de chaleur l'enflammer, il fit de son mieux pour que cela ne se voie pas.

Joe ne remarqua le reste de la maison qu'une fois Guy disparu. L'intérieur ressemblait à des milliers d'autres communautés étudiantes, qu'on appelait des 'fraternités'. C'était le chaos ! Des tableaux accrochés aux murs, sans ordre, ni sens, ni contexte. Des meubles d'une banalité affligeante, pleins de tâches, de brûlures de cigarettes, ou d'égratignures. Les pièces n'avaient ni fonction particulière, ni destination, ni importance. Elles n'existaient que pour s'y amuser, rien d'autre. Pour le plaisir. Le grand escalier était encombré de vêtements jetés à terre. Joe se demandait vraiment pourquoi, vu que la plupart des frères ne portaient qu'un bandana autour du cou ou bien des bottes, sans raison particulière.

Oui, la maison était un vrai foutoir, mais qui s'en serait étonné ? Après tout, seuls des garçons y vivaient. Des garçons à moitié nus qui ne pensaient qu'à s'amuser. Les frères ne connaissaient rien d'autre dans l'existence. Ils ne voulaient rien d'autre non plus. Des Enfants Perdus – comme dans Peter Pan – et ravis de l'être.

La foule des jeunes gens entraîna Joe dans sa masse, jusqu'à l'une des innombrables pièces inutiles de la maison. Tous, les uns après les autres, criaient leurs noms pour se présenter, Joe serra des mains, en de solides et fermes échanges ; il reçut des bourrades dans le dos, des accolades. Il ne s'était jamais senti aussi populaire – pour lui, c'était véritablement le paradis ! Il sentait aussi leurs énormes pénis se frotter à lui tout en marchant.

— Nous avons beaucoup entendu parler de toi, déclara Brian, un joueur de soccer aux cheveux ébouriffés.

Joe se retrouvait assis sur un canapé bleu, bien rembourré, mais en piteux état. Le cuir était fané, avec des trous réparés par endroits. La garniture s'échappait en touffes blanches des coutures qui lâchaient. Partout dans la pièce, aussi bien par terre que sur les tables basses ou dans les coins, des verres vides s'accumulaient. Pendu au plafond, il y avait un très grand lustre. Divers vêtements étaient accrochés à ses branches, ainsi que des banderoles déchirées. On aurait cru des décorations spontanées. Sur les murs de la pièce, de vieux tableaux pendaient de travers. Essentiellement des portraits de beaux athlètes auxquels les garçons avaient rajouté des moustaches, lunettes et dents proéminentes. Apparemment, les modèles ne faisaient pas partie du groupe.

Joe reporta son attention sur Brian

— De moi ? demanda-t-il. Vous avez entendu parler *de moi* ?

Il cherchait désespérément à empêcher son regard de rester vrillé sur le sexe érigé du jeune homme, sur son gland renflé qui pointait avec enthousiasme dans sa direction. Oui, c'était comme si le méat le regardait fixement.

— Pourquoi auriez-vous entendu parler de moi ici, au paradis ? répéta Joe.

— Eh bien, Guy nous a raconté pas mal de vos aventures quand il est arrivé, répondit Brian avec entrain.

Il avait à la main une bière épaisse dans un verre en papier, il en sirota une gorgée avant de reprendre :

— D'ailleurs, il n'y a pas longtemps…

— Pas longtemps du tout, l'interrompit son voisin.

Plusieurs l'approuvèrent d'un murmure.

— ... pas longtemps du tout, nous avons reçu quelqu'un qui te connaissait. Il n'a pas voulu rester à plein temps, comme la plupart d'entre nous. Ce n'est pas non plus un des anciens. Non, il ne fait que passer. Comme toi, c'est un membre honoraire.

Brian but à nouveau une longue goulée, puis il leva son verre très haut.

— Encore à boire ! cria un autre frère.

Un troisième récupéra le verre et le fit passer de mains en mains jusqu'à ce que, comme par magie, il revienne à Brian, rempli à ras bord.

— Vous avez ici quelqu'un qui me connaît ? insista Joe. Qui ?

Il y eut un bruit de lutte derrière les garçons agglutinés autour du canapé. Manifestement, un nouveau venu venait d'entrer dans la pièce et se frayait un chemin dans la foule.

— Declan, dit Brian.

Il parlait comme si Joe était déjà au courant de la réponse. Joe en resta bouche bée. Il se redressa d'un bond.

— Ou est-il ?

— Du calme, frangin. Il est juste là. Il vient d'arriver.

Quand Brian gesticula en direction des autres, les corps nus s'écartèrent, libérant un chemin. Et là, devant une immense porte-fenêtre dont beaucoup de carreaux étaient cassés, se tenait le seul individu de toute la maison à être vêtu des pieds à la tête. Il portait même un costume et une cravate. Et il regardait Joe avec une anticipation nerveuse.

— Declan ! cria Joe.

Il sauta par-dessus le dossier du canapé et se mit à courir, volant presque dans sa hâte à dépasser les autres frères. Joe et Declan se jetèrent violemment l'un contre l'autre, heureux au-delà des mots. Tous deux étaient en larmes.

— Hé, Joey, bredouilla Declan d'une voix étranglée. Comment va ? Comment ça s'est passé pour toi ?

Il paraissait avoir l'âge du jour de sa mort : un jeune d'environ seize ans, avec ses cheveux auburn. Joe prit son visage entre ses deux paumes.

— Declan, depuis combien de temps es-tu là ?

— Je ne sais pas au juste. J'ai pas mal voyagé depuis mon arrivée ici. Tu sais, j'ai encore eu du mal à m'y faire. Et parfois, tout ça me fiche la trouille. Je n'ai pas été revoir ma mère...

— Alors, tu sais qu'elle est ici ? renifla Joe.

146

— Oui, elle est morte très peu de temps après moi, déclara Declan. Ma quête ne sera complète que lorsque je l'aurai revue. Mais pardonner, c'est difficile. Et plus encore de pardonner à une personne aimée.

— Il faut que tu la voies, Declan, dit Joe à mi-voix. Elle a vraiment besoin de toi. Elle a besoin de te voir. Elle regrette. Elle regrette tellement. Tu ne peux pas imaginer ce qu'elle…

Declan le regardait, le suppliant de ne pas insister. Au même moment, le retour de Guy épargna aux deux garçons une explication douloureuse, il détourna aussi l'attention des autres frères de leurs retrouvailles.

— Où en est la fête ? tonna le géant.

La foule assemblée poussa des rugissements d'approbation et chacun des frères se mit à sauter d'excitation, son pénis engorgé accompagnant ses mouvements.

Declan, un sourire espiègle aux lèvres, désigna de la main l'organe massif de Guy et ses disciples athlétiques.

— Alors, que penses-tu de tout ça ?

Après un petit sifflement discret, Joe secoua la tête avec un bruit de langue.

— Sacré spectacle !

— Je pense que notre invité a besoin d'un verre ! proclama Guy en s'adressant au groupe.

À ces paroles, les frères nus se ruèrent en hurlant vers Joe et Declan, pleins d'enthousiasme, avant de les soulever dans les airs comme des footballeurs victorieux.

— Vive l'alcool et les festivités ! cria Guy.

La foule quitta la pièce dans une ferveur enivrée. Joe et Declan surfaient de mains en mains, ce qui les chatouillait, ils riaient à tue-tête.

Ce qui suivit fut une véritable orgie, toute en excès. Il y avait à manger et à boire – pizzas, hamburgers, hot-dog, bière – mais plus importants encore furent les jeux qui suivirent. Juste pour le plaisir de jouer ! Dans toute la maison, les frères se défiaient les uns les autres à cache-cache, à la queue de l'âne, ou aux quilles… et le vainqueur obtenait toujours la même récompense. Ébloui, Joe assistait au spectacle, tandis que les frères satisfaisaient leurs désirs, créant leur propre paradis dans un dortoir universitaire d'un genre particulier.

Pour sa part, Joe préférait rester chaste, il se contentait de son rôle de spectateur. Pour le moment. Par pudeur, il ne pouvait devenir acteur et s'en maudissait. C'était Brian qui faisait le plus d'efforts pour coucher avec lui, insistant sans se décourager. Quand Joe refusa pour la dernière fois, le joueur de soccer n'en eut pas pour autant le cœur brisé : Joe n'avait pas terminé de décliner son offre qu'un autre frère s'emparait de l'organe érigé dressé vers lui et l'engloutissait dans sa bouche, sa langue s'activant avec frénésie sur toute sa longueur. Brian gémit d'un plaisir hédoniste. Juste devant Joe, sur le canapé où il se trouvait ! Joe jeta aux deux hommes un regard amusé, puis il tenta de détourner les yeux, de porter son attention ailleurs.

Guy était assis au coin de la grande pièce, sur un fauteuil ergonomique et grinçant – une *love chair* ! Les pieds du siège se courbaient sous une telle masse, mais oh, quelle chance avaient les coussins ! Par-dessus les corps qui s'ébattaient, le géant adressa à Joe un sourire béat. Joe vit le long corps sinueux d'un catcheur rebondir sur le sexe épais de Guy. Le frère essayait d'absorber en lui la totalité de l'organe gigantesque, mais sans y réussir. Il n'en prenait qu'un tiers à peine. Et pourtant, il hurlait et gémissait comme un empalé vif, tout en s'activant de plus belle dans ses efforts. Guy renversa la tête en arrière lorsque le catcheur lui massa le torse, jouant avec ses mamelons dressés.

Declan n'était nulle part en vue. Il avait quitté l'orgie, pour retrouver le calme du crépuscule sous le porche. Joe pensa que ce serait une bonne idée de suivre son exemple. Il avait du mal à regarder Guy sans ressentir à son égard un violent désir. Et il n'avait pas le courage de faire des propositions à son nouveau 'vieux copain'.

Il quitta donc Brian, toujours très occupé, et se faufila jusqu'à la porte. Il trouva Declan assis sur les marches, à l'extérieur. Il entendait toujours les grognements d'extase des autres frères lorsqu'il s'installa à côté de son ami. La nuit tombait sur tous les plans – l'herbe lourde d'humidité, le léger brouillard, l'odeur de la glycine et du magnolia, les lucioles, le ciel sombre et bas.

Joe serra ses genoux dans ses bras.

— Alors, tu n'avais pas envie de participer ce soir ? demanda-t-il.

— Ce n'est pas vraiment mon truc, répondit Declan. Tous ces grognements, ces gémissements, mais ce sont de braves gars. Ici, c'est comme ça tous les soirs. Plutôt sauvage et débridé, pas vrai ?

— Oh que oui !

Joe se mit à rire. Après un moment de silence pesant, il redevint grave. La lumière du crépuscule éclairait à peine les arbres et les pissenlits. Des cigales stridulaient dans le lointain.

— Tu m'as manqué, Declan, reprit-il. Pourquoi es-tu parti comme ça ? Comment as-tu pu faire ça sans même me dire au revoir ?

— Je ne voyais plus comment m'en sortir. Tu étais le seul comme moi, du moins le seul que je connaissais. Je croyais que nous étions des anomalies. Je ne pensais pas qu'il y avait de solution. Je croyais que ma vie ne changerait jamais, que je serais haï en permanence. C'est un des dangers de grandir dans un petit village, tu vois. Simplement, je croyais que je ne m'en échapperais jamais. Toi, tu avais ta mère, elle était géniale, mais moi... La mienne...

Il s'interrompit et inspira profondément. Ensuite, il chuchota :

— Tu sais ce qu'elle m'a dit ?

— Je l'imagine en tout cas, répondit Joe à mi-voix.

Le ciel s'assombrissait et prenait une teinte magnifique, bleu nuit, avec des étoiles qui clignotaient comme des guirlandes.

— Elle se souvient de moi ? Comment était-elle quand tu l'as rencontrée ?

Joe répondit en toute sincérité :

— Elle n'allait pas bien. Elle a besoin de toi. Elle a créé un jardin, et franchement, il est effrayant. Il faut que tu ailles l'aider à en prendre soin. Sans toi, elle est perdue.

— Ouais. Autrefois, nous travaillions toujours ensemble... dans le jardin. Mais ensuite...

Il déglutit, en essayant d'oublier sa douleur.

— Tu sais, Joe, je n'ai jamais compris comment ici aussi, nous éprouvons tant de chagrin. Parfois, j'aimerais que nous restions ignorants de notre passé, pour ne vivre que dans le présent. Il n'y aurait plus de douleur. Le paradis ne ressemble pas du tout à ce qu'on nous avait promis.

— Tu parles ! 'On' n'y connaissait pas grand-chose.

— Je dirais même plus, 'on' n'y connaissait rien du tout.

— Hé, les mecs, la fiesta, c'est à l'intérieur ! hurla une voix forte.

Guy venait de sortir sur le porche, il projetait sur les deux garçons son ombre gigantesque. Joe lui répondit :

— Nous parlions, nous avons beaucoup de choses à nous dire. Nous retournerons à l'intérieur dans un moment.

Guy les menaça en plaisantant :

— Vous avez intérêt ! Il y a pas mal de frères qui tiennent à mieux te connaître, Joe. Depuis combien de temps n'as-tu pas pris ton pied sans te soucier des conséquences ?

149

Il s'accroupit près de Joe, son énorme membre récemment satisfait pendant, flaccide, sur les marches de pierre.

Declan se releva.

— Ouais, il est temps pour moi aussi de rejoindre la fête. Je sais bien que la plupart des frères ne sont pas très romantiques, mais j'en trouverai peut-être un pour me faire la cour, rien que pour la nuit.

— Cela ne sera pas si facile, Declan, déclara Guy. C'est une vraie bande de débauchés. Je dois avoir une mauvaise influence sur eux.

— Je vais rester là encore un moment, décida Joe. C'est un chouette endroit.

Declan se pencha pour l'embrasser sur la tête, puis il disparut à l'intérieur des grandes portes.

— C'est un bon ami que tu as là, dit Guy.

— Ouais. Il m'a manqué, répondit Joe.

Le ciel créait à des ombres sur les rangées d'arbres parallèles à la route plantée de pissenlits. La nuit tombait vraiment. Les criquets s'étaient réunis en bataillons, pour chanter avec les cigales.

Guy lui envoya un coup de coude.

— Viens, allons marcher un peu. La nuit est belle.

Au début, Joe hésita. Il tombait amoureux de ce ciel solitaire. Puis il se secoua.

— Pourquoi pas ?

Les deux hommes se relevèrent ensemble, puis ils se mirent à marcher dans la pénombre. L'humidité de l'air nocturne rendait plus forte la délicieuse fragrance de la glycine, des arbres. Les lucioles apparaissaient, de plus en plus nombreuses, dans les feuillages. Joe et Guy avançaient parmi les grands pissenlits comme des amants en promenade sous la lune. Pour la première fois.

— Alors, c'est là que tu vis ? demanda Joe.

Il ne savait pas trop quoi dire, mais il avait la sensation qu'il lui fallait dire quelque chose.

— Ouais. Et ça me plaît. En fait, j'adore. Je voyage pas mal, de-ci de-là, mais essentiellement, je reste ici.

Sa voix basse et profonde semblait envoyer des échos dans la nuit. Guy regardait Joe d'un air amusé.

— Tu ne me remets toujours pas, pas vrai ?

— Non. Désolé.

150

Joe parlait doucement, en dévisageant son compagnon. Les deux hommes marchaient d'un pas nonchalant, sans se presser. Une odeur sucrée de chèvrefeuille flottait dans la brise à peine perceptible.

— Je veux que ça change.

En disant ces mots, Guy poussa brusquement Joe contre le tronc d'un arbre et, d'un mouvement vif, il lui baissa son jean.

— Mais qu'est-ce que tu fais ? s'exclama Joe.

Il tentait de récupérer son pantalon. Pourtant, il bandait déjà. Le moment était d'un érotisme enivrant. Guy lui plaqua les deux bras contre l'arbre.

— Je veux que tu saches qui je suis, expliqua-t-il. Laisse-toi faire, Joe. C'est ça que tu veux, je te le promets.

Il y avait une certaine vérité dans ses paroles. Guy fit se retourner Joe lentement, le visage contre le tronc, puis il caressa amoureusement ses épaules. Tous deux retrouvaient des gestes familiers pour apprendre à se reconnaître. Pour un homme aussi grand, le géant offrait des baisers étonnamment doux, il avait des mains étonnamment tendres.

Joe haletait, enivré par un cocktail de peur et d'excitation incroyable. Depuis qu'il avait aperçu Guy, aujourd'hui même, sous le porche, dans toute sa splendeur virile – et franchement, qui, humain ou fantôme, pourrait dans cette existence ou dans l'autre être plus mâle ? – Joe avait fantasmé sur lui. Et voici le moment où ses rêves se réalisaient. Il sentait Guy le pénétrer, il ressentait aussi la vague des souvenirs qui s'apprêtaient à l'engloutir en même temps que le plaisir.

— Je veux que tu saches qui je suis, chuchota Guy à son oreille.

Ses bras forts et puissants aux veines épaisses se resserraient autour de Joe tandis que sa chair brûlait de désir et de passion. Joe sentait les muscles du géant onduler tout autour de lui comme un cocon fait de protection et d'admiration. Il en était comme anesthésié. Comme si, au fond, tout était normal. Comme si ça faisait partie du plan et qu'il ne risquait pas d'être déchiré par l'organe démesuré.

Il était prêt à se soumettre.

Et là, dans un éclair de feu humide et déchirant, Joe sentit les jets qui jaillissaient dans ses entrailles. La sensation se répercuta dans chacune de ses veines et cavités avec un plaisir intense lorsque le cri de victoire du géant monta dans le ciel nocturne. Perdu dans la brume de cet orgasme aveuglant, extatique, Joe fut illuminé par une lumière intérieure. Il se souvint…

JOE AVAIT obtenu son transfert dans une nouvelle université, bien plus loin de chez lui – une des rares à offrir des cours de folklore et de mythologie. Ben avait très mal pris la rupture. Après colère, caprices et hurlements, tout s'était terminé dans un claquement de porte et des rumeurs vicieuses. Joe en était sorti affaibli. Quelque part, il était soulagé de se retrouver seul, mais une fois de plus, il se sentait isolé. Peut-être ne rencontrerait-il jamais de compagnon. Peut-être que sa relation orageuse avec Ben était le mieux qu'il puisse espérer. Peut-être avait-il fait une erreur en demandant de changer d'établissement, une erreur qu'il payerait en restant seul. Peut-être devrait-il s'excuser humblement et retourner auprès de Ben. Peut-être que Dieu se moquait de lui. Les questions se multipliaient, avec des alternatives toutes plus mélodramatiques les unes que les autres.

Les premières semaines après son transfert furent difficiles. Tous les autres étudiants se connaissaient bien, et Joe n'avait pas trop envie de faire des efforts pour s'insérer dans leurs vies. Il n'était pas certain d'être capable de s'ouvrir à eux, de les laisser mieux le connaître. Aussi, il restait renfermé sur lui-même, à étudier dans la bibliothèque universitaire les vendredis et samedis soir, quand le reste du campus fêtait le week-end. Une fois de plus, il retombait dans ses habitudes d'ermite, son malaise intime l'ayant à nouveau isolé de ses congénères. L'aventurier de son enfance se retrouvait encagé.

Joe et Guy se rencontrèrent un vendredi soir, à la bibliothèque. Guy était en dernière année, bien apprécié sur le campus. Bien entendu, Joe l'avait déjà aperçu, sans jamais envisager de mieux le connaître. Guy était un athlète type, il faisait partie d'une des fraternités universitaires. Sans être un étalon footballeur ou une star du basket, il n'en était pas moins populaire et attrayant.

Ce soir-là, Joe travaillait sur un devoir concernant un roman de James Purdy, posé devant lui, sur la table. Par chance, il se reposait les yeux lorsqu'il remarqua que Guy s'intéressait à lui. Après un échange de saluts et de hochements de tête, Joe reprit sa lecture, certain que la rencontre n'irait pas plus loin. Pourtant, peu après, il entendit grincer la chaise en face de lui. Guy venait de s'y asseoir. Son sweat mettait plus en valeur qu'il ne cachait son corps solidement bâti.

Guy désigna le livre d'un geste.

— Purdy, déclara-t-il. C'est une lecture intéressante.

Il adressa à Joe un sourire engageant qui, sans nul doute, garantissait la séduction de ses proies estudiantines.

— Ouais, répondit Joe, intimidé.

Il tenta de se concentrer sur son histoire. Il ne voulait pas se montrer mal élevé, mais les inconnus le mettaient mal à l'aise. Surtout quand il s'agissait de jeunes hétéros qui ne pourraient jamais comprendre à quel point Joe se sentait incompris dans leur univers. Il n'arrivait plus à lire, assourdi comme il était par le rugissement de son sang dans ses veines.

— Moi, je lis Foster, déclara Guy.

Il tendait la main pour présenter une édition papier de Maurice. *Joe hocha la tête. Le silence qui suivit entre les deux garçons fut assez pesant. Au bout d'un moment, Guy demanda :*

— Pourquoi n'es-tu pas sorti avec les autres ? Je ne te vois jamais t'amuser...

Il parlait d'une voix sonore qui résonnait dans la bibliothèque universitaire. Le responsable, un d'homme d'une quarantaine d'années à l'expression amère, se retourna dans leur direction pour leur jeter un regard sévère.

Joe se retrouvait pris de court. Il chercha à se défendre :

— Je... je ne connais personne, bredouilla-t-il, les yeux sur son livre, le visage écarlate.

— Ça ne risque pas de changer si tu ne sors jamais pour rencontrer les autres.

Guy le fixa un moment, attendant manifestement une réponse. Joe comprit que son vis-à-vis n'était pas du genre à accepter les échappatoires, il insisterait avec entêtement. Pourtant, Joe ne répondit pas.

Guy finit par se relever. Mais pas pour partir, pour changer de place : il se rassit juste à côté de Joe.

— Écoute, pourquoi ne viendrais-tu pas avec moi ? demanda-t-il. Je t'emmène dans notre fraternité. Je vais te présenter les autres.

Joe commençait à trouver ennuyeuse une telle insistance. Il se mit à ranger ses affaires.

— Non merci. Ça va aller. Je dois m'en aller.

— Tu es un solitaire, j'ai pigé. Mais j'aimerais te faire passer un bon moment. Te présenter à des gens vraiment hot. Je pense que toi et moi avons beaucoup en commun. Les mêmes goûts.

— Je ne pense pas que nous ayons la même définition de 'hot', affirma Joe très calmement.

Il se leva, prêt à partir, mais Guy le retint fermement par le bras.

— Mais si, dit-il, amusé, d'une voix presque mélodieuse. Il y a longtemps que je te regarde. Que j'attends que tu sortes... jouer. Un come-out, si tu vois ce que je veux dire.

Son visage était à la fois malicieux, démoniaque, et souriant. Joe comprit enfin ce que signifiait une telle expression.

LA SCÈNE changea plusieurs fois de décor. Comme dans un manège en accéléré, les événements, les visages et les dates se succédèrent, un brouillard flou d'images et de mots qui permit cependant à Joe de retrouver la parfaite connaissance de ce qui s'était passé. Joe et Guy étaient devenus très bons amis, avec les mêmes définitions pour les mêmes mots. Ils vivaient une relation sexuelle, mais libre de tout attachement, alors que Joe faisait de son mieux pour oublier Ben et le passé qu'il avait connu, qui ne lui avait offert que douleur et solitude. Il ne voulait plus penser à un monde où les jeunes garçons mouraient, où les amours se fanaient. Aussi, sa vie avec Guy fut une nouvelle expérience, cocktail de jeux et de consommations rapides. Parmi la population gay du campus, les deux amis changeaient de partenaires comme de tee-shirts. Parfois, ils avaient deux ou trois hommes au cours de la même nuit, chacun de leur côté ou ensemble, dans leur dortoir commun. Une fois, Guy installa une caméra vidéo pour satisfaire les fantasmes de ses amis voyeurs, tandis que lui-même jouait le premier rôle dans divers actes érotiques destinés à titiller ses partenaires consentants.

Même Joe n'en revenait pas d'une telle fringale sexuelle.

Après leurs nuits consacrées à des ébats animés et intenses, les deux garçons s'endormaient ensemble sur le même futon, shootés à l'alcool, sexe et drogues variées. Ils parlaient souvent aux petites heures de l'aube. Là, dans un moment de lucidité, ils faisaient le bilan de leurs existences avant de passer à des sujets plus légers, ricaner sur des banalités, ou dévorer tout ce qui restait de comestible dans leur petit frigidaire. Ils buvaient aussi des litres et des litres d'eau.

Un jour, dans un éclair de philosophie née de son ébriété, Guy fixa avec adoration la bouteille en plastique qu'il tenait et déclara :

— J'adore l'eau ! Rien n'est meilleur que l'eau pour se sentir propre, nettoyé. Joe ?

— Ouais, Guy...

— Et si... et si l'eau représentait les anges ?

154

Joe ne comprit jamais ce que son compagnon avait voulu dire. Guy s'endormit. Mais Joe fut très longtemps hanté par ses paroles.

Pourtant, leur relation se termina peu après. Fini les fêtes et les orgies sexuelles. Guy obtint son diplôme et partit dans une autre école, pour un troisième cycle. Il laissait Joe derrière lui, avec une réputation écrasante dont le garçon n'arrivait pas à se débarrasser. D'un côté, ça lui permettait d'oublier ses sentiments de perte et de colère ; de l'autre, il ressentait de plus en plus sa vacuité et son désir de changement.

Le sexe lui donnait au moins un oubli momentané.

QUAND JOE reprit conscience, après cette transe post-orgasmique qui l'avait replongé dans son ancienne vie, il se trouvait couché sur le dos, en pleine nuit, sous un très gros arbre, entouré de pissenlits qui chatouillaient sa chair nue. Guy était étendu à ses côtés, sa poitrine massive se soulevant au rythme de sa respiration.

Joe cueillit un pissenlit et le frotta contre son nez.

— Guy, chuchota-t-il. C'est bon de te revoir.

— Et c'est bon d'être vu, d'être reconnu, répondit-il avec un sourire. Ça t'a plu ?

Joe se mit à rire.

— C'était dément, avoua-t-il. Mais tu sais, si nous étions… enfin, si nous étions vivants, en quelque sorte, je n'aurais jamais pu… Impossible. Tu m'aurais tué. Tu es un géant. Excuse-moi de te le dire aussi franchement, mais tout est irréel chez toi et chez les autres. Je parle de vos proportions.

Guy poussa un soupir heureux.

— Je sais. Je trouve cet endroit génial ! Je peux inventer des fantasmes sexuels les plus tordus et les réaliser. Et bon sang, j'ai une sacrée imagination ! Mais après tout, ce n'est que du sexe.

— C'est ça qui t'a poussé à te réincarner dans ce corps magnifique ? Tu voulais baiser et réaliser des fantasmes impossibles ?

Guy explosa de rire, ce qui effraya les quelques lucioles voletant alentour.

— Non, très cher, j'avais une motivation bien plus triste. Bien plus grave. Tu vois, je suis tombé malade dans mon autre vie. Vraiment malade. Après avoir quitté l'université pour mon troisième cycle, je me suis adonné aux pires turpitudes. En fait, je me droguais. Je le faisais déjà quand nous nous sommes connus, et je ne consommais pas que des trucs anodins.

J'ai pris tout ce qui venait. Et j'ai fait des tas de conneries pour obtenir l'argent dont j'avais besoin pour acheter ma dope. Je ne me souciais pas des ravages que ce mode de vie provoquait dans ce corps dont j'avais été si fier, avec toi, à l'école. D'ailleurs, je me suis fait renvoyer assez vite de mon nouvel établissement, alors j'ai commencé à trafiquer le crystal – c'est la méthamphétamine, une drogue de synthèse psychostimulante hautement addictive. Malheureusement, crystal et sexe, ça a été pour moi un cocktail létal.

Il s'interrompit le temps de rouler sur le côté, pour mieux regarder Joe.

— Alors, j'ai été malade, très malade, jusqu'au jour où je suis mort, au milieu d'un groupe de fêtards, des gamins pommadés qui sortaient trop et se flanquaient trop de parfums. Ensuite, je me suis souvenu de mon autodestruction, alors, ici, j'ai décidé d'avoir le plus splendide des corps et de l'apprécier à sa juste valeur. Je me sens comme invincible, tu sais. Je possède désormais un corps qui ne tombera jamais malade. Un corps virtuel, comme celui des super héros de bandes dessinées, ces livres que nous lisions étant enfants. Je voulais devenir comme eux.

— Waouh ! chuchota Joe. Je suis désolé.

Il effleura l'épaule de Guy d'un geste tendre.

— C'est du passé, mon ami. Je suis là. J'en suis toujours à apprendre, mais désormais, je prends ces leçons à cœur. Je n'ai jamais été aussi satisfait.

— Tu es magnifique, murmura Joe. Et c'est vrai, tu sembles heureux.

— Je suis chouette, pas vrai ?

Avec un sourire espiègle et sensuel, Guy fit gonfler ses biceps et joua au matamore.

Joe se moqua de lui :

— Ce n'est pas à l'humilité qui t'étouffe.

Guy haussa les épaules, puis il se laissa retomber sur le dos, à terre, pour regarder le ciel à travers les feuillages.

— Peuh ! J'ai toujours considéré l'humilité comme une forme de malhonnêteté.

Joe replongea dans ses souvenirs.

— Avoue qu'on s'est bien amusés, tous les deux, autrefois. Dis-moi, est-ce que ce n'était que du sexe pour toi ?

— Bien sûr !

Après sa déclaration, Guy roula sur lui-même pour se rapprocher de Joe. Ses intentions ne faisaient aucun doute : son pénis tomba sur la jambe de Joe avec un claquement. Pour rire, Joe repoussa son compagnon dans l'herbe fleurie et les deux hommes se mirent à rouler l'un sur l'autre, gloussant d'abord, riant ensuite. Les papillons s'échappaient de leur corps-à-corps, comme la matérialisation même de leurs retrouvailles heureuses – et qui sait si, ici, ce n'était pas le cas.

Ça devrait toujours être comme ça, pensa Joe. *Toujours. Si seulement c'était possible* !

Très vite, les deux compagnons furent à nouveau perdus dans une nouvelle extase, enivrés par leurs délicieux ébats après si longtemps.

Aussi Joe demeura parmi la fraternité, heureux, sans se poser de questions. Il perdit de vue les jours qui passaient, il n'avait pas à se soucier du 'tic-tac' inquiétant des horloges. Il savourait le confort qu'on lui offrait avec un abandon total, tout en réalisant ses fantasmes les plus charnels – dans des expériences qu'il n'aurait jamais pu tenter dans son ancienne vie.

Durant ce séjour, il connut plusieurs partenaires, mais c'était Guy qu'il préférerait, et le géant l'avait également désigné comme son favori. Après tout, les deux hommes avaient un passé commun. Joe ignorait pourquoi et comment les autres s'étaient retrouvés dans la fraternité, mais il pensait qu'eux aussi, autrefois, avaient dû croiser le chemin de Guy. Amants de longue date ou rencontres d'une nuit de ses réincarnations précédentes. Ce qui, ajouté au parcours de Joe et Guy, menait à une vérité très simple, mais bouleversante : le géant possédait un physique extraordinaire et unique. C'est ce qui poussait Joe à ne pas vouloir quitter la fraternité. Qui l'aurait fait ? Il profitait de toutes les occasions de mettre la main sur le géant, pour jouer avec ce corps parfait. La large poitrine, les mamelons érigés, le dos puissant, les jambes musclées, les rondeurs jumelles du cul, le pénis titanesque, dont les testicules pendaient, si lourdement... tout avait de quoi lui faire tourner la tête. Et Guy, le colosse, le taureau qui faisait rêver la fraternité, adorait être au centre de l'attention générale.

Les autres frères ne montraient à Joe ni ressentiment ni jalousie. Au contraire, son succès ne faisait qu'alimenter leur propre désir à son égard. C'était de l'huile versée sur le feu, le fumet de la chasse titillait les limiers.

Joe passait également du temps à se détendre, tout simplement, à se promener dans la campagne environnante en compagnie de Declan. Les deux garçons découvraient ainsi des vergers aux cerisiers en fleurs, des mares et des étangs. Joe se remémorait des souvenirs concernant aussi bien Declan que Guy. Bien sûr, il n'avait pas de passé commun avec ces deux-là, mais il profitait du moindre prétexte pour créer une connexion. Avec Declan, Joe était allé voir des films pornos ; avec Guy, il les avait tournés. Les deux compagnons passèrent de nombreux crépuscules à marcher parmi les pissenlits dans la brume qui tombait, jusqu'à ce que les appels sonores des autres leur indiquent que le dîner était servi : pizza, poulet frit. Et bien souvent, ces réunions se terminaient en combats où la nourriture volait, ce qui menait vite à des festivités plus charnelles.

Joe se sentait bien accepté ici. Ce n'était pas le sentiment qu'il avait éprouvé avec son grand-père, il ne s'agissait pas de lien familial, mais d'une appartenance tribale. Avec Declan et Guy, Joe avait des expériences partagées, des goûts communs, sinon similaires. Ils étaient comme des frères ayant combattu et perdu, mais qui émergeaient de la défaite la tête haute. Ils n'étaient pas soumis aux préjugés, aux hypocrisies et à l'antagonisme. Ils étaient frères d'armes.

Par une nuit d'automne aux riches couleurs, alors que Joe se balançait dans un fauteuil en osier sous le porche entouré de colonnes, Declan vint le rejoindre. Il émergea par-derrière et s'installa, accroupi, à ses côtés. Il regardait droit devant lui : la prairie, et au-delà, la ligne des arbres, comme s'il était plongé dans une méditation ou dans ses pensées. Pour une fois, la maison était calme. Les jeux étant terminés, les autres se détendaient ou dormaient.

Declan parla d'une voix aussi aérienne que les insectes qui voletaient autour des deux garçons.

— J'ai réfléchi à ce que tu m'as dit, chuchota-t-il. À ce que tu m'as dit concernant ma mère le jour de ton arrivée. J'ai décidé d'aller la voir, Joe. Je vais partir, afin de la retrouver et de compléter ma quête. Je vais partir ce soir même.

Joe fut sidéré par cette décision et cette annonce.

— Déjà ? demanda-t-il en se redressant.

Mais alors, il se souvint. C'est lui qui avait insisté, dès le début, pour que son ami retourne voir Abigail. Il se détendit dans son siège et reprit calmement :

— Tu as raison, Declan. C'est ce que tu dois faire. Tu vas partir dès maintenant ?

Il avait beau faire, une boule se formait dans sa gorge. Declan quitta enfin des yeux le paysage devant lui, ou les insectes, il se tourna vers Joe.

— Ouais. Je ne vois plus l'intérêt d'attendre. Il vaut mieux que je parte pendant que les autres sont endormis. Tu sais, ils deviennent très vite possessifs.

— Tu ne vas pas dire au revoir à Guy ?

— Il sait que je m'en vais. Il m'a conseillé de filer durant la nuit. Peut-être que toi aussi, tu devrais t'en aller. Nous pourrions partir ensemble et marcher un moment tous les deux. Ça me plairait de t'avoir comme compagnon de route.

— Je ne peux pas, répondit Joe tristement. Pas encore. Pas avant que j'aie parlé avec Guy.

Declan hocha la tête, en signe d'assentiment.

— Très bien. Dans ce cas, je m'en vais, chuchota-t-il.

Il se relevait déjà. Joe quitta lui aussi son siège, les deux garçons tombèrent dans les bras l'un de l'autre. Puis Declan donna à Joe ses dernières instructions, les deux mains toujours sur ses épaules :

— N'oublie pas, il faudra que tu partes sans que les autres te voient. Sinon, c'est que tu cherches les ennuis.

Il y eut un moment de silence, chacun regardant l'autre une dernière fois.

— Nous nous reverrons, mon frère. À la prochaine.

Declan eut un sourire, puis il dévala les marches du porche. Joe agita la main sans dire un mot, il ne voulait pas crier un adieu qui aurait pu donner l'alerte. Declan lui renvoya son salut avant de courir en direction des arbres, à travers les jardins principaux. Joe le regarda jusqu'à ce que sa silhouette disparaisse dans la pénombre crépusculaire. Dans sa gorge, la boule qui menaçait de l'étouffer refusait de disparaître.

LES FRÈRES prirent très mal le départ de Declan, bien que Guy leur ait assuré que tout était pour le mieux. Il leur expliqua que Declan n'avait pas terminé sa quête, que chacun devait être autorisé à aller jusqu'au bout, pour la complétude de son âme sans avoir d'inutiles obstacles ajoutés à son parcours, même si ces obstacles étaient aussi tentants que les résidents de la fraternité. Son discours apaisa la plupart des frères, mais certains ne furent pas convaincus. Ils se mirent à regarder Joe différemment. Ils n'exprimaient ni rancune ni colère, davantage une attention de gardiens de prison. Une intensité à la limite de l'obsession. Brian, par exemple, ne cessait de demander à Joe s'il était heureux, s'il passait du bon temps. Il répétait aussi que, si Joe avait besoin de quelque chose, n'importe quoi, pour améliorer son séjour, il était à son service.

Par un beau matin, Guy expliqua à Joe :

— Ils savent bien que tu ne vas pas tarder à t'en aller. Ils vont chercher un moyen de te retenir. Je crois que tu aurais dû partir avec Declan.

— Si je l'avais fait, je n'aurais pas pu te dire au revoir, répondit Joe.

Les deux hommes gisaient nus dans les pissenlits, à l'ombre des grands arbres. Joe caressait le ventre dur de Guy avec une fleur. Tout le reste de la bande paressait, les corps étaient allongés sur la pelouse, sous le porche, dans des hamacs ou sur des couvertures.

D'un geste brusque, Guy se releva sur les coudes.

— Tu devrais t'en aller maintenant. C'est la meilleure chance que tu aies. Regarde-les, insista-t-il, en gesticulant en direction de la pelouse. Ils ne remarqueront rien. Ils sont complètement dans les vapes.

— Quoi ?

— Ils ne s'y attendent pas. Tu es avec moi, alors ils ne te surveillent pas. Ils n'ont pas compris que je te laisserais partir. Ils imaginent que je suis le premier à vouloir te garder ici.

Guy s'agrippa à la main de Joe pour mieux le supplier :

— Joe, écoute, il faut que tu t'en ailles. Les gars peuvent se montrer vraiment pénibles quand ils ont une idée fixe. Une fois, j'ai tenté de filer tout seul, juste pour une promenade dans les collines, et ils ont failli m'émasculer en se jetant sur moi pour me retenir. Le problème, c'est que j'adore cet endroit. Je ne le quitterai jamais vraiment. Je suis chez moi ici. J'aime les frères, mais toi, tu n'es pas destiné à demeurer avec nous.

Joe réfléchit un moment.

— Mais moi aussi, j'aime cet endroit. J'ai envie de rester.

— Non, ce n'est pas vrai, murmura Guy d'une voix plus tendre que jamais. Tu ne fais que passer. Quelqu'un t'attend, ailleurs. Tu verras. Quand tu trouveras l'endroit qui te convient vraiment, plus rien d'autre ne comptera pour toi. Je te le promets. Et alors, tu seras très heureux de ne pas être resté. Mais il faut que tu profites de cette occasion. Tu dois t'en aller. Tu as appris de moi tout ce qu'il te fallait. J'ai été égoïste, je crois, de t'avoir gardé trop longtemps. C'est de ma faute.

— Tu crois vraiment que je dois partir tout de suite ? Je ne peux pas, protesta Joe. Je ne veux pas. Tu n'as plus envie de me garder ici, c'est ça ?

Guy esquissa un petit sourire triste avant de chuchoter :

— Quel gros bébé tu fais ! Je suis désolé, Joe, mais je n'ai pas le temps de tout t'expliquer. Il faut que tu t'en ailles.

Il se redressa, véritable tour de chair. Et quand il hurla, ce fut comme si le tonnerre émanait de lui. Sa lourde poitrine gonflée, Guy criait en direction de la maison :

— Il cherche à s'échapper ! Joe a décidé de partir !

Chacun de ses mots faisait trembler le sol ; les oiseaux s'envolaient, affolés ; les feuilles tombaient des branches d'arbres fortement secoués.

Joe se releva à son tour et fixa Guy d'un regard horrifié et sidéré à la fois.

— Désolé, Joe, grommela Guy avant de recommencer ses hurlements adressés aux frères.

Cette fois, Joe lui aussi se tourna vers la fraternité, il vit la masse des frères se réveiller et commencer à s'agglutiner sous le porche.

— File ! déclara Guy. Cours aussi vite que tu peux.

Les frères se rapprochaient, au début lentement, mais quand Joe se remit sur pied, il reconnut l'obsession de leur regard. Après un dernier moment d'incertitude troublée, il détala, tout nu, à travers les pelouses puis sous les arbres, droit devant lui. Des voix fébriles le poursuivaient, en lui demandant de revenir, de rester avec eux à jamais.

— *Frère Joe ! Frère Joe !*

Joe jeta un seul regard derrière son épaule vers le Goliath magnifique qui lui adressait de grands signes d'adieu.

Tandis qu'il courait à travers la forêt dense, il entendit des pas derrière lui. Les frères n'avaient pas abandonné la poursuite, mais Joe ne vit aucun d'eux. Leurs cris hystériques ne faisaient que le pousser à aller plus vite, plus loin. Le bruit rapide des pas de ses poursuivants résonnait partout dans les bois, les buissons. Joe avait la sensation que la bande des joyeux fêtards était devenue folle, enragée, et s'apprêtait à le déchiqueter.

Droit devant, broussailles et grands arbres lui offraient une possibilité de cachette, Joe y plongea sans ralentir sa course, les branches égratignant sa peau nue et vulnérable. Dans sa hâte, il avait oublié son jean, qui était toujours dans les pissenlits avec Guy. Joe espérait trouver d'autres vêtements ailleurs. Il s'accroupit, dissimulé dans les buissons, pour écouter avec attention la forêt alentour, il guettait les pas de ses poursuivants les plus proches.

Il attendit longtemps, jusqu'à ce que les appels des frères exigeant son retour se taisent enfin. Il s'assit sur le sol et attendit encore. Il patienta jusqu'à ce que tout soit calme dans les bois, il craignait que les frères n'aient prévu une embuscade pour se jeter sur lui dès qu'il émergerait de sa cachette.

Joe resta longtemps dans les buissons, seul et perdu. La poursuite l'avait fatigué ; l'odeur enivrante des fleurs sauvages et des sous-bois le poussa à une somnolence, mi- rêve mi- éveil.

Et tandis que la brise caressait la forêt et s'enroulait autour de lui, Joe pensa entendre d'anciens souvenirs lui chuchoter à l'oreille…

LE NOUVEL *appartement vibrait en permanence d'un chant électronique, rempli comme il l'était de technologie et gadgets high-tech. C'était le plus bel endroit qu'on puisse trouver, au neuvième étage d'un gratte-ciel, avec un petit balcon qui surplombait un quartier de la ville que tout le monde s'accordait à surnommer 'le bon coin'.*

En quittant l'université, Joe avait dégoté un bon poste. Malgré ses excès de festivités, il s'était toujours arrangé pour rester en tête de classe. Ayant obtenu ses diplômes parmi les premiers, il avait donc eu d'excellentes options professionnelles. À dire vrai, il n'avait eu que l'embarras du choix. Il avait accepté la proposition lui permettant d'échapper le plus loin possible de la petite ville où il avait grandi. Ensuite, il se mit en quête d'un appartement et demanda à sa mère de l'aider. Veronica était incroyablement fière de lui et de tout ce qu'il avait accompli. Par contre, elle regrettait un peu son choix de résidence, elle aurait préféré que son fils vive plus près de la maison. Elle n'émit aucune protestation, sachant que c'était à Joe de trouver lui-même son chemin.

Les mois passèrent, Joe n'avait toujours pas terminé son emménagement. Il y avait toujours des cartons à moitié ouverts éparpillés chez lui, dans lesquels il fouillait en cas de besoin. La vaisselle, par exemple, il la sortait au fur et à mesure qu'il avait besoin de manger. Seule sa chambre était nette et bien ordonnée, c'était l'endroit où Joe passait l'essentiel de son temps dès qu'il se trouvait chez lui. Là, Joe avait rangé ses CD par ordre alphabétique sur la moitié d'une étagère, et accroché de jolis tableaux sobrement encadrés de noir pour décorer ses murs. C'était là qu'il recevait ses amants d'une nuit ou plus. Et aucun d'eux ne s'intéressait au reste de l'appartement. Ils ne voulaient qu'une chose : ce que Joe avait entre les jambes.

Joe s'installa devant son ordinateur, posé sur le bureau que Veronica lui avait offert. La chambre était sombre, seul l'écran lui donnait une faible luminosité. Dans le lit derrière lui, endormi dans les draps froissés, se trouvait son dernier partenaire : un homme plein de verve, qui portait de gros favoris avec l'idée que ça le rendait plus attrayant. Il était marié, ce qui, dans le monde actuel et sa ridicule terminologie restrictive et auto satisfaite, faisait de lui un gay 'discret'. Dès que l'homme l'avait abordé ce soir, dans un bar, Joe avait remarqué la ligne creusée sur son annulaire par l'alliance qu'il venait d'enlever.

La nuit, Joe éprouvait de curieux sentiments. Il aurait dû être heureux, il le savait, et il prétendait qu'il était, mais il mentait. Il avait tout ce que les gens de sa connaissance désiraient, et pourtant, il s'ennuyait de plus en plus. Tout autour de lui l'ennuyait. Il venait de passer un bon moment – avec gémissements, halètements, et vocabulaire expressif – aussi il devrait ressentir une certaine satisfaction, quelques secondes au moins, avant que l'ennui ne lui retombe dessus. Mais se shooter au sexe avait un effet bien trop rapide, comme avec de la drogue. Aussi, dès que son partenaire du moment s'endormait, Joe quittait son lit, s'enveloppait dans sa sortie de bain bleue et se connectait à Internet, à la recherche d'une échappatoire à son ressenti malvenu. Ça se passait toujours de la même façon. Chaque soir, il espérait une conclusion différente. Peut-être, se disait-il, ce mec-là serait le bon... mais 'le bon' n'était jamais venu.

Il y avait forcement quelque chose susceptible de l'aider parmi les milliards de sites du web. Il devait bien y avoir quelque chose ! Des mots, ou une idée, ou quelque chose de nouveau, de merveilleux, capable de changer sa vie flottaient sans nul doute dans le cyberespace. Joe attendait une révélation comme celle reçue plusieurs années auparavant, au cours de ce festival d'automne. Cette fois, cela ne lui serait pas offert par un énigmatique étranger, mais par les bytes et mégabytes de mystérieuses lignes de code de son ordinateur.

Après avoir passé environ une heure à surfer au hasard sur des sites pornos, des agences de voyages, amazon.com et autres librairies, Joe tomba tout à coup sur un site de rencontres. 'Inscrivez-vous immédiatement !' réclamait une banderole, en immenses lettres menaçantes. Plusieurs photos à droite de son écran présentaient des dizaines d'hommes plus beaux les uns que les autres. 'Trouvez l'homme de vos rêves !' Ils auraient pu être mannequins, tous, bien coiffés, parfaits, inatteignables.

163

Joe examina chacun des portraits, l'un après l'autre, scrutant leurs regards comme pour décrypter l'âme cachée derrière ces yeux-là. Il ne ressentait rien pour aucun d'entre eux, aussi son attention se mit à dériver. Joe regardait toujours son écran. Et tout à coup, il eut un déclic, son cerveau revint se placer derrière ses yeux. Parce que là, sur l'écran, la dernière photo qu'il venait d'examiner lui avait fait battre le cœur plus vite. Une réaction instinctive, avant même que Joe ait pu analyser le pourquoi de son émotion. Il connaissait l'homme sur la photo. Louis ?

Très impatient, il attendit le retour de la page précédente. Ses doigts de pieds se recroquevillaient d'anticipation, ses jambes tremblaient, son estomac grommelait de nervosité. Derrière lui, le mec s'agita et se retourna dans le lit.

Après quelques secondes de tension, la photo réapparut sur l'écran. C'était Louis ! Ses yeux bleus brillaient d'espoir, de beauté et de lumière. Voilà un homme capable, même en une seule nuit, de ranimer l'intérêt de la chose. Comment dormir avec une telle merveille à ses côtés ?

Très vite, Joe s'inscrit sur le site. Il remplit son dossier sans y prêter d'attention, comprenant à peine ce que tapaient ses doigts courant sur le clavier. Il comptait écrire à Louis et s'impatientait du délai de son inscription. Mentalement, il se projetait déjà dans un futur rendez-vous plein de possibilités, loin de son ordinateur, dans un pays imaginaire où les premières rencontres se passaient de façon idéale.

Enfin, les formalités furent accomplies, Joe se lança dans une recherche frénétique pour retrouver Louis. Il entra différents critères, ceux qu'il connaissait, mais il n'obtint aucune réponse. Après une demi-heure d'exploration vaine et de plus en plus crispante, il abandonna enfin et retourna à la page de garde, là où se trouvait la photo qui l'avait harponné. Elle y était toujours.

Le cœur tambourinant d'émotions, Joe cliqua dessus.

Nous sommes désolés, mais ce membre n'est plus actif.

Le cœur en miettes, Joe sentit des larmes lui monter aux yeux, ses lèvres tremblantes chuchotèrent un seul mot :

— Non !

Une voix éraillée grogna derrière lui :

— Hé, bébé, reviens au pieu qu'on se marre un peu.

'... LES MILLIERS DE ROUTES PARCOURUES, EN VAIN...'

JOE DÉCIDA qu'il avait attendu suffisamment longtemps dans ses buissons, nu et immobile. Il n'entendait rien d'autre que les bruits naturels de la forêt : un oiseau, un criquet, le sifflement de la brise à travers les feuillages. Les arbres n'étaient pas 'humains' comme ceux que Joe avait précédemment rencontrés, il en était soulagé. Dans le cas contraire, ils auraient pu signaler sa position.

Joe finit par émerger de sa cachette. Il ne faisait pas encore nuit malgré le temps écoulé, il y voyait assez pour se déplacer. Il se mit à avancer à travers les bois, avec précaution, examinant tout ce qui l'entourait. Il n'avait aucune idée de ce qui se passerait s'il tombait sur un des frères, il décida de ne pas s'en préoccuper à l'avance. Il verrait bien. Pour le moment, il était heureux de leur avoir échappé, même s'il se retrouvait nu et démuni de tout. Autant s'enfuir aussi loin que possible de la fraternité.

Joe finit par quitter l'épaisse forêt, il se retrouva à marcher sur une route gravillonnée le long de collines vertes et ondoyantes, sous un ciel magnifique et pur. Des touffes d'herbe poussaient au milieu du chemin, creusé de profondes ornières parallèles. Joe continuait à avancer droit devant lui, les bras croisés, sans savoir vers où il se dirigeait. Il avait dans la tête des idées troublées à donner le vertige, sans queue ni sens, des phrases incohérentes. Au final, il décida que sa présence dans ce monde étrange ne lui avait rien apporté de durable. Chaque fois qu'il trouvait un endroit accueillant, agréable, Joe était forcé de le quitter. Il avait été chassé loin de tous ceux qui lui avaient ouvert les bras pour le réconforter un moment. Il ne ressentait plus en lui qu'une vacuité douloureuse et il était certain d'avoir déjà éprouvé tant de nostalgie. Mais il n'arrivait pas à ce souvenir des circonstances exactes.

— Un grand courage, Joe, prononça-t-il à mi-voix.

Évoquer l'Étranger le réconforta d'une certaine façon.

Joe émergea de ses sombres pensées en entendant des gravillons rouler sous les roues d'un véhicule. Reportant son attention au présent,

Joe vit un carrosse aux couleurs toniques – rose vif avec des rubans d'un jaune flamboyant – qui s'approchait de lui à grande vitesse, tiré par quatre chevaux dont queues et crinières avaient été décolorées en vert, violet et bleu. Les bêtes trottaient, fières et véloces. Et leur cocher était également vêtu avec ostentation d'une chemise à jabot rose et d'une culotte bouffante bleu roi. C'était un homme jeune d'aspect, mais avec des cheveux gris, tirés en arrière en catogan.

Il cria un ordre à ses quatre chevaux lorsque le carrosse fut presque sur Joe. Avec une émotion chaleureuse, Joe regardait les bêtes en évoquant Buck et Phil. L'attelage avait ralenti et peu après, les roues jaunes s'immobilisèrent juste devant Joe.

La porte du carrosse s'ouvrit avec fracas et une énorme dame en émergea. Joe recula d'un bond. L'effort de s'extirper du véhicule semblait lui demander beaucoup d'énergie ; ce qui, quand on la voyait, n'avait rien d'étonnant. Elle était vêtue de façon voyante, bien au-delà de la sophistication. Que ce soit dans l'une ou l'autre de ses deux vies, Joe n'avait jamais rien vu d'aussi long et large que cette robe de satin mauve pâle, souligné de dentelle blanche. On aurait dit une grappe de raisin bien dodue. Le décolleté plongeait très bas, révélant des seins gras et abondants. La femme portait autour du cou plusieurs rangs de perles si serrés que le collier menaçait d'exploser à tout moment, dispersant les précieuses sphères dans les gravillons. Ses petites lunettes rondes ne faisaient rien pour amincir son visage, ses cheveux étaient tirés en un haut chignon, véritable tour du même violet que sa robe. Un très fort arôme de lilas enveloppait l'apparition.

Joe la fixait, sidéré, la bouche grande ouverte.

— Coucou ! s'exclama l'énorme femme d'une voix haut perchée de caricature. Oh lala ! Mon pauvre petit, tu n'as aucun vêtement ! As-tu réalisé que tu te trouvais dans le costume d'Adam ? Bette et moi n'avons pu manquer de le remarquer. Tu es tout nu. Tu le savais, pas vrai ?

— Heu… bafouilla Joe. J'ai oublié mes vêtements…

Elle l'interrompit.

— C'est sans importance. Nous allons nous occuper de toi. Nous avons tout ce qu'il te faut. À dire vrai, j'ai la garde-robe la mieux fournie de tout le pays.

Elle parlait avec de grands moulinets du poignet et sa voix était tout aussi tourbillonnante. Lorsqu'elle avança, elle fit de gros efforts pour avoir une démarche élégante malgré le poids de sa lourde robe. Elle tendit à Joe sa main à baiser.

— Melva Jasmine, déclara-t-elle d'un ton hautain.

Subjugué, mais quelque peu inquiet, Joe posa ses lèvres sur l'épais poignet. Ensuite, il releva les yeux, sans comprendre.

Elle remarqua son expression et répéta d'une voix suraiguë :

— *Melva Jasmine* ! Mais enfin, tu as bien dû entendre parler de moi ?

Derrière ses petites lunettes rondes, ses yeux s'écarquillaient de surprise et de stupéfaction.

— Je suis désolé, répondit Joe. Je viens d'arriver ici. Je crains de ne pas encore y connaître grand-chose.

— Oh, je vois… Tout s'explique alors ! s'écria-t-elle.

Sa voix stridente effrayait les oiseaux et faisait renâcler les chevaux. La femme reprit :

— Tu vas venir avec moi, mon cher… Hum, comment as-tu dit que tu t'appelais, au juste ?

— Il n'a rien dit, jeta le cocher depuis son siège, d'un ton sec. Tu ne cesses de parler, vieille chèvre trop bavarde. Tu n'as pas laissé à ce pauvre garçon la possibilité d'émettre un seul mot.

Melva pointa sur l'homme un doigt féroce, tout en fronçant son front lourdement maquillé.

— Toi, silence ! Tu n'es là que pour me conduire en toute élégance et beauté. Tu n'as pas droit à la parole. *Jamais.*

Joe était très mal à l'aise d'être le témoin involontaire d'une querelle entre les deux amants.

— Je m'appelle Joe.

Melva pressa ses deux mains sur sa bouche, avec un grand sourire.

— Mais bien sûr ! s'exclama-t-elle. Et maintenant, comme je te l'ai déjà dit, tu viens avec moi. Nous allons te trouver une tenue superbe, magnifique, d'une élégance éblouissante. Nous ne pouvons pas laisser les beaux jeunes gens déambuler sans vêtements, voyons. Où serait le mystère sinon.

Elle agrippa Joe par la main et, sans lui demander son avis, l'attira jusqu'au carrosse. Il fallut un bon moment à la femme pour réussir à remonter à bord : apparemment, son bustier et sa crinoline semblaient avoir des idées de rébellion. Une fois sur le siège, Melva offrit à Joe une épaisse couverture dorée pour qu'il s'enveloppe dedans. Joe s'installa sur la banquette en face de Sa Majesté en Satin Mauve.

Melva hurla au cocher un ordre éraillé, le carrosse se remit bientôt à rouler. Joe n'avait pas eu son mot à dire quant à la destination vers laquelle il était emmené, mais il ne s'en inquiétait pas. Pour une fois, il trouvait agréable de ne pas avoir à choisir son chemin.

En face de lui, engoncée par la masse imposante de Melva et de sa robe, se trouvait une femme à la mine austère, sa tête émergeant d'un océan de satin violet. L'inconnue tenait une longue cigarette entre deux doigts autoritaires. Elle avait des yeux exigeants, intenses, qui paraissaient capables de voir à travers les os du crâne de ses interlocuteurs, de discerner mensonges et vérités. Et pourtant, elle possédait la distinction dont, de toute évidence, Melva manquait, tout en cherchant si désespérément à l'obtenir. La seconde femme portait une robe du soir bleu nuit, avec un papillon en diamant placé juste au-dessus des seins.

En guise de présentation, Melva se contenta de dire :

— Joe, voici mon amie, Bette. Bette, voici Joe.

Bien entendu, Joe sut immédiatement qui était cette femme. Ben se serait évanoui. Melva fut plutôt vexée de le voir ainsi reconnaître son amie à première vue.

— Je t'embrasserai bien, déclara Bette d'une voix qui était une caricature en elle-même, mais je viens de me laver les cheveux.

Elle l'étudiait des pieds à la tête avec un intérêt mitigé, puis elle détourna les yeux pour fixer les collines qui défilaient derrière la fenêtre.

— Nous allons déposer au passage cette bonne vieille Bette dans sa maison d'été avant de continuer jusqu'à mon magnifique magasin.

Bette avait remarqué le mot 'vieille' judicieusement placé.

— Et où se trouve votre maison, Mlle… Bette ? s'enquit Joe plutôt nerveux.

Elle ne se retourna pas pour le regarder, elle gardait le visage détourné vers le paysage à l'extérieur du carrosse.

— C'est un chalet, répondit-elle, dans un champ de coton. Il me faudra y faire quelques réparations. Quand je serai là-bas…

Melva l'interrompit :

— Ah oui, ça c'est sûr. *Quel taudis !* minauda-t-elle.

Cette fois, Bette tourna la tête pour jeter à Melva un regard glacé. Ensuite, elle déclara à Joe :

— C'est une bavarde, Joseph. Une véritable *pipelette*. Même Greer Garson des Academy Awards de 1943 n'avait rien à envier à notre douce et chère Melva.

168

Melva en resta bouche bée, émettant un bruit de gorge qui avait tout du glapissement d'une oie furieuse. La chair qui tressautait sous sa gorge et son visage rougeaud ajoutait à la ressemblance.

En silence, Joe resserra autour de lui le tissu à franges, qui lui semblait davantage être un rideau qu'une couverture, et laissa Melva et Bette se chamailler et papoter sans fin concernant leurs célébrités respectives. Melva assurait que Joe ne manquerait pas d'être ébloui par son génie dès qu'il verrait ses œuvres, ses tissus et ses drapés, une fois arrivés au magasin. Bette certifiait à Melva qu'elle avait certainement été, dans une vie antérieure, une *drag queen* de bas étage. L'avancée du carrosse se trouvait rythmée par l'ampleur des gestes animés des deux adversaires et la vivacité de leurs échanges sarcastiques.

Joe les écoutait à peine. La dispute devenant d'un ennui mortel, il s'enfonça davantage dans sa couverture épaisse avant de s'endormir d'un sommeil de plomb, si profond que même la voix de Melva et les piques ironiques de Bette ne le troublaient pas.

JOE SE réveilla lorsque le carrosse bringuebala sur des pavés. L'ambiance s'était calmée, Bette avait disparu, mais Melva exprimait toujours l'admiration éperdue qu'elle éprouvait pour elle-même. À dire vrai, elle n'avait probablement pas remarqué que Joe s'était endormi durant le trajet. Le carrosse continuait à avancer dans les rues d'une cité élégante dont l'architecture avait de l'audace et du style. Joe reconnaissait cette ville, du moins certains de ses quartiers et caractéristiques. Des fragments de souvenirs lui revenaient, mais trop vague, aussi il n'arrivait pas à identifier les origines de cette réminiscence. S'agissait-il d'un livre ou d'un magazine ? D'une ancienne photo ? Son cerveau cherchait à retrouver des images correspondant à ces immeubles gracieux et ces rues pavées.

Joe interrompit le monologue de la vieille reine :

— Où sommes-nous, Mlle Jasmine ? demanda-t-il.

Elle le frappa violemment sur le genou.

— Appelle-moi Melva ! s'exclama-t-elle. Voyons, mon garçon, c'est Florence. *Firenze* ! Tu connais bien Florence, dis-moi ?

Joe se renfonça dans son siège et laissa glisser la couverture, exposant ses épaules hâlées.

— En Italie ?

— Mais bien sûr, enfin ! Où veux-tu que ce soit ? Tant d'élégance stylée n'existe nulle part ailleurs !

Florence, oui c'était bien elle. Joe la reconnaissait désormais. Toute sa vie, il avait voulu voir Florence, ébloui par ses richesses artistiques, son passé historique, ses spécialités culinaires. Il se souvint avoir suivi des cours à l'Université, mais il n'arrivait pas à se rappeler s'il avait fini par réaliser son rêve : visiter Florence. Tout était en face de lui : le Palais des Médicis, le *Duomo* – la place de la Cathédrale – l'*Uffizi*, – la Galerie des Offices. Toutes les sculptures, les célèbres avenues…

Il ne s'agissait pas de la ville moderne dont Joe avait entendu parler, au contraire, c'était Florence sans la pollution des véhicules ni le bruit de la technologie, une cité plus jeune riche de promesses artistiques, destinée à projeter sur le monde entier son auréole de beauté. Et pourtant, la ville exhibait tout l'art jamais créé en son sein. Rien n'avait été détruit, ni par la guerre ni par les querelles intestines. Le *David* de Michel-Ange se dressait toujours au sommet de la cathédrale Santa Maria del Fiore du *Duomo*.

Les habitants de cette nouvelle 'vieille' cité étaient, bien entendu, vêtus à la pointe de la mode. Ils déambulaient le long des rues ou dégustaient leur café assis aux terrasses avec style et élégance. Dignes et fiers, ils tenaient la tête haute, sauf les jeunes hommes qui fanfaronnaient dans leur pantalon serré en exsudant une sensualité brûlante. L'art coulait dans leurs veines, chacun de leur regard était une invitation.

Le carrosse s'arrêta devant large pâté d'immeubles et les deux passagers descendirent. Joe s'était bien enveloppé dans sa couverture dorée pendant que le cocher aux cheveux d'argent offrait à Melva sa main et son aide. Dans la rue, les Florentines arpentaient le trottoir à longues enjambées audacieuses. Quelques passants galants saluèrent la vieille chouette d'un moulinet de leur chapeau.

— *Buon giorno*, Melva.

— Bonjour, Melva, dirent poliment les femmes.

Il y eut aussi des cris sonores et ululements moqueurs en direction de la vieille dame accompagnée d'un jeune homme tandis que le couple descendait le boulevard.

— Ne sont-ils pas *adorables,* tous autant qu'ils sont ?

Tout en parlant, Melva gesticulait et englobait les passants autour d'elle.

— C'est moi qui dessine leurs vêtements, tu sais, ajouta-t-elle avant de baisser la voix, la mine conspiratrice et condescendante à la fois. Enfin, pas vraiment *tous*, certains vont voir ailleurs... et cela se voit !

Elle gloussa de son jeu de mots, puis explosa d'un rire rauque qui évoquait la copulation de deux blaireaux.

Mené par Mlle Melva, Joe passa devant les vitrines et les hommes agglutinés, bronzés et ricanants, jusqu'à un magasin qui, extérieurement, ne se différenciait pas trop de ses voisins de rue, à gauche, à droite, ou en face. Ici aussi régnait le charme désuet de Florence : les bâtiments anciens n'étaient que symétrie et élégance. Comme Joe s'était attendu à ce que la boutique reflète sa propriétaire, il pensait trouver un excès de ce qu'elle appelait 'magnificence'. Au contraire, l'aspect extérieur de la bâtisse était, niveau architecture, identique à ce que l'on trouvait d'abondance à Florence : artistique, classique, mais simple.

Par contre, l'intérieur du magasin s'avéra tout à fait différent. Les hauts plafonds voûtés étaient décorés de fresques représentant des chérubins et divers résidents de Florence vêtus comme des dieux – le plus extravagant d'entre eux, bien entendu, étant Mlle Melva en personne dans sa robe mauve. Tous les modèles étaient peints avec des joues roses et de grands yeux écarquillés, d'une préciosité qui n'avait rien de rococo, non, le terme serait un euphémisme pour une telle ostentation.

La surface au sol de la boutique n'était que rangées et rangées de vêtements. Des tenues vulgaires et scintillantes, chaque présentoir plus kitsch que le précédent. Tous les styles étaient représentés, depuis la Renaissance jusqu'au rock clinquant. Le genre de vêtements que jamais Joe n'envisagerait de porter. Pour rien au monde.

Mlle Melva ôta ses bésicles et révéla des paupières lourdement fardées en trois teintes de violet. Elle avait aussi des yeux d'un bleu très brillant.

— Regarde un peu ! s'exclama-t-elle avec grandiloquence, excitation et fierté. Choisis ce que tu veux dans la boutique. C'est moi qui ai tout dessiné, bien entendu. J'ai du panache. Tout le monde le dit. C'est ce qui explique ma célébrité. Oui, je suis très connue dans les cercles les plus sélects. Vas-y, vas-y, vas-y, fais ton choix ! Ce sera un honneur pour moi de voir un jeune homme aussi beau porter mes créations.

Joe s'accrochait à sa couverture dorée, il n'avait pas envie de l'échanger contre une des tenues extravagantes qu'il voyait autour de lui. Pourtant, il se mit à déambuler parmi les rangées de vêtements. De temps à autre, pour feindre un quelconque intérêt, il en effleurait une du bout des doigts. Melva poussait toujours un soupir d'approbation, quel que soit son choix.

— Oooh ! Parfait, voilà qui serait *magnifique* sur toi, prétendait-elle.

Au final, après avoir simulé une longue délibération intérieure, Joe se décida pour une veste en velours bleu électrique et des chausses, sorte de pantalon bouffant qui ressemblait beaucoup à ce que portait le cocher aux cheveux d'argent. Le costume comportait aussi une chemise blanche à jabot, des mi-bas et des mocassins à boucles, ainsi qu'un chapeau de capitaine sur lequel était fièrement plantée une plume de paon d'un bleu étincelant. Et il s'agissait là d'une des tenues les plus discrètes ! Au moins, elle n'avait ni dorure ni broderie fleurie, contrairement à la plupart des autres vêtements.

Jos s'étudiait dans un miroir d'un œil critique.

— Oh, tu ressembles maintenant au plus distingué des gentlemen ! s'exclama Melva.

À dire vrai, le costume lui seyait, il mettait en valeur sa silhouette et les traits de son visage. Pourtant, Joe avait la sensation d'être déguisé pour un bal costumé.

Melva le prit par le bras et se planta avec fierté à ses côtés.

— Regarde, déclara-t-elle avec un grand sourire. Quel merveilleux couple nous faisons ! Tu n'es pas d'accord ?

Joe regardait toujours son reflet dans la glace lourdement sertie de bijoux.

— Ouais. Nous sommes remarquables.

Se tournant vers elle, il demanda :

— Seriez-vous… euh, seriez-vous ma prochaine étape ? Ai-je poursuivi mon voyage afin de vous rencontrer ?

Elle lui sourit avant de prendre son visage entre ses deux larges paumes charnues.

— Non, mon poussin, répondit-elle, d'une voix plus douce que Joe l'en aurait crue capable. Il te faudra continuer. Moi, je t'ai simplement aperçu, nu, alors j'ai pensé que tu aimerais de nouveaux vêtements. Ici, nous voyons en permanence passer les voyageurs. Et moi, je les garde à l'œil, au cas où je pourrais me rendre utile. Tu ne m'as jamais connue. Je n'ai rien d'autre à te donner que cet admirable ensemble.

Joe baissa les yeux au sol.

—Ah. Merci.

Peut-être n'aurait-il pas dû monter dans le carrosse. Peut-être que cette décision impulsive l'avait encore plus éloigné du but ultime de sa quête.

Il ne put s'empêcher de poser la question :

— Ai-je eu tort de venir jusqu'ici ? Où dois-je aller maintenant ?

Melva lui désigna la porte du doigt :

— Juste là, répondit-elle. Il te suffit d'arpenter les rues de Florence.

Chaque fois qu'elle prononçait le nom de la ville, sa voix prenait une intonation musicale.

— Mais comment saurais-je où aller ?

— Tu n'as plus besoin de guide, Joe, répondit Melva. Aie confiance en toi. Suis les pavés. Tu iras où il te faut aller. Tu verras.

Aussi, Joe se dirigea vers la porte. Il l'ouvrit et jeta un œil sur la cité très animée. Avec un sourire, il toucha son chapeau pour saluer une dame, puis il décida de s'aventurer dans cette ville qu'il avait connue autrefois, dans un monde différent, sous une forme différente.

La voix stridente de Melva s'éleva derrière lui :

— Attends ! Je crois qu'il serait plus séant et plus approprié que je te fasse découvrir la ville en bonne et due forme.

Elle se précipita pour le rejoindre et, une fois encore, elle passa son bras dodu sous le sien.

— D'accord, amour ? minauda-t-elle.

Florence les accepta tous les deux en son sein avec chaleur et élégance. La soirée était encore jeune, l'air vif et agréable. Le couple dépassa les échoppes des glaciers et les merceries, les enfants qui jouaient autour d'une fontaine, les amants qui s'embrassaient à l'ombre des statues tandis que le crépuscule tombait. Joe était certain de se faire remarquer en marchant ainsi dans les rues dans un ensemble aussi voyant avec à son bras une reine archi-clinquante, mais personne ne paraissait surpris. Les passants se contentaient de lui jeter une œillade sensuelle ou un coup de sifflet érotique, par-derrière. Quant à la vieille dame, elle ne recevait que de respectueux saluts. Joe admira les cathédrales et les églises, les boulangeries et les pizzerias, les boutiques de vêtements et les vendeurs de cappuccino. L'air ambiant était délicieusement parfumé et attirant, tourbillon magnifique d'une cité qui vivait la nuit plus intensément encore.

Melva expliqua à Joe les diverses bizarreries et complexités florentines, du moins ce qu'elle en savait, la population urbaine agissant de façon étrange et stupéfiante. Joe l'écoutait avec courtoisie. La musique

173

émanait de partout autour d'eux : il y avait de petits orchestres à chaque coin de rue, des guitaristes sous les porches, des installations acoustiques dans chaque taverne. Les bohémiennes dansaient sur de brillants tapis composés de soie et autre fils précieux. Les enfants partageaient leurs cornets de glace avec les chiens. Joe se trouvait enivré. Puis il avançait, puis il se perdait dans l'ambiance relaxée de la ville. Il supportait même plus facilement la voix de Melva, devenue partie prenante de Florence, simple variante du brouhaha incessant des discussions qui flottaient partout parmi les habitants.

Alors qu'ils traversaient les meutes florentines agglutinées dans les *piazzas* – squares – Melva et Joe tombèrent tout à coup sur un groupe qui paraissait bien s'amuser. Il s'agissait d'un spectacle nocturne plein de frivolité, organisé sur des marches de pierre autour d'une fontaine à la luminosité magique. Joe et Melva se faufilèrent jusqu'aux premiers rangs. Tous les spectateurs riaient gaiement – amants, hommes et femmes – et le son de leurs rires flottait dans l'air. Seuls les aboiements rauques de Melva troublaient l'harmonie de la foule.

La pièce était une comédie romantique, accumulation d'erreurs concernant deux hommes amoureux. Les acteurs étaient beaux, leur maquillage discret. L'essentiel de l'intrigue portait sur les malentendus, les quiproquos, les jeux de scène. D'ailleurs, deux hommes seulement en jouaient tous les rôles. Joe souriait, aussi enchanté que les Florentins devant leurs performances. Chaque fois que l'un des deux amants faisait une remarque ironique ou bien commettait une erreur ou une maladresse, Melva envoyait à Joe son coude dans les côtes avant d'exploser d'un gros rire. Plusieurs fois, Joe faillit se retrouver par terre sous la force de ses coups, mais il n'en trouvait le spectacle que plus drôle. Après tout, il était là pour passer du bon temps. La nuit était belle. Détendu et heureux, il était ravi d'être venu jusqu'à Florence.

À la fin du spectacle, les acteurs saluèrent la foule, s'inclinant avec grâce pour recevoir des applaudissements mérités. Ils distribuèrent quelques baisers, très appréciés du public, qui commençait à se disperser.

Melva entraîna Joe en direction de la rivière Arno.

— C'était tout à fait remarquable ! remarqua-t-elle bruyamment. Vraiment amusant, tu ne trouves pas ?

— Si, c'était très amusant.

Le couple, toujours bras dessus bras dessous, marchait doucement. Joe reprit au bout d'un moment :

— C'était merveilleux. Je pense que j'aurais été très mal à mon aise de voir un spectacle pareil, autrefois, sur terre, mais ici… J'ai beaucoup aimé, Mlle Melva.

— Pourquoi ? demanda-t-elle. Pourquoi aurais-tu été mal à l'aise, mon poussin ?

Joe réfléchit avant de répondre. Il ne voulait pas trop se plaindre ni détailler d'anciens griefs.

— Je crois… que je n'ai jamais vraiment accepté qui j'étais. Du moins, pas que je m'en souvienne. J'ai toujours trouvé très difficile d'être gay. J'ai cherché à me convaincre que je n'avais aucun problème, mais quand on passe sa vie à entendre les autres vous critiquer et vous condamner… on commence à se demander s'ils n'ont pas raison, hein ? Peu importe le nombre d'anecdotes concernant des coming-out qui se sont bien passées, il y a toujours quelqu'un pour vous remettre le doute.

— Foutaise ! annonça Melva.

— Comment ça, foutaise ?

— Eh bien, la plupart des gays sont de véritables esthètes, sans eux, il n'y aurait aucune culture. Le monde ne serait que façades de pierre brute et lignes droites.

Melva paraissait très sûre de sa position. Elle reprit :

— Il n'y aurait ni courbes sensuelles ni tourbillons orgasmiques. Il n'y aurait aucune ivresse, mon cher garçon ! Tu imagines un monde où la tête ne te tournerait jamais ? Les gays ont influencé la civilisation sous toutes ses formes : arts, musique, littérature, architecture, mode, enseignement. Et même la guerre. Sans les gays, la culture telle que toi et moi la connaissons, la manière dont tout le monde la vit et l'apprécie, n'existerait pas. C'est aussi simple que ça.

Melva arrêta de marcher pour regarder Joe. À côté d'eux s'écoulaient les eaux de l'Arno, profondes et lourdes sous le ciel nocturne. Melva prit le menton de Joe dans ses mains si douces.

— Mon poussin, quand les gens te disent des choses aussi méchantes, ils renient le fait qu'eux-mêmes vivent dans un monde d'art, de beauté et d'esthétisme. Dans chaque existence, il y a les épreuves, les affaires, mais c'est la qualité de vie qui enrichit notre âme et nous permet de nous élever au-delà des choses matérielles. Peut-être ne seras-tu pas gay dans ta prochaine réincarnation, peut-être ne seras-tu même pas un homme, mais tu auras suffisamment appris pour discerner la vérité. La beauté est éternelle. En vérité, c'est la seule création humaine qui perdure au-delà du temps.

Joe sentit un grand frisson de vérité lui parcourir la peau des pieds à la tête.

La voix de Melva escalada plus haut encore dans les aigus et résonna à travers la nuit :

— Et maintenant, mon bel amour, je crains que le temps soit venu pour moi de te quitter. Tu te sens capable de t'en sortir tout seul ? Et pas question que tu gardes ce regard de chien battu.

— Oui madame. Je m'en sortirai. Merci.

— De rien, affirma-t-elle en chantonnant. Je vais retourner à ma boutique. J'ai des choses à faire. Toi, continue à marcher dans cette direction, sur les berges de l'Arno. Tu arriveras très bientôt là où tu dois être. Tu n'en es pas très loin.

Elle jeta à Joe un coup d'œil nostalgique, celui d'une grand-mère ayant passé trop de temps loin de son petit-fils. Elle poussa un profond soupir et ouvrit très grand les bras:

— Ah ! Viens me faire un gros câlin !

Pris dans cette étreinte, Joe se sentait aimé et protégé. Il était dans des bras qui, lorsqu'il les avait vus pour la première fois, lui avaient paru obèses et disproportionnés.

En le relâchant, Melva s'essuya les yeux. Son maquillage trop épais avait coulé de façon horrible.

— Je te dis à très bientôt, amour. Je dois vite m'en aller !

Elle s'enfuit en courant, probablement pour que Joe ne la voie pas à pleurer. Elle se retourna une dernière fois pour crier :

— Sois prudent ! Suis l'Arno ! Je te retrouverai à la fin, mon poussin. Tu vas t'en sortir.

Joe eut un grand sourire en suivant des yeux l'énorme femme qui galopait dans la nuit. Il se demanda s'il ne s'agissait pas de sa véritable grand-mère, alors que celle qu'il avait connue durant sa vie était une maldonne, une erreur d'aiguillage. D'après Joe, Melva s'était véritablement comporté vis-à-vis de lui en aïeule, comme celle qu'il aurait toujours dû avoir.

Déambulant le long de l'Arno, Joe arriva devant un charmant petit café, tout illuminé mais désert, avec une terrasse extérieure qui surplombait la rivière. Joe s'installa à l'une des tables éclairées, il enleva son chapeau et croisa les jambes. Il comptait regarder passer les petits bateaux et se reposer un moment. Sur l'autre rive, les lampadaires et autres lumières clignotaient allègrement dans l'obscurité accueillante qui enveloppait la cité comme une cape. Les lumières se reflétaient et miroitaient sur les eaux sombres qui passaient tranquillement avant de disparaître au loin.

Une voix rêveuse résonna derrière Joe :

— Une nuit merveilleuse, hein ?

Un jeune homme venait d'apparaître, aux traits fins et gracieux, presque féminins. Une jambe levée sur une chaise, il se penchait dessus, les yeux fixés sur le ciel au-delà du fleuve.

— Oui, répondit Joe. C'est très relaxant.

Le jeune homme détourna la tête pour le regarder.

— C'est toujours comme ça ici, remarqua-t-il. Toujours relaxant. Toujours serein.

Il se déplia pour pendre une bouteille de vin et deux verres sur la table devant laquelle il se tenait, avant d'avancer jusqu'à Joe. Il tira une chaise à ses côtés, posa le vin et ses verres devant lui, et s'installa sur son siège à califourchon, à l'envers.

Joe regarda l'homme verser dans chacun des verres un vin rouge épais. C'était du vin italien. Du *véritable* vin italien.

— Il n'y a pas grand monde à ce qu'on dirait, remarqua Joe.

— En fait, je suis fermé. Mais pas pour toi, répondit l'homme.

Il leva son verre en guise de salut muet, Joe fit la même chose.

Quelques Florentins passaient devant eux, admirant le fleuve. Il y avait moins de monde ici, sur les berges de l'Arno que sur les *piazzas* de la cité un peu plus tôt.

— Je suis Giuseppe, indiqua l'homme.

Il inclina la tête et agita les mains pour se désigner. Il parlait un anglais parfait. Mais ici, c'était normal, pas vrai ? pensa Joe. L'ennuyeux problème des barrières linguistiques appartenait à un autre monde, un univers encombré d'une rive à l'autre de tours de Babel qui ne cessaient de s'écrouler.

— Je présume que tu me connais, répondit Joe.

Giuseppe acquiesça.

— Nous étions amis ? s'enquit Joe. Peut-être étions-nous ensemble à l'université ?

— Non. Nous n'étions pas amis, Joe. Nous n'étions rien du tout. Nous ne nous sommes parlé qu'une seule fois.

— Ah. Dans ce cas, je ne comprends pas, avoua Joe.

De l'index, il caressait le rebord de son verre de vin.

177

— Pas besoin d'avoir connu quelqu'un pour que sa présence ait compté dans ta vie, qu'elle l'ait fortement marquée.

Giuseppe sirota une gorgée de son vin. C'était un homme superbe : grand front, nez fin et lèvres charnues, pommettes hautes et yeux gris perçants sous des sourcils arqués. Ses cheveux bruns étaient soignés et coupés court. Il ne portait qu'une simple chemise noire et un pantalon de la même couleur.

— Moi, j'ai compté dans ta vie ? s'étonna Joe. Comment ? Est-ce encore un de ces moments où tout va devenir flou, où je vais avoir des hallucinations ?

Giuseppe sourit.

— Non, Joe. Rien de tout ça ici ce soir. Je ne suis pas un magicien. Tu ne vas pas voir l'histoire de ta vie se dérouler sur les eaux de l'Arno. Je ne possède pas ce genre de don. Je ne l'ai jamais eu. J'ai toujours préféré envisager l'avenir plutôt que ressasser le passé. Je veux juste te parler, si tu acceptes.

— J'en serais ravi, répondit Joe. J'ai envie de parler. Ça me plairait bien de rester tranquillement assis ici pour me détendre.

— Oui, j'imagine que tu le mérites. Quand on arrive, la découverte et la quête de soi-même sont plutôt éprouvantes.

Redevenant sérieux, Giuseppe reprit :

— De plus, des épreuves difficiles t'attendent. Tu es presque arrivé, mais les derniers souvenirs qui vont revenir te seront très pénibles. Alors, profite de cette trêve.

Joe resta assis en silence, plutôt secoué par les paroles du charmant cabaretier concernant son avenir. Il dégustait son verre, les yeux fixés sur le fleuve. Un groupe d'adolescents approchait, leurs cris troublant un moment la quiétude de la nuit. Très vite, ils disparurent dans une ruelle.

Joe finit par demander :

— En quoi ai-je marqué ta vie ? Pourquoi fais-tu partie de ma quête ?

Giuseppe soupira.

— Tu as obtenu ton diplôme universitaire, tu t'en souviens ? Tu étais bien parti pour devenir éditeur et publier des livres à succès. Tu t'intéressais essentiellement à la mythologie, au folklore, à la science-fiction. Tu réussissais très bien à dire vrai. Tu possédais un bel appartement en ville, tes collègues t'appréciaient, tes vies sociales et professionnelles se mélangeaient souvent. Tu possédais tout ce que tu pouvais désirer, matériellement parlant.

En écoutant le discours de Giuseppe, Joe retrouvait ses souvenirs concernant la période entre l'université et cette rencontre : un flot d'images lui revenait, comme un verre à demi vidé se remplissant jusqu'à ras bord. Une fois de plus, il se rappelait de ses joies, ses peines de cœur et autres détails et anecdotes. Aussi bien les visages inoubliables que les trajets en bus sans intérêt.

Joe baissa le nez pour étudier le vin dans son verre.

— Je m'en souviens. Tout allait très bien et pourtant, ça n'allait pas vraiment.

Il fronça les sourcils, perplexe.

— Non. Tu n'étais pas heureux.

— C'est vrai, admit Joe. Je n'étais pas du tout heureux. Je me sentais vide, seul. Bien sûr, j'avais des tas d'amis, un bon boulot, je baisais aussi souvent que je le désirais. Même quand je n'en avais pas envie...

— Mais tout ça te laissait...

Avec un soupir, Joe compléta la phrase inachevée :

— ... incomplet. Vacant. Désintéressé. Était-ce seulement ça la vie ? N'y avait-il rien d'autre ? Je passais mon temps à me poser ces questions. C'était comme une mélopée nostalgique qui existait, quelque part.

— Tu avais pourtant des amis. Des amants.

— Ouais, mais ils ne m'offraient rien de plus qu'un vague plaisir physique qui passait très vite. Ensuite, il n'y avait plus rien. Je les connaissais à peine. Aujourd'hui, leurs visages sont pour moi aussi insignifiants que les trottoirs sur lesquels, tous les jours, je marchais pour aller travailler.

— Tu es tombé sur une publicité, un soir, sur Internet, sur un site de voyage. C'était encore une de ces nuits où tu avais tenté en vain de noyer ton indifférence dans de l'alcool et du sexe. Aussi, un jour de printemps, pour échapper à la monotonie et à la médiocrité de ton existence, tu as décidé d'aller visiter l'Italie.

— Florence, chuchota Joe tandis qu'un lent sourire lui montait au visage. Je voulais voir Florence. C'était un cadeau que je m'offrais pour compenser tout ce qui me manquait. J'étais si excité dans l'avion, au moment du décollage. Il y avait des années que je n'avais pas ressenti une telle exaltation !

— Et pourtant, c'était la même chose, pas vrai ? Même au milieu de toutes ces œuvres d'art, de toute cette beauté, tu as éprouvé la même solitude que dans ta vie habituelle, aux États-Unis ?

Joe en perdit le sourire.

— Oui, avoua-t-il. Quoi que je fasse, c'était pareil. Je suis sorti, je suis allé dans des bars, pour y faire des rencontres, mais rien ne me paraissait compter. Tous ces hommes étaient aussi insipides que ceux que j'avais laissés derrière moi.

— Et là, une nuit, après avoir tenté de traîner dans un bar, tu es rentré seul chez toi. Tu es passé devant un glacier dont la boutique était encombrée d'une foule de touristes et de locaux. La clientèle était joyeusement occupée à croquer des glaces et des cornets.

— Oui, se souvint Joe. Ils étaient tous si enthousiastes. Un si petit plaisir qui les rendait tellement heureux.

Il réfléchit un moment, puis enchaîna :

— Attends ! Non. Tous n'étaient pas heureux. Il y avait un jeune homme à l'extérieur, appuyé contre un lampadaire qui regardait dans la boutique avec l'air triste et nostalgique. *C'était toi !*

Joe regardait fixement Giuseppe.

— C'était moi, reconnut Giuseppe d'un hochement de tête.

— Tu paraissais effondré. Il y avait tant de regrets dans tes yeux. J'aurais voulu te prendre dans mes bras et te câliner comme un bébé ou comme un petit frère. Nos regards se sont croisés. Tu as remarqué que je te fixais.

— La seule chose que je voulais, c'était une glace.

— Et moi, la seule chose que je voulais, c'était te consoler. Tu te prostituais ? demanda Joe. Tu te vendais à la demande ?

— Oh, oui, c'est ce que je faisais… à l'époque.

Giuseppe regarda le ciel avec un soupir qui exprimait son soulagement d'avoir échappé à ce sort.

— Je suis passé devant toi, dit Joe. Lentement.

— Ensuite, tu es revenu sur tes pas.

— Parce que je n'arrivais pas à te faire sortir de ma tête. J'étais hanté par l'expression que j'avais lue sur ton visage. Dans tes yeux. Tant de chagrin et d'émotions contenues, c'était trop pour moi. Je crois.

— Alors, tu as mis la main dans ta poche pour en sortir plus de *lires* que je n'en avais jamais vues.

Joe sourit.

— Je t'ai donné assez d'argent pour acheter beaucoup de glaces.

Giuseppe se mit à rire.

— Joe, tu m'as donné assez d'argent pour acheter *un magasin* de glace !

Cette fois, Joe rit aussi. Giuseppe reprit :

— Grâce à toi, tout a changé pour moi. J'ai réalisé que la bonté existait alors que je ne l'avais jamais rencontrée auparavant. Aujourd'hui, je peux te remercier. Grâce à toi, j'ai retrouvé l'espoir.

Joe regarda son hôte avec franchise.

— Giuseppe, c'est *moi* qui te remercie, chuchota-t-il.

— Ça s'est arrangé pour toi, après ça ?

— Je ne m'en souviens pas encore, admit Joe.

Il essayait de forcer sa mémoire, mais en vain.

— Tu ne t'en souviendras pas ici, pas maintenant, dit Giuseppe. Tu découvriras la suite ailleurs.

— Seigneur, je déteste ces *cliffhangers* !

Sur ce, Joe prit une autre gorgée pendant que Giuseppe gloussait doucement.

— Et ensuite, demanda Joe, que t'est-il arrivé ?

— J'ai acheté une glace, répondit Giuseppe. Je suis rentré à la maison avec. C'était délicieux, j'étais ravi. Tu m'avais rendu plus heureux que jamais. Bien sûr, tout cet argent, c'était énorme, mais ce qui me faisait le plus plaisir, c'était cette glace.

— Que t'est-il arrivé ?

— J'ai été agressé. Complètement dépouillé et abandonné avec la gorge tranchée, continua Giuseppe à mi-voix.

— Oh mon Dieu ! s'écria Joe. Je suis désolé, tellement désolé. Mon Dieu, mon Dieu !

Il avait les deux mains plaquées sur son visage. Giuseppe lui prit le bras pour le réconforter.

— Joe, ce n'est pas grave. J'aurais été attaqué cette nuit-là, que tu me donnes ou pas de l'argent. C'était mon destin. J'ai croisé des hooligans, shootés à l'héroïne, prêts à faire n'importe quoi pour une autre dose. Joe, tu m'as bien compris ? Ce n'était pas de ta faute.

Joe s'accrocha à la main de Giuseppe, posée sur son bras, et la serra très fort le temps de retrouver ses esprits.

— Quand même, dit-il. Je suis désolé. Quel dommage que nous n'ayons pas discuté ou que je ne t'aie pas ramené avec moi dans ma chambre ! Nos deux vies auraient pu changer ce soir-là. Je pense que j'aurais aimé mieux te connaître.

— Eh bien, rien n'est perdu. Nous avons jusqu'à ton départ. Inutile de regretter le passé. Nous avons largement le temps de nous connaître cette nuit.

Joe sourit, avant de détourner le visage vers le fleuve et les lumières qui caressaient ses nobles courants.

— Tant mieux, répondit-il. C'est ce que nous allons faire.

Giuseppe se leva en récupérant la bouteille vide.

— Ne bouge pas. Je vais nous chercher autre chose à boire.

Il disparut un moment, puis revint avec une autre bouteille, comme promis. Les gens passaient devant le café, en couple ou bien en solo, mais tous étaient concentrés sur le fleuve et ses miroitements nocturnes. Joe et Giuseppe parlèrent de la vie qu'ils avaient connue, de ce dont ils se souvenaient.

Lorsque l'aube commença à éclaircir le ciel, les deux hommes réalisèrent que oui, ils se seraient appréciés autrefois, ils auraient même pu devenir de grands amis dans d'autres circonstances, parce qu'ils avaient un pote en commun : Solitude. Aussi, portant le deuil d'une amitié qui aurait pu être, mais n'avait pas eu sa chance, Joe et Giuseppe échangèrent un serment d'allégeance, ici même, dans la brise matinale qui leur apportait le parfum des boulangeries déjà au travail, avec le goût du vin encore sur la langue.

L'activité reprenait sur le fleuve, essentiellement axée sur les pêcheurs et leurs bateaux. Joe et Giuseppe quittèrent le café pour descendre les marches jusqu'à l'Arno. Joe savait que son départ n'allait pas tarder. Les remous du courant lui annonçaient quelque chose d'importance dans un proche avenir.

— Tu as dit que j'étais presque arrivé, dit-il. Tu parlais de la fin de ma quête ?

— En quelque sorte, répondit Giuseppe. Ça va être dur, Joe, mais tu t'en sortiras. Quelle que soit la vie dans laquelle tu te trouves, ton cœur est fort. Comme le mien.

Joe le serra dans ses bras avec affection.

— J'ai l'impression d'avoir été toute ma vie entouré par des cœurs forts, des êtres courageux, mais je ne m'en étais jamais rendu compte.

Giuseppe s'écarta de lui, puis il remarqua :

— Ah. Voilà ce qu'il te faut.

Il désignait du doigt un petit bateau qui émergeait de sous le Ponte Vecchio. Une voile familière apparut, luttant avec courage contre la brise. Joe éclata de rire quand il aperçut le petit capitaine assis à l'arrière.

— Ben merde alors !

Il s'élança sur le rebord du fleuve en criant :

— Petey !

Si le bonhomme portait toujours son short, il arborait désormais un chapeau de pirate et un patch sur l'œil. À la taille, il avait une ceinture et une épée de bois pendait contre sa cuisse. Peter souriait de toutes ses dents.

Le bateau glissait doucement vers Giuseppe et Joe.

— Hé, Joe ! cria 3P sans quitter son poste. Monte à bord. Je zais que tu peux nazer.

Joe riait en tapant des mains. Giuseppe était heureux de le voir aussi joyeux.

— Vas-y, Joe, dit-il. Va rejoindre ton ami.

— J'ai encore des choses à te dire. Est-ce que nous nous retrouverons ? demanda, presque implorant Joe à Giuseppe.

— Mais bien sûr, affirma l'Italien. Ici, nous avons toute l'éternité pour rattraper le temps perdu et apprendre tout ce qu'il nous faut connaître l'un de l'autre.

Joe le reprit dans ses bras pour une dernière bourrade, puis il plongea dans les eaux fraîches et pures de l'Arno.

3P lui lança une corde, Joe s'y accrocha pour se hisser à bord. Les vêtements de Mlle Melva, désormais trempés, étaient probablement fichus lorsqu'il se retrouva enfin, tout dégoulinant, devant son jeune ami. Joe avait abandonné son chapeau dans le fleuve, mais il ne s'en préoccupait pas. Il n'avait pas tant apprécié que ça son couvre-chef.

— Tu es drôlement bien nippé, Joe, remarqua 3P plein d'admiration, mais tes zhabits sont tous mouillés.

Le nez plissé de perplexité, 3P passa la main sous son chapeau de pirate pour se gratter le crâne tout en étudiant le costume que Joe portait.

Joe lui adressa un sourire béat.

— Ouais, mais ce n'est pas grave. Ça va sécher.

Il se retourna vers la berge pour agiter la main et dire au revoir à Giuseppe. L'Italien lui renvoya ses saluts et continua à le faire jusqu'à ce que le bateau et ses deux passagers disparaissent au fil du courant.

— Tu es prêt pour de nouvelles zaventures, Joey ? hurla 3P à pleins poumons.

Il avait les poings fermement placés sur ses hanches, un sourire immense et lumineux, même s'il lui manquait quelques dents.

— Absolument, Petey, confirma Joe.

— Tant mieux. Z'avais bezoin d'un lieutenant, affirma le gamin. Maintenant, on peut y aller.

— À vos ordres, capitaine.

Aussi, ils descendirent l'Arno vers une autre étape de la même quête. Les deux garçons étaient prêts à affronter tout ce que l'avenir leur réservait : dragon ou démon, sorcière ou sirène. Charybde et Scylla. Rien ne serait capable de résister au puissant capitaine 3P et son lieutenant, Joe.

'... ATTENTION AUX REGARDS INDISCRETS...'

LES EAUX de l'Arno finissaient par quitter Florence, passant devant d'autres rivages, d'autres villes et villages, d'autres paysages et contrées. Chacun d'entre eux était animé : une myriade de gens heureux et sans souci pêchait, nageait, ou se délassait sur les berges, profitant de ces moments bénis de joie et de détente après des vies antérieures bien plus difficiles. Tous attendaient calmement les prochains cahots d'une nouvelle existence. De temps à autre, Joe pensait noter sur le visage d'un de ces inconnus une expression d'expectative et d'inquiétude, la même que lui-même arborait : c'était l'un de ceux qui avançaient aussi dans une quête personnelle.

3P restait à la barre de son petit navire en digne capitaine, solide et fier. Il surveillait le paysage qui défilait en donnant des ordres auxquels Joe, son lieutenant, obéissait avec amusement.

Bientôt, les berges s'écartèrent avant de disparaître complètement, lorsque la rivière se déversa dans une mer immense. Les eaux miroitantes s'étendaient à perte de vue, jusqu'à se fondre dans l'horizon. D'immenses navires – ils étaient bien plus imposants que celui de 3P, ce n'était pas comparable – naviguaient sur la grande bleue en quittant de petits ports pittoresques. À bord, d'autres dignes capitaines de haute stature et d'allure émérite suivaient de près leur lente avancée vers le large. Le vent soufflait en faisant claquer les voiles. Ce bruit, mêlé au roulement tranquille des vagues, créait une cacophonie naturelle qu'il s'accordait aux cris des mouettes et autres oiseaux dans le ciel au-dessus d'eux. C'était l'appel du large.

Les gros vaisseaux n'avaient aucun mal à dépasser le petit bateau de 3P qu'ils contournaient tandis que leurs ombres pesaient un moment sur l'embarcation. En passant, les autres capitaines saluaient 3P d'un signe de tête ou de quelques mots aimables. En retour, le gamin leur renvoyait leurs saluts d'un air solennel, faisant de son mieux pour prendre l'air adulte. Joe trouvait cette pantomime très amusante.

Une fois en mer, loin des gros bateaux, Joe et 3P choisirent de faire confiance au courant pour les emporter à bon port, ils purent alors se détendre. Tous les deux s'étendirent sur le pont pour déguster un repas de mi-journée, suivi d'un temps de repos. 3P en profita pour narrer à Joe ses dernières aventures avec les hippocampes. Il laissait le bateau dériver. Il n'y avait à bord ni compas, ni boussole, ni carte des environs. 3P préférait suivre son instinct pour avancer. Avoir à l'avance idée de la destination allait à l'encontre de ses principes. Le garçon acceptait à l'occasion les directives de Joe, par caprice. En général, il préférait ne rien faire et laisser les flots les emmener.

— C'est agréable, remarqua Joe.

Couché sur sa veste de costume, étalée sur le pont, il avait les bras croisés sous la tête. Le ciel était bleu et pur, le soleil chaud et réconfortant.

3P était étendu à côté de lui, tête contre tête.

— Ouais, reconnut-il. Z'aime quand la mer m'emmène quelque part. Il zuffit de lui faire confianze.

Il y avait un moment que les deux garçons dérivaient et désormais, ils se retrouvaient seuls, voguant au gré de cette puissance féroce qu'était la mer. Et cela continua durant très longtemps. Les deux amis passèrent le temps à rire ensemble en se remémorant d'anciennes anecdotes ou à glandouiller pendant que la brise marine caressait leur corps détendus.

Joe fut plutôt surpris lorsque, du coin de l'œil, il remarqua qu'on approchait de leur embarcation. Tournant la tête de côté, il distingua mieux de quoi il s'agissait : un autre bateau, à peine un peu plus gros que le leur.

Joe se redressa sur ses coudes.

— Nous avons de la visite à ce qu'il paraît, remarqua-t-il.

À son tour, 3P releva la tête pour mieux voir. Puis, avec un cri étouffé, il se remit sur pied, les deux poings fermement plantés sur ses hanches.

Joe suivit son exemple avant de demander :

— Petey, qu'est-ce qui ne va pas ?

3P ne répondit pas. Il regardait l'autre embarcation jeter l'ancre avec une éclaboussure sonore. À bord, il y avait une silhouette de la même taille que 3P. Le nouveau venu portait également le même genre d'accoutrement, avec en plus un tee-shirt rayé rouge et blanc et une petite veste qui, outre ses boutons dorés étincelants, ressemblait beaucoup à celle que Melva avait donnée à Joe. Le bateau heurta celui de 3P, ce qui força son capitaine à retenir son chapeau. Il bondit ensuite sur le pont de bois, atterrit avec un claquement sourd, et se redressa à l'instant.

Joe réalisa alors qu'il s'agissait d'une petite fille aux couettes hérissées de chaque côté de la tête. En plus de son patch de pirate, elle portait des lunettes à monture rose. Elle fixait 3P d'un air de défi avant de se tourner brièvement vers Joe. Reportant son attention sur le petit garçon, elle s'écria :

— 3P ! Voilà que nous nous retrouvons !

Elle avait une voix vraiment forte et une grande bouche. Joe ne put retenir un gloussement.

3P répondit très peu aimablement :

— Chalut, Maddy ! Qu'est-che qui t'amène par izi ?

Sa question ressemblait davantage à une accusation.

— Je cherche les bandits… Comme toi, ricana-t-elle.

Elle fit un pas en avant, manifestement pour accentuer sa dérision. Si 3P ne bougea pas de sa position, il ne quittait pas Maddy des yeux.

— Joe, voichi mon ennemi mortel, mon pire adverchaire : *Maddy Mojingle.*

— C'est moi ! hurla Maddy en dégainant son épée de bois.

Joe chercha à calmer l'atmosphère.

— Voyons, les enfants…

— En garde !

Maddy se jetait en avant, l'épée pointée.

— Tu l'auras voulu ! s'écria 3P de toute la force de ses poumons.

Les deux épées de bois se heurtèrent violemment, projetant des échardes partout. Les deux enfants entamèrent sur le pont un ballet ponctué de coups d'épée et de cris marquant leur bravoure et leur héroïsme. Joe, voyant qu'il ne pouvait plus rien faire, s'installa sur le banc, près de la barre, pour assister au duel. Il riait de leurs pitreries, enchanté par leur imagination débridée. Il se souvenait d'avoir lui-même joué aux pirates avec 3P étant enfant, et tout provenait de leur imaginaire, dialogues, personnages, et situations.

3P et Maddy menèrent leur duel à l'épée d'un bout à l'autre du petit bateau, sans que ni l'un ni l'autre ne veuille concéder la victoire à son adversaire.

— Tu n'as aucune chance avec moi, 3P.

— Tu te trompes. Tiens, prends cha !

Clac.

Et cela continua, talon et pointe, taille et estoc. Quand les deux enfants en eurent assez du bateau de 3P, ils passèrent dans celui de Maddy sans cesser de se battre. Tout en baissant la tête pour éviter le mât, ils heurtaient leurs deux épées sans jamais se faire mal. Aucun des coups ne touchait la chair. De temps en temps, l'un des deux poussait un hurlement d'agonie et faisait semblant de tomber, mais il se relevait très vite avec un 'ah-ah !' qui exprimait aussi bien son endurance que son vaillant courage.

Joe était resté sur le bateau de 3P. Pris dans le jeu, il remarqua trop tard que son embarcation dérivait loin de l'autre, bien arrimée à son ancre. Joe fouilla rapidement autour de lui, mais il ne trouva aucun amarrage à bord.

Il chercha à attirer l'attention des deux petits escrimeurs :

— Hé ? Hé, désolé de vous interrompre, mais nous avons un problème. Où est l'ancre ? Je dérive.

3P et Maddy s'interrompirent brutalement et se tournèrent pour regarder Joe, qui les fixait aussi depuis son bateau emporté par le courant.

— Z'en ai pas ! cria 3P. Z'ai oublié d'en prendre une.

Il haussa les épaules pour exprimer : 'oups !'

Joe se sentit un peu inquiet.

— Tu as oublié d'en prendre une ? chuchota-t-il pour lui-même, puis il haussa la voix et demanda : alors, je fais quoi ?

— Occupe-toi bien de mon bateau, ch'il te plaît, rétorqua 3P à pleins poumons. Prends la barre, laiche-toi emporter par le courant.

— Quoi ? Tu ne reviens pas avec moi ?

— Joe, z'ai un combat à terminer. Ça richque de me prendre toute la journée. Occupe-toi bien de mon bateau. Ze reviendrai le chercher plus tard, où que tu chois.

Joe avait dû tendre l'oreille pour saisir les derniers mots, il était désormais très loin.

— Mais enfin... protesta-t-il en vain.

Maddy agita gaiement la main dans sa direction :

— C'était sympa de te rencontrer, cria-t-elle.

Joe poussa un soupir à la fois amusé et résigné, il secoua la tête. Très vite, il n'entendit plus les deux enfants, il les voyait encore le saluer depuis leur bateau, au-delà d'une immense étendue d'eau.

Aussi, il dériva, tout seul, perdu en mer, de plus en plus loin de tous les territoires connus, les ports, et au-delà. Pourtant, sa nouvelle situation ne l'inquiétait pas. Il avait perdu toute anxiété concernant la nouveauté, ayant fini par apprendre à se soumettre au sort, dans cet étrange endroit où il se retrouvait. Il était certain qu'avec le temps, il finirait par arriver là où il était censé se rendre et que, bien entendu, il retrouverait 3P à la fin de son trajet, qu'il soit pris au sens figuré ou littéral. Après tout, c'était la raison de sa venue ici : les choses finissaient toujours par se réaliser. La quête continuait, étape après étape, entrecoupée de moments de repos, sans véritable arrêt. Il y avait toujours une direction suggérée par une main invisible, toujours un endroit où se rendre, toujours un moyen d'avancer plus loin.

À nouveau, Joe s'étendit, les mains sous la tête, le regard perdu dans les vagues d'un bleu profond. Il attendit. Il ne voyait aucune terre en vue. L'horizon n'était que ciel et mer. Mais il y aurait bientôt un rivage accessible. Alors, il n'avait rien d'autre à faire qu'à patienter.

D'ailleurs, il avait largement de quoi s'occuper l'esprit et sa curiosité ne cessait d'être titillée. Le petit bateau passait devant des merveilles de la nature et autres excentricités.

Ainsi, Joe aperçut plusieurs groupes de créatures magnifiques, mi-hommes mi-poissons qui jouaient de façon plutôt intense au water-polo dans des jeux Aqua-Olympiques. Ils avaient des bras et torses solides et bien musclés, des dos sculptés de planches anatomiques. Joe admira leurs superbes silhouettes s'élever dans les airs avec une grâce féline pour attraper un ballon d'écume. L'arbitre était un morse. Lorsque la balle retomba une fois au-delà des limites, sur le ponton du bateau, Joe la renvoya aux joueurs. Ils le remercièrent de cris et de sourires cordiaux, assortis de clins d'œil curieux. Un des hommes s'aventura même jusqu'au bateau pour l'embrasser sur la joue. Au contact de ces lèvres humides, Joe ressentit un petit frémissement d'excitation.

Les ondins finirent par disparaître et Joe en fut chagriné – parce qu'il avait véritablement apprécié le jeu de leurs muscles dégoulinants d'eau. Peu après, ce fut l'épreuve de plongeon depuis les nuages. Les athlètes apparurent à l'horizon. Hommes et femmes des nuages, ils plongeaient depuis diverses hauteurs dans une zone délimitée de la mer. Leurs perchoirs, tous assemblés en troupeau, étaient les seuls nuages qu'on voyait dans le ciel. Après chaque épreuve, les plongeurs réussissaient à remonter d'un bond jusque dans les hauteurs, ce qui donnait véritablement l'impression de les voir courir dans l'air, ou même voler.

Le voyage continuait et Joe ne s'ennuyait pas une seule minute. Il n'en avait jamais l'occasion. Le bateau dépassait d'autres créatures amicales qui, elles aussi, suivaient leur propre chemin de découverte. Il y avait des milliers et des milliers de choses intéressantes à découvrir, à apprendre, chaque âme ayant des anecdotes à partager sur sa quête. À ce qu'il semblait, la mer, aussi immense qu'un univers propre, était assez grande pour accueillir tout le monde. Et tous ceux qui s'y trouvaient, depuis les énormes baleines à bosse jusqu'aux dieux marins brandissant leurs tridents, avaient plus qu'assez d'espace pour manœuvrer.

Dauphins et naïades tenaient compagnie à Joe tandis que son bateau dérivait.

Le jour s'écoulait peu à peu.

Lorsque Joe ferma les yeux dans la lumière du crépuscule, il posa la tête sur un oreiller formé par son veston replié et ses mains jointes. Il eut la sensation euphorique de sombrer, d'être emporté sous l'eau. Il n'était ni terrorisé ni inquiet. Il trouvait au contraire l'expérience apaisante. Bercé par les flots, ses pensées s'éparpillaient comme une armée de petits bateaux de bois sur l'océan, chacun suivant son propre courant. Et il ressentait aussi un autre sentiment très fort, celui d'une étrange connexion intime. Ce n'était pas vraiment une autre présence avec lui à bord, plutôt une séparation de son âme et de son corps : comme s'il était, au sens le plus littéral du terme, au carrefour d'une décision importante. Il avait en tête deux options, chacune d'entre elles étant valide, avec de bons arguments en sa faveur.

Il ouvrit les yeux. Comme toutes les nuits, le ciel présentait une aurore boréale, vagues étincelantes de lumière azur et mauve. L'eau clapotait doucement sur les flancs du bateau, chuchotements aquatiques et gloussements liquides flirtaient et riaient dans la nuit. Joe se redressa pour arpenter le pont de bois, puis il se pencha et regarda par-dessus bord, dans les profondeurs insondables de la mer. Malgré la noirceur du ciel au-dessus de sa tête, il aperçut son reflet dans le sombre miroir. En fait, il y avait une sorte de réverbération de la luminescence irréelle du ciel et la mer irradiait de l'intérieur, très loin, très en dessous.

Joe, penché par-dessus bord, se figea pour étudier plus longuement son reflet. Comme il paraissait heureux à présent ! Il n'avait jamais eu l'air aussi satisfait, aussi loin qu'il s'en souvienne. Auparavant, il ressentait toujours une carence, quelque chose qui manquait dans sa vie. Une partie de son âme vagabondait la nuit dans des rêves qui se dissipaient le matin au réveil. Joe ne se souvenait jamais de ses songes lorsqu'il ouvrait les yeux pour affronter à nouveau la réalité.

Mais alors qu'il s'examinait dans le miroir d'eau en dessous, quelque chose changea. De façon subtile, comme une fleur s'ouvrant peu à peu au soleil, Joe vit bouger la pâle silhouette, on aurait dit qu'elle se déplaçait dans l'eau toute seule, il ne s'agissait pas seulement d'un reflet mimant le moindre de ses mouvements. Tout d'abord, Joe crut à une illusion née d'un jeu de lumière, mais non, cela recommença. Cette fois, il était évident qu'il s'agissait d'un être différent. Lorsque Joe se redressa, quittant sa position inclinée vers l'eau, le reflet liquide approcha de la surface de la mer. Son visage était iridescent, les nuages créant sur ses traits une expression irréelle de sérénité totale. Le sourire de l'inconnu-miroir s'agrandit lorsqu'il vit Joe le fixer quelque peu horrifié.

La bouche du spectre s'ouvrit pour mimer quelques mots, mais Joe n'arrivait pas à en comprendre le sens. C'était un moment en dehors du temps, figé, tandis que les deux jeunes hommes identiques s'examinaient avec attention. À nouveau, Joe se pencha pour mieux voir. À son grand étonnement, son double tendit les bras hors de l'eau, deux mains pâles émergeant des flots pour s'agripper fermement à ses épaules. Joe poussa un cri terrifié lorsqu'il fut entraîné par-dessus bord et bascula dans les profondeurs sans pouvoir résister.

Il coula, de plus en plus profond. Environné de bulles, il sombra dans les profondeurs épaisses de la mer, un gouffre d'une noirceur impitoyable. Et quelque part, malgré son agitation et sa confusion, tandis que l'eau se refermait sur lui, Joe réalisa que son double ne le retenait plus. Pourtant, il n'arrivait pas à remonter vers la surface. Il continuait à couler, comme s'il avait des sacs de sable attachés à chacune de ses chevilles. Il n'avait pas eu le temps de refermer la bouche avant de tomber à l'eau, mais dorénavant il n'avait même plus peur de se noyer. Il cessa de se débattre et se soumit à son sort.

Il fut sidéré par ce qu'il voyait durant cette descente jusqu'au fond de la mer. Les dauphins nageaient au-dessus de lui dans un ballet lyrique ; une baleine ondulait à distance, entourée d'un milliard de petits alevins ; des poissons-arc-en-ciel, des poissons-lune et des ondins dépassaient Joe sans paraître remarquer sa présence. Un immense bateau de croisière transatlantique gisait au fond, sur le sable et le corail. Il était en une seule pièce et sur son flanc, en lettres foncées, il y avait écrit : *HMS* [4] *Otherwise* [5].

Joe s'immobilisa sur le pont encombré de chaises longues, près de la rambarde. Il réussissait à se mouvoir, mais avec lenteur, ses mouvements étant contrôlés par la puissance de l'eau. Son double liquide se tenait à l'autre bout du pont, devant les portes qui permettaient d'accéder au navire. Il les ouvrit et fit quelques pas à l'intérieur, une lumière chaleureuse se

---

4 *His (ou Her) Majesty's Ship* – sigle des bateaux de la Royal Navy Britannique (NdT).

5 *Otherwise* signifie : Autrement (NdT).

répandant sur le pont. Joe suivit son double sans hésiter. Il se retrouva dans un couloir sur lequel accédaient plusieurs cabines. Toutes les portes étaient ouvertes, chaque cabine était illuminée. Dès que Joe y jeta un coup d'œil, le spectacle qu'il découvrit le laissa bouche bée. Chaque pièce révélait un monde nouveau n'ayant rien à voir avec le bateau, par contre Joe les reconnut. Plus il avançait, plus il retrouvait des souvenirs de son ancienne vie, comme si tout lui revenait en même temps, comme si tout se passait à la même seconde. Il se souvint de ce que Baker lui avait dit : l'Éternité Seconde.

Joe arpenta le couloir d'une cabine à l'autre, étudiant combien de scènes de sa propre vie avaient été ainsi éditées, en une sorte de pêle-mêle visuel et auditif qu'il pouvait contempler sans difficulté. Aucune des scènes n'était troublée par les échos de sa voisine. Après tout, il s'agissait d'une seule vie exprimée en différents actes pour en indiquer l'évolution. Des souvenirs d'enfance se mêlaient, mais sans incohérence, à d'autres plus tardifs. Tous se déroulaient simplement, les uns après les autres, aussi inconsistants que le vent. Joe vit sa mère, Veronica, au temps de son enfance, il voulut l'appeler, la toucher, mais elle ne l'entendait pas, ne le remarquait pas. Joe eut le cœur brisé de la revoir, surtout qu'elle lui paraissait si réelle, ainsi en face de lui.

Toujours derrière son double, Joe suivit le long couloir et assista à ses rencontres avec de nouveaux personnages, à ses découvertes, ses expériences. Il aurait dû ressentir de la nostalgie, il en était conscient, mais il y avait une anomalie dans ce qu'il voyait. Et Joe le ressentit instantanément. C'était la façon dont se déplaçait son double, parce que jamais Joe n'avait possédé une telle assurance, une telle décontraction. Il ne s'agissait donc pas de souvenirs réels. Aucun de ceux qu'il connaissait et voyait dans cette accumulation d'endroits et d'événements n'était véritable. Joe entendait une Veronica rire avec sa propre mère, affichant gaieté et frivolité ; il apercevait un Declan heureux et satisfait ; par contre rien concernant Louis, pas un seul indice. De plus, Joe était sûr de n'avoir jamais rencontré certains individus, alors que son double agissait vis-à-vis d'eux comme s'il s'agissait d'amis ou de personnages importants.

Aucun de ces gens-là ne regardait Joe lorsqu'il passait devant eux. Ces fantômes si joyeux, malgré leur pâleur et leurs yeux vitreux, n'étaient que des inconnus. Joe ne s'en souciait pas. Il acceptait ce qu'il voyait, il s'agissait sans doute d'une nouvelle version de son ancienne vie, dont les participants étaient idéalisés. Il ne lisait que vacuité dans leurs yeux sans âme, leurs yeux glacés aux pupilles noires. Tous se parlaient les uns aux autres, sans le moindre souvenir douloureux.

C'est alors que Joe pénétra dans une cabine et un souvenir qu'il n'avait jamais possédé. Devant lui se tenait une fille qu'il n'avait jamais vue. Quand Joe réalisa ce qui se passait, le choc l'enracina sur place. Son double s'approcha de la jolie fille, la prit dans ses bras et l'embrassa avec passion. On aurait cru deux adolescents cachés derrière les vestiaires de l'école. Ce spectacle tétanisa Joe au point que, si l'étreinte de l'eau ne l'avait pas maintenu debout, il se serait écroulé. *Ainsi, il était hétéro dans cette existence sous-marine...* C'était la réponse à une question qui l'avait toujours tourmenté : quelle aurait été sa vie s'il n'avait pas été gay ? D'un côté, il avait devant lui la réponse à sa curiosité, de l'autre, c'était faussé, parce que bien trop parfait. Si une autre dimension existait ici, sous les vagues, elle était un mensonge flagrant, ce qui la rendait effrayante.

Si Joe avait été hétéro, sa vie aurait pu être plus facile, ou du moins plus acceptable vis-à-vis des autres, mais à l'heure actuelle, il ne ressentait qu'un profond malaise. Rien dans le spectacle auquel il assistait ne paraissait normal. Surtout pour lui. Parce que ce qu'il voyait ne correspondait pas à sa nature. Dans les yeux de son double, Joe ne trouvait rien des valeurs et sentiments qui faisaient de lui l'homme qu'il était. La lutte, la victoire, une personnalité qui se construisait peu à peu, comme une sculpture émanant de sa gangue, la force d'âme, tout avait disparu. Son double était vide, rien de plus qu'une image sans consistance, un dessin d'homme hétéro. Ce n'était pas cette fille que Joe était censé embrasser. Non, quelqu'un d'autre aurait dû se trouver à sa place. Un homme, bien entendu. En particulier, Louis, celui qu'on ne voyait nulle part ici !

Furieux, Joe prit son double par l'épaule pour l'écarter de cette fille. Il ne voulait rien de tout ça ! Ni ici, ni dans aucune autre dimension, ni même dans une version fictive de son existence.

Cette fois au moins, il fut remarqué. Son double et Mlle Parfaite se retournèrent vers lui avec un regard féroce. Du coup, Joe recula dans le couloir. Avec une horreur totale, il remarqua que tous les participants des autres moments de sa vie le fixaient également depuis l'entrebâillement des portes des autres cabines. Joe regarda autour de lui et vit l'extrémité du couloir juste devant lui. Il n'avait pour l'atteindre qu'à passer devant quelques faux souvenirs aux yeux enragés. Il ne fit qu'un pas dans cette direction. Très vite, il y eut des milliers de gens agglutinés dans le couloir, toutes les cabines se vidant. Plusieurs images de lui-même, à tous les âges, le dévisageaient, puis se mirent à s'approcher de lui, leurs regards sans âme brillant de fureur en le fixant.

Joe se débattit de toutes ses forces pour accéder à la porte, il donna des coups de pieds dans l'eau pour échapper à la marée humaine des spectres qui avançaient vers lui. Il lutta contre la force de la marée qui cherchait à le repousser en arrière, dans le couloir. En examinant la multitude des visages autour de lui, Joe fut frappé par une vérité inattendue : l'enfer n'était pas un brasier au tourment éternel. Non, si l'enfer existait, il se trouvait au fond de l'océan, il était peuplé de tous les regrets qu'un mortel avait pu éprouver.

Joe finit par se libérer de l'étreinte du couloir et se retrouva une fois encore sur le pont. Il nagea devant d'autres cabines, d'autres portes, jusqu'à la poupe du navire, où il fut incapable d'aller plus loin. Ses poursuivants étaient derrière lui, de plus en plus nombreux, l'étouffant presque. Joe se sentit encerclé, prisonnier. Il essaya de remonter vers la surface, mais en vain. Détenu par la mer, il ne pouvait même pas crier. Le plus horrible, c'était les reflets de lui enfant. Joe ne se retrouvait aucunement en eux. Leurs regards furieux et leurs sourires sournois étaient pires à ses yeux que tous les tourments que lui et 3P avaient endurés en cour de récréation, en maternelle et en primaire. Ces enfants-là paraissaient capables de vous étriper aussi facilement qu'ils auraient arraché les ailes d'un papillon. De plus, étant les plus rapides, ils seraient les premiers à se jeter sur lui.

Tandis que la foule avide et menaçante se rapprochait, les fantômes manifestèrent enfin un premier sentiment authentique : la haine brillait dans leurs yeux.

Un grondement furieux secoua alors les flots. Au-dessus du puissant navire, Joe vit apparaître une lourde silhouette qui paraissait naître de l'eau furieuse. Un cachalot macrocéphale décima l'attroupement, écrasant les reflets agglutinés, les forçant à se disperser comme du varech sans consistance. Joe restait figé, immobile et troublé, sans savoir ce qu'il devait faire.

Le monstre marin ouvrit alors la bouche et l'engloutit.

Horrifié, Joe se retrouva dans le noir, dans le ventre rempli d'eau du cétacé. Il n'eut pas le temps de réfléchir qu'un nouveau grondement émana des entrailles de la bête. Joe fut régurgité dans un jet d'eau qui le propulsa sur le pont du petit bateau de 3P. Il atterrit brutalement et roula sur lui-même, avant de s'étaler sur le dos. Il resta étendu là un moment, perplexe, à se demander ce qui venait de se passer au juste, puis il s'accorda le droit de s'écrouler, de s'évanouir. Il s'endormit.

'... Une magie aussi folle...'

LES ÉTOILES paraissaient regroupées sans ordre particulier dans le ciel au-dessus du petit bateau qui dérivait sur la grande bleue avec son unique passager endormi. Bientôt, les sombres couleurs de la nuit pâlirent : l'aube se levait. Joe, réveillé par le cri des mouettes, ouvrit les yeux. La terre était proche. Encore secoué par sa rencontre sous-marine avec le cachalot et ses souvenirs, il se redressa pour affronter ce nouveau jour. Le bateau approchait avec célérité d'une île superbe posée en pleine mer. Joe vit des collines verdoyantes aux pentes escarpées le long desquelles poussaient des arbres solides.

Dès que la proue s'enfonça dans le sable, Joe quitta son bord sans trop se donner la peine de réfléchir. Il était heureux d'avoir retrouvé la terre ferme. Il laissa dans le bateau son veston irrécupérable. Une fois sur la plage, il enleva ses bas et ses chaussures. Le sable était souple et frais quand Joe traversa lentement l'immense plage qui cernait l'île dans une douce étreinte. Au-dessus de lui, les oiseaux chantaient et naviguaient dans la brise tiède. Joe se dirigea vers les hautes collines à la végétation luxuriante. Bien sûr, il aurait pu s'attarder sur la plage pour savourer la caresse du vent sur sa peau, mais il avait surtout l'intention de terminer sa quête. Toute aventure avait une fin. Sinon, comment entamer de nouvelles expériences ?

Il repéra un sentier susceptible de l'emmener, à partir de la plage de sable, vers le centre de l'île. Le chemin bien entretenu serpentait entre deux collines d'importance à travers la flore ; Joe n'eut aucun mal à le parcourir. Il avançait d'un pas sûr, confiant que ce serait le trajet le plus direct possible pour dépasser les obstacles montagneux, pentes et crêtes, gouffres et falaises. Effectivement, il ne rencontra aucune difficulté, à part quelques bosquets de forêt dense dont les broussailles sifflotaient doucement au rythme des brises tropicales. Joe aperçut des oiseaux chanteurs au plumage somptueux et des chimpanzés joueurs qui se mirent à piailler lorsqu'ils le repèrent du haut de leur perchoir, c'est-à-dire le sommet des palmiers paresseux. Joe leva les yeux, essayant de repérer de quels arbres au juste provenaient les cris. C'était un jeu amusant. Pris par la forêt et sa faune, il ne remarqua pas la femme qui l'attendait avant de presque la heurter.

— C'est à toi ? demanda-t-elle d'un ton sec et rapide.

Surpris et inquiet, Joe recula d'un bond. Il trébucha sur une épaisse racine noueuse, mais réussit à retrouver son équilibre avant de tomber de tout son long.

— Tu es ici chez toi ? répéta-t-elle, avec impatience.

Elle n'était ni belle ni laide. En vérité, Joe ne réussissait pas trop à discerner ou analyser ce qu'il voyait. D'après la voix, il s'agissait bien d'une femme, mais sa silhouette était trouble et floue, comme une émission télévisée avec une très mauvaise réception. Chaque vibration créait des parasites et d'autres traits se formaient sur son visage, remplaçant les précédents, nez ou bouche ou même tout l'ensemble. Et c'était la même chose pour les bras ou le reste. Parfois, des caractéristiques masculines émanaient et disparaissaient rapidement. La lumière du ciel était étouffée par l'épais feuillage des arbres de la forêt, aussi seule l'aura surnaturelle de cette femme éclairait les environs en de brefs éclairs de lumière féroce. Le sentier s'était élargi pour former une clairière, elle se tenait en plein milieu.

— Ne me force pas à me répéter, exigea la femme. À moins que je ne doive m'exprimer en langage des sourds-muets ?

— Non, je ne pense pas que ce soit nécessaire, marmonna Joe. Je ne pense pas que cet endroit m'appartienne.

Il dévisageait Sa Hauteur Floue, aussi perplexe que contrarié.

— En plus, tu grommelles au lieu de parler ! s'exclama-t-elle d'un ton sarcastique. C'est merveilleux !

— Inutile d'être aussi grossière ! rétorqua Joe du tac au tac.

Chimpanzés et oiseaux manifestèrent d'abord bruyamment leur curiosité, avant de se calmer. Le silence retomba tandis que les animaux de la forêt surveillaient l'échange ayant lieu en dessous d'eux.

— À ce que je vois, dit-elle, tu n'as toujours pas perdu ton insolence. J'imagine que ta mère n'était pas en faute, après tout. Il s'agissait simplement d'une tare chez toi.

Il ignora la critique qu'elle venait de lui lancer pour s'étonner :

— Comment ça, *toujours pas* ? Que savez-vous de mon insolence ?

Elle s'écarta de lui sans répondre et arpenta la clairière d'un pas majestueux, comme un acheteur potentiel étudiant un appartement mis en vente et qui chercherait à démontrer son peu d'intérêt. Elle clignotait de plus en plus et ce phénomène annihilait la forêt autour d'elle. On aurait cru une luciole géante dans une boîte sans lumière.

196

— Dans ce cas, qui êtes-vous ? demanda Joe. Manifestement, vous me connaissez, mais je ne peux pas dire que je désire vous connaître, ni maintenant ni jamais.

— Qui je suis aujourd'hui ne te concerne plus, *mon cher cœur*, répondit-elle avec ironie.

De temps à autre, elle lançait des éclats de lumière si rapides et aveuglants qu'elle paraissait ne plus exister du tout : sa silhouette semblait ne plus être là, il n'y avait plus qu'un gros tourbillon lumineux et flou.

La femme reprit :

— Aujourd'hui, je suis une jeune femme qui vit en Turquie et dort dans son lit. Aujourd'hui, cette jeune femme fait un rêve : elle se trouve sur une île avec…

Elle s'interrompit pour dévisager Joe avant de continuer :

— … sur une île avec toi. C'est-à-dire quelqu'un qu'elle n'a jamais rencontré. Elle ne s'en souviendra pas, bien entendu. *Je* ne me souviendrai pas de toi à mon réveil. Le corps se remémore rarement des voyages que l'âme lui a fait accomplir durant la nuit. Mais tu vois, les âmes ont beaucoup exploré au cours des temps passés, alors elles gardent certaines connexions avec d'autres personnes et d'autres existences.

À nouveau, elle interrompit sa fébrile introspection pour fixer Joe avec attention. D'un seul coup, elle se précipita sur lui avec rage et vélocité. Une fois arrivée devant lui, elle le regarda, l'expression douloureuse et torturée, comme s'il lui était insupportable de se trouver en sa présence, avant de demander avec désespoir :

— Pourquoi m'as-tu convoquée ici ? Que faut-il que je te dise ? Ta quête ne me concerne en rien. D'ailleurs, tu n'as jamais eu besoin de moi au cours de ta vie, alors pourquoi changerais-tu d'avis ici ? Ton grand-père…

Elle se tut et s'écarta, sa luminosité ressemblait à présent à celle d'un orage déchaîné. Lorsque Joe comprit enfin l'animosité de cette femme envers lui, il en fut presque aveuglé.

— Je ne vous ai jamais convoquée, dit-il. Seigneur ! Vous êtes ma grand-mère, c'est ça ?

Elle poussa un soupir exaspéré.

— Et c'est seulement maintenant que tu le réalises ? Il t'a fallu aussi longtemps pour comprendre ?

— Je ne sais pas *qui* vous a appelée, mais je vous certifie qu'il ne s'agissait pas de moi.

Tout en parlant, Joe traversait la clairière jusqu'à l'autre extrémité du chemin, bien déterminé à s'éloigner d'elle le plus vite possible. Il lui précisa :

— Je ne veux rien de vous. Par contre, vous vous trompez en prétendant que je n'avais pas besoin de vous durant ma vie. Il y a eu une période où je cherchais désespérément de l'aide, *votre* aide, mais vous ne me l'avez jamais accordée.

— Ce n'était pas... commença-t-elle comme pour donner une raison plausible à son comportement.

Elle s'aperçut alors que Joe s'en allait, elle cria :

— Tu ne peux pas m'abandonner ici ! Il faut que je sache pourquoi je suis venue, que je comprenne la raison de toute cette histoire. Dans le cas contraire, je serai condamnée à revivre ce même rêve nuit après nuit. Et nous ne cesserons jamais de nous croiser jusqu'à ce que notre différend soit réglé.

— Il n'en est pas question ! hurla Joe avec une force qui poussa à toutes les créatures de la forêt à se terrer. Je ne veux plus jamais vous voir !

— Eh bien, ramène ton popotin par ici afin de régler la question !

Sous l'effet de la colère, sa silhouette floue scintillait de plus belle.

— Ne me dites pas ce que je dois faire ! Surtout pas maintenant. Vous n'avez aucun droit à donner des ordres à qui que ce soit. Pas après la douleur que vous avez causée à de si nombreuses existences.

— La douleur ? Et qu'en est-il de la *mienne*... ? J'ai réagi pour le mieux comme...

— Le mieux pour qui ? coupa Joe qui s'approcha d'elle. Le mieux pour vous, c'est évident, pour vous et personne d'autre. Vous n'étiez qu'une vieille femme aigrie, égoïste, mauvaise. Et nous tous, grand-père Joe, maman et moi, nous méritions bien mieux que vous.

— Comment oses-tu me parler sur ce ton ? s'enflamma-t-elle.

— Pourquoi pas ? Ici, vous n'êtes pas à ma grand-mère. À ce que j'en sais, je pourrais bien être le plus âgé de nous deux. Franchement, est-ce que ça ne vous traumatiserait pas pour de bon si c'était le cas ?

Elle dut hausser le ton pour se faire entendre au milieu des grésillements parasites.

— Tu ne comprends pas, tu ne me connais pas. Tu ne sais rien de mon passé. Tu ignores toute la douleur que ton grand-père m'a causée.

— Je ne vois pas ce que vous pourriez me dire susceptible de m'aider à terminer ma quête.

— Ah, et qui se montre égoïste maintenant ? Tu as toujours eu le don de compliquer les choses !

Joe resta un moment figé sur place. Puis il prit conscience de la sérénité de la forêt alentour et l'utilisa pour se calmer peu à peu. Pourtant, il n'oubliait pas sa grand-mère qui vibrait de fureur incandescente.

— Pourquoi détestiez-vous à ce point mon grand-père ? demanda Joe très calmement. Pourquoi ne cessiez-vous de déverser votre amertume sur moi et maman ? Vous étiez un véritable poison.

Il s'attendait à une nouvelle explosion furieuse, mais sa grand-mère garda le silence. De plus, son image clignotante parut se stabiliser, devenir plus claire. À travers l'aura lumineuse, Joe aperçut une jeune femme aux cheveux noirs dont les yeux, un bref moment, exprimèrent une lueur de remords.

La femme leva les bras vers lui comme pour l'étreindre.

— Danse avec moi, dit-elle.

Joe ne savait plus comment il devait réagir. Il ne se souvenait pas, durant sa vie, qu'elle ait seulement accepté de lui effleurer l'épaule. Malgré tout, il ne fit rien pour accentuer le malaise entre eux, il ne recula pas pour s'éloigner d'elle, il n'exprima ni rancœur ni répulsion, il s'approcha d'elle pour la prendre dans ses bras, plus mal à l'aise que jamais. Elle avait des bras qui crépitaient et se troublaient lorsqu'il les touchait. Pourtant, elle l'attira tout contre elle et le couple se mit à danser, en silence, pendant un long moment. Joe était de plus en plus enveloppé par la luminescence qui émanait de l'apparition, cette lueur lui devenait étouffante. Il ferma très fort les yeux et continua à valser.

Il sentait que cette connexion fragile le transformait : c'était une véritable mutation.

Lorsqu'enfin, elle se mit à parler, elle s'exprimait d'une voix qui lui ressemblait si peu que Joe en sursauta.

— Je n'ai jamais détesté ton grand-père, Joseph. Je l'ai aimé plus que tout au monde. Je l'ai tellement aimé que j'ai été détruite en réalisant qu'il ne ressentirait jamais les mêmes sentiments pour moi, c'est ce qui m'a transformé en cette femme amère que tu as connue.

Joe voulut défendre son grand-père :

— C'est parce qu'il était gay.

Elle le fit taire en resserrant sa prise sur ses bras.

— Oui. Il ressemblait tellement à mon père... je présume que j'étais destinée à l'aimer.

— Je ne comprends pas.

— Je parle de mon père, ton arrière-grand-père, il a abandonné ma mère lorsque j'étais enfant. Il l'a quittée pour un autre homme. Le monde que je connaissais alors était peuplé d'hommes préférant la compagnie des hommes à celle des femmes.

Cette fois, Joe ouvrit grand les yeux pour fixer sa grand-mère scintillante.

— Manifestement, c'est dans les gènes de notre famille, continua-t-elle. Des deux côtés, j'imagine. J'ai détesté ton grand-père avec le souvenir de ma haine vis-à-vis de mon propre père. Pourtant, je l'aimais. Alors, je me suis donné une mission dans la vie : même si mon père avait abandonné sa famille pour partir à la recherche d'un bonheur personnel, mon mari ne ferait pas la même chose. De cette façon, je pourrais le garder. Je pense avoir su que ton grand-père préférait les hommes avant de tomber amoureuse de lui. Peut-être était-ce même *la raison* qui m'a poussée à le faire. Mais franchement, avait-il besoin de s'exhiber autant ? Il ne cessait de draguer les hommes sans même avoir la décence de s'en cacher.

Joe et sa grand-mère avaient cessé de danser, ils restaient cependant dans les bras l'un de l'autre. Joe la voyait à travers la lumière qui l'entourait, on aurait dit qu'il s'agissait d'un voile.

— Alors, pour tenter de vous venger de votre père, vous avez failli tous nous détruire ?

— Chacun accomplit ce qu'il pense être son devoir, dit-elle. Je ne m'en excuserai pas, Joseph. Jamais. Pas même dans cette nouvelle existence que je vis à présent.

— Mais enfin, vous voyez bien que…

Elle lui posa la main sur la bouche. Joe dut lutter contre son envie de s'en débarrasser.

— C'était une question de survie, expliqua-t-elle. Cela ne concernait que moi et personne d'autre.

Joe s'arracha à sa muselière.

— Foutaise ! hurla-t-il. Ça concernait tous ceux qui vous entouraient. Vous le savez parfaitement, chacune décision a des conséquences sur l'entourage. Cet endroit au moins nous le démontre amplement. Vous ne cherchiez qu'à établir votre domination sur les personnes qui vivaient autour de vous.

Il lui tourna le dos et s'éloigna de quelques pas, jusqu'à l'orée de la clairière, il était à nouveau prêt à se remettre en route.

— Bon sang ! feula-t-il. Je retrouve ici la même colère qu'autrefois, quand j'étais vivant : une rage presque palpable.

— Je pense que c'est la raison pour laquelle tu m'as convoqué, Joe. C'est pourquoi je suis là.

Sa grand-mère était restée figée au centre de la clairière. Elle ne faisait aucun geste pour se rapprocher de lui. Joe comprit ce qu'elle cherchait à lui dire. Il se retourna pour lui faire face.

— Je ne sais pas si je peux vous pardonner, grand-mère, dit-il. Je pense seulement pouvoir essayer de vous comprendre. Peut-être.

— C'est un début, répondit-elle.

— Pourquoi n'avons-nous jamais réussi à parler de cette façon lorsque nous étions en vie ? se demanda Joe à haute voix.

— Si tu veux mon avis, Joe, c'est parce que nous étions tous les deux des entêtés. Et tous les deux, nous souffrions. Ni toi ni moi n'avons fait l'effort d'oublier notre douleur et notre ressentiment.

— Je pense que vous avez raison, grand-mère.

Ce fut alors que la sérénité de la forêt les enlaça, avec douceur et tendresse, comme l'auraient fait des bras aimants. Joe et sa grand-mère furent poussés l'un vers l'autre par le même besoin instinctif de comprendre et être compris. Lorsque Joe regarda cette brune superbe dans les yeux, elle se transforma et devint la grand-mère qu'il connaissait, qu'il reconnut. Et elle fit un geste qu'elle n'avait jamais eu auparavant : avec un sourire, elle l'embrassa son petit-fils sur le front.

— Je n'étais pas si mauvaise, avoua-t-elle tranquillement. C'est juste que j'avais bien d'autres soucis en tête.

Elle disparut à peine ces paroles prononcées comme une image télévisée qui s'éteignait. Joe n'avait plus dans les bras que les germes du pardon. Et c'était peut-être ce qu'il lui fallait protéger et faire fructifier jusqu'au moment où il retrouverait sa grand-mère, quelque part, dans une autre vie, jusqu'au moment où l'âme de cette femme, où qu'elle se trouve à présent, choisirait une autre échappatoire onirique pour le rencontrer à nouveau et guérir définitivement.

LE RESTE du trajet à travers la végétation ne fut pas long. Après cette étrange rencontre dans la forêt avec sa grand-mère, Joe s'était attendu au pire. Pour être franc, décrire un quelconque événement de l'Après-Vie comme 'étrange' paraissait aussi redondant qu'évident. Il avait simplement prévu une autre longue marche, une errance lui offrant des découvertes jamais connues, avec peut-être d'autres leçons à en retirer. Au contraire, le chemin aboutissait sur une étendue dégagée, cachée entre les collines. Au centre, dans un cercle d'herbes hautes et de broussailles, il y avait les ruines branlantes de ce qui ressemblait à une ancienne abbaye. Il s'agissait essentiellement de gravats et de blocs de pierre entassés au hasard après avoir dégringolé, mais quelques murs de la structure restaient debout, ainsi que les vestiges de leurs fenêtres aux arcs gothiques.

Plein d'intérêt et d'admiration, Joe arpenta les ruines. Il caressa du bout des doigts ce qui restait des murs recouverts de lierre et de vigne vierge. Même ici, il y avait une histoire. Même dans ce monde éternel, il y avait un passé. Et ce concept n'avait aucun sens, bien entendu. Il allait à l'encontre de tout ce que Joe connaissait de l'Après-Vie. Et pourtant, il voyait bel et bien les pierres éparses d'une abbaye abandonnée. Et même dans l'abondance de la végétation, il avait une autre preuve du passage du temps. Manifestement, un épisode historique s'était faufilé dans les fissures de l'Éternité Seconde.

Alors que Joe avançait dans les ruines, il ressentit tout à coup un sentiment de complétude absolue : il se sentait de retour 'chez lui', à la maison. Et il n'avait éprouvé ceci qu'en compagnie d'une seule et unique personne durant toute sa vie. Cette idée fut pour lui comme un nuage qui cacherait le soleil.

Au bout d'un long couloir encombré de gravats se dressait un mur plus ancien et plus haut que les autres, qui s'élevait vers le ciel. Dans l'une de ses fenêtres immenses et voûtées, dont le vitrail était tombé, une silhouette était assise, avec une jambe allongée sur le socle encore solide et l'autre pendant jusqu'au sol. Même à distance, Joe devina de qui il s'agissait. Il fut parcouru par une vague d'enthousiasme. Il s'approcha rapidement de la fenêtre et sentit monter son excitation et son désir de se rapprocher de Louis – l'Étranger.

L'Étranger ne parut pas le remarquer. Il resta sur la fenêtre, à regarder au-delà les collines recouvertes d'arbres. Il était toujours nu, comme lors de sa première rencontre avec Joe dans le champ d'orge. Ses cheveux noirs retombaient en vagues souples sur ses épaules bronzées ; son visage arborait le même air fatigué. Il y avait dans l'air comme l'annonce menaçante d'un givre à venir.

Joe admirait l'apparition depuis le pied d'un petit escalier qui montait vers le mur, à la fois effrayé et plein d'adoration. Il s'aventura ensuite plus près. Qui pourrait l'en empêcher ? Il avait envie de pleurer sous l'effet du soulagement. Une fois de plus, qui pourrait l'en empêcher ?

Louis se tourna lentement vers Joe. Son visage magnifique dégoulinait de larmes.

— Tu es enfin arrivé jusqu'ici, dit-il. Tu es venu.

— Je suis là, répondit Joe, le souffle coupé par l'intensité du moment. Mais où exactement ?

Il avait du mal à contenir son émotion, son excitation, sa joie. Il força ses deux bras à rester contre ses flancs et serra très fort les poings jusqu'à ce que ses jointures blanchissent.

— S'agit-il de nos souvenirs ? s'enquit-il. Je sais que nous en partageons beaucoup. Je t'ai entrevu plusieurs fois au cours de ma vie, mais il y a davantage, pas vrai ? Nos souvenirs. Ceux du temps que j'ai passé avec toi. Je sens que c'est important. Dis-moi, Louis, est-ce que j'ai raison ?

— C'est très important, Joe, répondit Louis.

— Alors, prends-moi dans tes bras, supplia Joe, incapable de se retenir plus longtemps. S'il te plaît.

— J'ai tellement attendu ces mots-là, s'étouffa Louis.

Il se redressa d'un bond et se jeta sur Joe, resserrant ses bras autour de lui, très fort.

— Je suis Lou. Tu ne m'as jamais appelé Louis. Ma mère était la seule personne à le faire.

— Lou, chuchota Joe au milieu de ses larmes.

Éperdu, il embrassa l'épaule nue de son compagnon. Il se sentait réchauffé et en sécurité dans cette étreinte, comme s'il s'agissait du seul endroit au monde où il désirait se trouver. Juste comme ça. Debout, dans ces bras aimants, il souhaita y rester à jamais, durant toutes ses existences passées et à venir.

Lou finit par se redresser, à contrecœur, mais sans relâcher Joe. Il posa ses lèvres douces sur celles de son compagnon. Et le monde autour d'eux réagit à leur connexion. Instantanément, ce fut comme si deux moitiés d'un tout se réunissaient enfin pour former un seul être. Le ciel brilla de couleurs vives, tandis que les deux hommes restaient enlacés : nuit et jour, jour et nuit. Ils demeurèrent immobiles, perdus dans leur baiser, durant un très long moment. Si long qu'ils auraient pu être considérés comme partie prenante du décor, tout comme les vignes vierges qui remontaient le long de leurs jambes, comme l'herbe qui poussait alentour, comme la terre battue que le vent accumulait, enterrant ainsi davantage ce qui restait des ruines de l'abbaye. Joe et Lou ne savaient pas, et ne s'en souciaient aucunement, combien de vies passaient dans les mondes autour d'eux. Seuls les gardiens du temps savaient qu'effectivement, s'écoulaient plusieurs existences, sinon plusieurs ères. Pour les deux amants, il n'y avait que Joe et Lou. C'était à la fois très simple et éternel : une étreinte éperdue que ni le temps ni la mort ne pouvaient atteindre.

Quand leurs lèvres, enfin, finirent par se séparer, Joe prit doucement le visage de Lou entre ses deux paumes.

— Alors, c'est ici ? C'est ici que je dois résider ? C'est ici que tu vis ? Nous sommes ensemble ?

Lou fronça légèrement les sourcils.

— Non, répondit-il. Ici, ce sont pour moi les limbes. L'endroit où j'ai décidé de résider pendant que je t'attendais.

— Que tu m'attendais ?

— Tu es mon rêve, mon paradis, mon absolu… tu es tout ce que tu peux imaginer de romantique, à l'eau de rose. Un jour, nous nous sommes promis l'un à l'autre et je reste fidèle à ce serment. Joe, sans toi, je ne suis rien, je flotte sans consistance. Aussi, j'ai choisi de rester ici jusqu'à ce que tu viennes. J'ai attendu pour que nous puissions choisir ensemble l'endroit de notre résidence. C'est toi qui es le terminus de ma quête.

Joe eut un chaleureux sourire malgré ses larmes.

— Et tu as choisi d'attendre dans une abbaye ? Tu es croyant ? Et moi, est-ce que je l'étais aussi à la fin ?

Lou éclata de rire.

— Certainement pas. Non. Ce n'est qu'une image issue de ma mémoire. Un endroit que j'ai connu au cours de ma vie. Nous l'avons visité ensemble, toi et moi. C'était au cours de notre troisième voyage. Mais cette abbaye ne se trouve pas toujours ici. Elle est juste apparue aujourd'hui, le jour où enfin tu es arrivé. Tu vois, nous sommes sur une île, alors, je peux changer ce qui m'entoure. Je peux voir ce que je veux de mes vies passées. Mais en vérité, ce n'est que temporaire. En ce moment, tu vois une abbaye, mais je peux tout aussi facilement penser à un cirque où j'ai été l'année de mes quatre ans… *et voilà.*

Pendant qu'il parlait, les ruines de l'abbaye commencèrent à se défaire, à tomber de plus en plus vite, pierre par pierre, comme si une invisible armée de mains les détruisait. Les vignes vierges qui s'étaient enroulées autour des jambes des deux hommes, les hautes herbes autour d'eux se rétractèrent dans la terre et à la place émana du sol un grand chapiteau avec trois arènes, des trapézistes exubérants, des éléphants et des tigres.

Joe regarda autour de lui, absolument sidéré.

— C'est incroyable ! s'exclama-t-il.

— C'est vrai, reconnut Lou. Ça m'a aidé à patienter, j'imagine. C'est plutôt amusant, mais ce n'était pas toi.

— Lou, pourquoi est-ce que je ressens tout ça ? Je veux tout connaître, je veux savoir tout ce qui s'est passé, maintenant.

Lou eut un sourire comme s'il avait attendu précisément cette question, ce qui bien entendu était le cas. Le cirque disparut aussi vite qu'il était apparu. La tente se replia, les animaux se dissipèrent en fumée, les trapézistes s'envolèrent très haut dans l'espace infini sans jamais revenir. Ensuite sortit du sol un immense écran de cinéma. Et la première image du spectacle serait la clé de l'énigme.

Le film commença tandis que les deux hommes s'étendaient sur l'herbe. Joe avait du mal à quitter des yeux son compagnon, mais Lou, d'un hochement de tête, lui désigna l'écran qu'il fallait regarder.

4, 3, 2, 1...

JOE ÉTAIT assis sur le banc d'un parc, éclairé par un soleil d'après-midi. Une journée digne d'un tableau. Des cygnes nageaient sur le lac, vieillards et enfants leur lançant des miettes de pain. Les plus jeunes des enfants jetaient parfois des quignons entiers aux élégants oiseaux. Il y avait d'autres personnes : certaines s'adonnant au jogging, d'autres promenant leur chien ; des mères de famille poussaient un landau en passant devant Joe. Le ciel était clair, sauf quelques nuages agglutinés qui ressemblaient à des traînées horizontales. Et pourtant, Joe n'aurait pu se sentir plus vide, malheureux et solitaire. Il n'y avait pour lui aucune joie, tout n'était que monotonie. Florence n'avait rien changé à sa vie. Le bonheur qu'il sentait chez ceux qui l'entouraient ne faisait que l'irriter davantage. Il restait assis à fixer les ondulations des eaux du lac qui, en cercles concentriques, rejoignaient les berges.

Et tout à coup, comme la sonnerie d'un réveille-matin émanant d'une comédie romantique hollywoodienne, un frisbee arriva jusqu'à Joe et le heurta violemment sur la tempe. Oui, il fut touché, comme Reese Witherspoon ou Meg Ryan ! Ou Doris Day ! Oui, à ce moment précis, Joe aurait pu être Doris Day, dans un des premiers films qu'elle avait tournés avec Rock Hudson. Joe fut tellement surpris par l'impact du jouet en plastique qu'il en lâcha son sandwich à peine entamé. Pain, jambon et fromage s'éparpillèrent sur le sol. Joe n'avait pas encore eu le temps de reprendre ses esprits quand il vit un très joyeux golden retriever arriver en courant, pantelant et baveux, derrière le frisbee. En se jetant sur lui, la bête faillit faire tomber Joe de son banc.

Une voix cria derrière le chien qui, plein d'enthousiasme, léchait Joe au visage.

— Spooner ! Spooner, fiche-lui la paix !

Le propriétaire du chien libéra Joe du poids qui lui était monté dessus, et un beau visage souriant se pencha sur lui. Malgré sa morosité, Joe ne put retenir un grand sourire.

Louis ! Enfin !

— Je suis désolé concernant Spooner, dit l'homme... dit Lou.

Il portait un short bleu de footing et pas grand-chose de plus. Ce furent ses yeux, essentiellement, qui captivèrent Joe. Des yeux magnifiques, d'un bleu très foncé. Joe était conscient qu'il resterait prisonnier de ces yeux-là tout le reste de sa vie. Il sut, en ce moment précis, que son avenir venait de changer. Le destin ou bien une autre entité tout aussi aveugle l'avait projeté dans un nouveau carrefour – un embranchement tout à fait favorable.

Lou lui tendit une main solide que Joe accepta de grand cœur. Ils échangèrent une poignée de main.

Ils parlèrent ensuite tout l'après-midi, Lou et Joe, et même toute la soirée, tout en se promenant dans le parc. Spooner courait devant eux à la chasse aux oiseaux, ou s'attardait en arrière en jouant avec d'autres chiens. Les deux hommes s'entendaient aussi bien que s'ils s'étaient connus toute leur vie : ils partageaient les mêmes goûts, les mêmes objectifs. On aurait cru deux âmes sœurs. Et peut-être l'étaient-ils. Peut-être que leurs rencontres précédentes, aussi brèves soient-elles, n'étaient pas du tout des coïncidences. Peut-être que Lou et Joe étaient depuis toujours destinés à se connaître et qu'ils avaient jusqu'ici raté leur chance. Il y avait longtemps que Joe le soupçonnait. Et ce premier véritable tête-à-tête, cœur à cœur, provoqué par Spooner, rattrapait le temps perdu. Joe comprenait enfin le plaisir qu'il y avait à parcourir le parc de la cité.

Bientôt, les deux hommes passèrent leur première soirée ensemble, au cinéma, devant une comédie sans risque. La seconde fois, installés sur le canapé de Joe pour regarder un DVD, la situation fut légèrement plus risquée : le film était de nature sensuelle – Joe avait fébrilement nettoyé son appartement pour cette soirée, vidant enfin tous ses cartons en un temps record. Après plusieurs autres films, visites au musée, promenades diurnes, et week-ends d'excursion, les deux hommes avaient établi une relation solide. Il s'était écoulé suffisamment de temps pour que Joe accepte, avec enthousiasme la proposition de Lou : chercher un nouvel appartement où vivre ensemble.

Après quelques recherches, les deux hommes finirent par trouver ce qu'il leur fallait dans un très bel ensemble immobilier du quartier le plus artistique de la ville. Joe commençait enfin à apprécier la vie. Il pouvait respirer. Il aimait ce qu'il partageait avec Lou. Et Lou aimait Joe. Les deux hommes appréciaient également leur chien, aussi tumultueux et baveux soit-il. Le monde, les odeurs, la proximité d'un foyer. Chaque fois, avec un soupir, Joe se répétait : 'enfin, enfin !' Il chantait presque cette phrase comme un vieux refrain d'Etta James.

Joe présenta Lou à sa mère, le trio mangea ensemble, fit des achats ensemble. Veronica adorait Lou. Quoi d'étonnant ? Joe trouvait tout à fait naturel, au fond, que les deux personnes qu'il aimait le plus au monde s'entendent bien, ne serait-ce que par association. Veronica rêvait du jour où le couple adopterait un enfant qu'elle pourrait gâter ; elle attendait avec impatience de devenir grand-mère. Elle ne cessait d'en parler à Joe et Lou. Bien sûr, Spooner était adorable, expliquait-elle, mais elle préférait essuyer la salive d'un bébé que la bave d'un chien.

Lorsque le film se termina, Joe baissa sur l'herbe ses yeux pleins de larmes, la dernière image s'attarda sur un baiser, puis la caméra fit un panorama à 180° avant le générique. Deux hommes amoureux, serrés l'un contre l'autre, dans leur nouvel appartement, devant la porte-fenêtre ; un chien fou de joie galopait autour d'eux.

Une fin digne d'un conte de fées. Tout le monde était heureux.

LOU REPRIT Joe dans ses bras et les deux hommes s'embrassèrent encore comme des amants de cinéma.

— Enfin, chuchota Joe.

Lou lui baisait doucement les paupières. La nuit tombait dans la crevasse, entre les collines. Ce fut alors que Joe comprit pourquoi son grand-père n'avait pu demeurer avec lui. Pourquoi il tenait tellement à retrouver son compagnon, son ami parti avant lui. Parce qu'il n'aurait jamais pu trouver le bonheur en restant seul. Loin de sa moitié, il n'y avait aucune possibilité d'être entier. Joe comprenait à présent qu'une existence sans Lou était vide, stérile. Maintenant qu'il avait retrouvé ses souvenirs de Lou, Joe ne comprenait même pas comment il avait pu l'oublier. C'était absurde. Comment était-ce arrivé ?

Joe était ravi de rester ici, sur cette île personnelle, il aurait pu s'y attarder éternellement, mais il sentait bien qu'il y avait autre chose. Il lui manquait encore une partie de son passé. Étrangement, il n'arrivait pas à concevoir ce que cela pouvait être. Parce que tout lui paraissait idéal. Comment sa vie pouvait-elle encore s'améliorer ? Il repoussa cette question en préférant revenir à de plus agréables pensées. Pour l'instant, il n'avait besoin que de Lou, aussi il se demandait s'il aurait un jour le courage de repartir, de terminer sa quête, ou même d'opter pour une nouvelle existence. Ce qui lui manquait encore était si minime, Joe pouvait parfaitement s'en passer tant qu'il restait avec Lou.

L'île était un territoire magique qui offrait de quoi s'amuser. Y réaliser ses fantasmes s'avérait particulièrement excitant. Souvent, Lou décidait de jouer au sauvage de la jungle, ne portant qu'une culotte de peau, et Joe obtenait le rôle du chasseur échoué. C'était un jeu fantastique ! Joe devait affronter de grands dangers, tarentule gigantesque ou bête féroce, avant que Lou, se balançant de liane en liane à moitié nu en hurlant le cri de Tarzan, vienne le délivrer en véritable héros.

Joe faisait alors semblant de s'évanouir en chuchotant :

— Comment te remercier de m'avoir sauvé la vie ?

— Ugh ! répondait Lou le sauvage.

Il y avait de nombreuses variations à leurs fantasmes. Parfois, Lou et son équipe de baseball gagnaient les World Series – *le championnat américain* – tandis que Joe les acclamait depuis les gradins du Fenway Park [6] en hurlant et en tapant des mains. Ou bien Joe réussissait à retirer l'épée plantée dans le rocher et Lou le nommait roi légitime d'Avalon avant de le prendre dans ses bras pour une étreinte épique. Ou bien un Lou volant sauvait Joe d'un building en feu avant de l'emporter à travers le ciel ; il en profitait pour l'embrasser, caché derrière sa cape rouge, avant de le déposer loin du danger.

---

6 Stade de baseball situé à Boston, dans le Massachusetts (NdT).

— Je serai ta kryptonite [7], bébé, plaisantait Joe en battant des cils devant son super héros.

Et ainsi de suite, il y avait toujours quelque chose.

Joe pouvait aussi revivre chacun des moments qu'il avait passés avec Lou au cours de sa vie, aussi souvent qu'il le désirait. Lou faisait la même chose maintenant – *enfin !* – qu'il avait retrouvé Joe. Aussi les deux hommes recommençaient d'anciens souvenirs ou en créaient de nouveaux. Ils répétèrent plusieurs fois leur premier rendez-vous dans le parc et les autres soirées, dîners, marches sous la pluie, footings du dimanche après-midi. Ils revécurent aussi leurs folles nuits d'amour.

Certains jours, ils ne demandaient rien de plus que se trouver dans les bras l'un de l'autre. Ils réclamaient un ciel couvert et une température plus fraîche. Ils se pelotonnaient sous une couverture sur la plage, un chocolat chaud à la main, pour écouter le bruit des vagues. Ce qui leur rappelait des vacances ensemble au bord de la plage, dans l'État du Maine, lorsqu'ils s'étaient fait une promesse mutuelle sous le ciel nocturne.

Au cours de leur première excursion sur la plage, Joe se blottit contre son amant dont il sentait les battements de cœur s'accorder aux siens ; il caressa doucement de son pouce la peau sombre autour des yeux de Lou.

— Pourquoi as-tu l'air aussi fatigué ? demanda-t-il. Depuis que je suis arrivé ici, tu es si pâle, tu sembles épuisé.

Lou le regarda, le visage crispé d'inquiétude.

— Je ne sais pas, mentit-il.

Il y avait un souvenir très particulier que les deux hommes revisitaient, encore et encore. Plus encore que tous les autres à dire vrai…

LOU ET Joe se marièrent chez Veronica, dans le jardin derrière la maison. Elle était bonne jardinière, ayant reçu des leçons d'horticulture de son amie Abigail, décédée quelques années plus tôt, et les fleurs embaumaient chez elle, somptueuses et odorantes. Veronica fut enchantée quand Joe lui raconta la demande en mariage qu'il avait reçue de Lou. Elle se donna du mal pour organiser le moindre détail de la cérémonie, autant que s'il s'agissait de sa fille aînée. Quelques gouttes de pluie ne réussirent pas à

7 Matériau imaginaire de l'univers DC, peuplé de personnages dotés de super-pouvoirs (Superman, Batman, Wonder Woman, Green Lantern, Flash, Green Arrow, Aquaman.)

plomber sa bonne humeur : 'mariage pluvieux, mariage heureux,' répétait-elle aux deux garçons.

C'était une réunion modeste, cinquante invités sous la gloriette. Même la mère de Lou, Emmy, fit une apparition. À son visage crispé et mécontent, il était évident qu'elle n'approuvait pas cette union. Le problème n'était pas que Lou épouse un autre homme, elle se considérait comme ayant l'esprit ouvert, non, elle trouvait simplement que son fils aurait pu obtenir mieux que Joe. Et en voyant Veronica soupirer chaque fois qu'Emmy était à proximité, Joe avait bien compris que sa mère n'appréciait pas du tout cette attitude. Malgré tout, Veronica se montrait toujours aimable envers la mère de Lou.

Juste avant le mariage, Lou se faufila dans la chambre où Joe s'habillait pour l'embrasser rapidement.

— Tu es prêt à devenir ma femme ? plaisanta-t-il en serrant Joe dans ses bras.

— Oui, et aussi à être enceinte, pieds nus, dans la cuisine, comme le dit la chanson, répondit Joe avec un grand sourire.

— Je t'aime, Joe, plus que tout au monde.

— Plus que la glace au chocolat chantilly ?

Par jeu, Lou fit semblant d'hésiter :

— Eh bien...

Veronica pénétra alors dans la chambre, suivie par Emmy.

— Vire ton adorable popotin ! s'écria Veronica en s'adressant à Lou. Tu ne dois pas le voir avant le mariage, ça porte malheur.

— Maman, nous avons la pluie pour contrebalancer ce mauvais augure, affirma Joe.

— Oust !

Veronica claqua Lou sur les fesses lorsqu'il passa devant elle, ce qui le fit rire. Emmy surveillait la scène le visage fermé. Veronica se tourna vers son fils avec un grand sourire béat. Elle l'embrassa doucement sur le front.

— Mon bébé !

La cérémonie en elle-même se passa sans accroc : aucun balbutiement au moment fatidique. La pluie fut le seul inconvénient dont les invités auraient pu se plaindre, mais Lou et Joe n'y trouvaient rien à redire, au contraire. Chacun d'eux étant en smoking, ils appréciaient ce rafraîchissement et considéraient qu'il s'agissait d'une bénédiction du ciel, une brume céleste baptisant leur union. Il n'y eut aucune objection à la question traditionnelle posée avant le mariage, aucun ex-amant ne s'interposa, aucun enfant ne demanda à haute voix : 'maman, pourquoi est-ce qu'il y a deux hommes ?' Non, tout se passa parfaitement. Même Spooner accomplit sa tâche avec aisance : il remonta l'aile jusqu'à l'autel en portant les deux alliances attachées à son collier par un nœud papillon.

Au moment de l'échange des vœux, plusieurs invités se mirent à pleurer – en particulier Veronica, de joie – puis les confettis furent lancés, se mêlant aux gouttes de pluie, il y eut aussi des pétards et un feu d'artifice tirés pour célébrer l'heureux événement.

C'ÉTAIT À ce moment précis, toujours, que Joe et Lou stoppaient ce souvenir comme s'ils appuyaient sur un interrupteur 'arrêt'. Ils s'embrassaient sous les pluies de confettis gelés et les larmes du ciel devant la foule qui manifestait bruyamment sa joie. Après tout, c'était l'un de ces instants magiques de la vie que l'on souhaite garder éternellement. Et ici, sur l'île, ce vœu était réalisable. Pour les deux hommes, il s'agissait d'un album de mariage en *live*, ils pouvaient en rejouer le film autant qu'ils le souhaitaient. Parfois, ils figeaient une scène et déambulaient parmi leurs amis et les membres de leurs familles raides comme des statues ; Joe et Lou jouaient alors à cache-cache ou au loup. En vérité, seuls les aboiements de Spooner leur manquaient durant ces jeux puérils.

Nuits et jours se succédèrent, encore et encore, sans que les deux amants les remarquent. Pourtant, Joe prit conscience avant Lou qu'il faudrait bientôt mettre un terme à cette période bénie. Et un jour fatal, cela devint encore plus évident. Ce matin-là, le vent fouettait, bien plus frais que d'ordinaire. C'était Lou qui avait provoqué ce malencontreux changement climatique, parce qu'il n'allait pas bien du tout. Il paraissait encore plus fatigué qu'auparavant.

Debout sur la plage, Lou faisait face à Joe tandis que les vagues dévalaient sur le sable.

— Il faut que tu t'en ailles, Jo, s'étouffa-t-il. C'est notre dernière séparation. Dès que ta quête sera complète, nous pourrons ensuite rester éternellement ensemble. Tu sais, *ils seront heureux jusqu'à la fin des temps* et tout ça.

Ses yeux brûlaient de douleur et de regrets. Toute la matinée, il avait tenté de faire à Joe ses adieux, mais son amant ne voulait rien écouter.

— Non, supplia Joe. Lou, je ne peux pas ! Je ne supporterais pas de te quitter. Ils avaient raison, tous, grand-père, Baker et Guy. Ils m'ont tous dit que lorsque j'aurai trouvé ma destination, je comprendrai, et qu'alors, je ne voudrai plus jamais te quitter.

Il renifla, la gorge serrée, avant de reprendre :

— Tu ne réussiras jamais à me convaincre de te quitter. C'est toi que je cherchais tout du long. Tu ne le vois pas ? Sans toi, je ne survivrai pas.

— Mais enfin, Joe, est-ce que tu ne comprends pas ? Nous serons inséparables dès que tu auras fini ta quête. Plus rien ne pourra nous éloigner l'un de l'autre, plus jamais.

— Pourquoi est-ce que nous ne pourrions pas rester ici ? insista Joe. Nous n'avons pas besoin…

— Non, Joe. Ça ne fonctionne pas comme ça. Tu es déjà resté ici bien trop longtemps. Tu as encore des choses à faire, à découvrir. C'est alors seulement que tu pourras véritablement comprendre.

La silhouette de Lou parut se dissoudre, devenir presque transparente. Et Joe n'avait rien vu de plus effrayant depuis son arrivée dans l'Après-Vie.

— Un grand courage, Joe, chuchota Lou. Un grand courage…

Après ces mots, son fantôme disparut de la plage.

Peu à peu, tout le décor fit la même chose : cela commença par l'horizon, en se rapprochant jusqu'à la plage qui, elle aussi, s'effaça. L'île tout entière se dissipait. Le ciel s'obscurcit comme durant une éclipse, comme si une masse passait dans le ciel. Un énorme nuage d'obscurité totale. Un air glacé entourait Joe qui se trouvait désormais dans le néant. Après avoir perdu la chaleur et l'amour de Lou, il ne voyait à la place que vide et terreur. Il tremblait de froid dans le noir.

Seul, si seul.

Il n'y avait plus rien. Tout avait disparu. Il n'était plus que peur.

ATTENDRE ET MOURIR

TERRORISÉ, JOE tremblait de la tête aux pieds, ce qui était très désagréable même s'il n'était pas certain de posséder encore une enveloppe corporelle. Il baissa les yeux, mais il ne voyait même pas ses pieds : il faisait bien trop noir. Du coup, ses sens se mélangeaient, sa vue se définissant désormais par le toucher. Il était devenu partie prenante de ce néant qui empiétait sur sa conscience. Il ne sentait plus rien de son corps. Joe n'était certain que d'une chose : il n'y avait plus rien autour de lui. Il frémissait au milieu de nulle part, quelle que soit sa forme actuelle. Et en dehors de ses tremblements qui renvoyaient un écho dans l'obscurité, il n'entendait quasiment rien d'autre.

Dans le noir silence, Joe poussa une litanie de jurons – au moins, il possédait toujours une voix capable d'exprimer ces gros mots – et appela Lou, en le suppliant de revenir. Il n'obtint aucune réponse. De plus en plus furieux et apeuré, il se mit à hurler et à jurer. Il craignait d'être condamné à demeurer ici éternellement, prisonnier de ce néant total, alors qu'il gardait en mémoire le goût extatique d'un paradis perdu, ce qui ne faisait qu'enflammer son indignation.

Et pourtant, au moment même où il s'apprêtait à baisser les bras, désespéré, un nouveau son s'éleva autour de lui. Un chant sourd, d'abord presque inaudible, mais qui prenait peu à peu du volume. *Le chant des baleines.* Oui, voilà ce que ce son évoquait pour Joe. Il se souvenait avoir entendu un enregistrement du chant des baleines dans sa vie antérieure, dans un documentaire concernant la nature. Il l'avait écouté ensuite sur des CD *new age* achetés pour tenter de retrouver le sommeil au cours des nuits où ses insomnies devenaient intolérables. Un écho des profondeurs. Autrefois, Joe avait trouvé ce chant magnifique ; actuellement, cela ressemblait davantage aux lamentations de spectres endeuillés.

Ensuite, au fond de son gouffre de noirceur étouffante, Joe vit une forme apparaître. On aurait dit une peinture de Rothko [8] qui émanait de l'obscurité à coups de pinceau aux teintes assombries. Avec un rai de lumière

---

8 Mark Rothko (1903/1970) peintre américain de 'l'expressionnisme abstrait' (NdT).

dirigé à l'avant, au beau milieu de l'horizon de Rothko, commencèrent à croître des chaises banales et dures, ainsi que des tables couvertes de magazines. Joe se retrouvait maintenant tout seul dans une petite salle d'attente tout à fait ordinaire au mobilier de plastique blanc. Au-dessus de sa tête, il y avait des haut-parleurs d'où émanait une musique : *Don't Stop Believing*. *'Ne cesse jamais d'espérer'*, chantait Steve Perry. Joe écoutait une chanson des années 1980 dans une salle d'attente de l'Après-Vie !

Très soulagé d'avoir échappé à l'obscurité, il jeta un coup d'œil dans le couloir désert. Il appela, une fois ou deux, mais personne ne lui répondit. Au bout du couloir, une lumière clignotait derrière une porte de verre et Joe ressentit le besoin d'aller y voir de plus près. Lorsqu'il approcha de la pièce, la lumière devint plus forte. Il discernait maintenant de vagues silhouettes. Très lentement, il ouvrit la porte et aperçut ce qui se trouvait derrière. La luminosité monta encore d'un cran, ce qui permit à Joe de voir un jeune homme.

— Lou ! s'écria-t-il, tout heureux.

Mais Lou ne l'entendit pas : il était ailleurs, dans un souvenir ancien. Cette fois, Lou n'existait qu'en tant d'acteur privé de son public. Il portait un pantalon de pyjama, ses cheveux emmêlés témoignaient d'une nuit agitée. Il avait les yeux tristes, les traits tirés. Mais là, rien de nouveau. Lou avait gardé dans l'Après-Vie cette même expression épuisée. Par contre, il paraissait véritablement malade. Quelque chose n'allait pas du tout…

Joe se sentait de plus en plus inquiet.

— Lou ? s'enquit-il.

La lumière continuant à forcir, Joe réalisa que Lou, tout frissonnant, s'appuyait contre une table. Joe la reconnut : c'était celle de la cuisine dans leur appartement commun. Lou prit quelques petites pilules posées sur la table et les avala avec un verre d'eau. Il fit la grimace en déglutissant, au moment où les pilules descendaient dans sa gorge.

Soudain, sans qu'on ait besoin de le lui montrer, Joe se souvint de ce qui s'était passé ensuite.

— *Lou !* hurla-t-il d'une voix qui s'étranglait.

Lou parut faire un effort pour rester debout, mais ses jambes lâchèrent sous lui. Il s'écroula sur le sol où il resta étalé, immobile. Spooner se précipita vers lui et lécha son visage en gémissant d'inquiétude tandis que sa queue battait dans l'eau répandue sur le carrelage. Quand Joe, réveillé par les aboiements de Spooner, fit son apparition dans la cuisine, ce matin-là, son monde commença sa longue vrille douloureuse et fatale.

214

La lumière autour de ce souvenir devenait de plus en plus brillante et Joe savait désormais qu'il possédait toujours un corps physique. Il était nu une fois de plus, il se trouvait à l'hôpital. Il reconnaissait parfaitement cette scène. Il était même capable de se projeter dans ce souvenir particulier. De savoir ce qui allait se passer avant même que la séquence se déroule devant lui. Chaque image était pour lui une virulente anamnèse.

Joe s'approcha du lit où gisait Lou. Et lui-même – du moins, le Joe d'autrefois – se trouvait à son chevet, tenant la main de Lou qu'il caressait tendrement et continuellement. Lou était conscient, son regard sur Joe brillait d'amour et de lassitude. Il y avait à présent une semaine qu'il était malade. Au début, les deux hommes avaient cru à un simple rhume, une grippe peut-être, rien d'autre. Désormais, ils savaient la vérité : un cancer décelé trop tard. Pour être franc, Lou se sentait en petite forme depuis longtemps, mais il n'avait pas voulu inquiéter Joe.

Les traitements l'avaient épuisé. De plus, ils s'étaient avérés inefficaces. Les médecins avaient déjà prévenu Joe et la famille de Lou qu'il n'y avait plus rien à faire. Lou n'avait même pas l'espoir d'une fin paisible et sans douleur. Bien entendu, Joe ne répéta pas ses horribles nouvelles à son amant. Quant à Emmy, elle n'arrivait même plus à parler. Veronica lui tenait le plus possible compagnie, mais la mère de Lou ne pleurait même pas. Elle ne cessait par contre de demander : 'pourquoi ?'

Joe se contentait de rester à côté du lit, à tenir la main de Lou. De temps en temps, il caressait le crâne rasé, par jeu. Depuis une semaine, Joe ne s'était ni rasé ni lavé. Il s'alimentait à peine, quand il se souvenait qu'il lui fallait manger, c'est-à-dire lorsqu'il retournait à l'appartement pour nourrir Spooner. Il avalait un morceau machinalement, quelques cuillerées de céréales ou des quartiers d'orange qu'il engloutissait sans les mâcher.

— Parle-moi encore, chuchota Lou d'une voix presque inaudible, parle-moi de notre maison. Celle que nous achèterons ensemble quand je serai guéri.

Il s'étouffa en toussant, il chercha l'air désespérément jusqu'à ce que Joe l'aide à remettre en place son masque à oxygène.

Avec un sourire, Joe se pencha plus près de Lou. Il dut avaler la boule de chagrin qu'il avait dans la gorge pour pouvoir parler.

— Eh bien, quand tu seras guéri, nous achèterons une maison en Nouvelle-Angleterre, sur la côte du Maine ou du Massachusetts, là où nous sommes allés en vacances, tu te souviens ? Ce sera un vieux phare que nous retaperons tous les deux, pour en faire une auberge Bed & Breakfast. Nous deviendrons enfin le vrai stéréotype du couple gay. Tous les matins, nous irons marcher sur la plage avec Spooner en buvant du café. Il faudra que nous portions des pulls marins bien épais. Et quand nous en aurons assez de nous balader...

Joe dut s'interrompre, le temps de ravaler ses larmes brûlantes. Puis il reprit :

— Nous nous assiérons sur le sable, sur une couverture épaisse, pour écouter le bruit de nos respirations se mêler à celui des vagues. Le week-end, nous organiserons sur la plage des fêtes superbes et inviterons tous nos amis à les partager. Nous danserons, nous chanterons, nous ferons des... banquets. Tous les plats seront délicieux, tu sais : homards grillés, épis de maïs cuit sous la cendre et recouverts de beurre, chili de Cincinnati...

— Nous devrions acheter un autre chien, coupa Lou, bien que chaque mot lui demande un effort. Pour Spooner. Pour qu'il ait un compagnon canin. Tous les deux pourront ensuite batifoler dans la maison.

Il esquissa un sourire fatigué à sa propre plaisanterie. Joe lui massa doucement la tête.

— C'est une bonne idée.

— Tu crois que nous pourrions aussi acheter des chevaux ? J'ai toujours eu envie d'en avoir.

Sous son masque, sa voix s'étouffait, Joe avait de plus en plus de mal à la percevoir.

— Bien sûr, nous aurons des chevaux. Nous en prendrons deux, comme ça nous pourrons chevaucher ensemble sur la plage de temps à autre. Ça serait génial, tu ne crois pas ?

Cette fois, il ne réussit plus à retenir ses larmes. Elles dégoulinèrent sur ses joues, malgré ses efforts. Mais Lou ne le remarqua pas. Il avait refermé les yeux, ses paupières étant devenues trop lourdes. Il s'assoupit un moment, perdu dans ses propres rêves.

Joe resta longtemps à lui tenir la main, jusqu'à l'instant où Lou rouvrit les yeux ; son regard était brièvement redevenu lucide.

— Je vais mourir, Joe, chuchota Lou.

Joe se mordit les lèvres et resserra son emprise sur les doigts de son amant. Lou fit un gros effort sur lui-même pour continuer à parler :

— Ils envisagent de me maintenir artificiellement en vie, Joe, avec des machines. J'ai entendu ma mère en parler aux médecins. Je n'ai jamais pensé, durant mon vivant, à exprimer par écrit mes volontés à ce sujet.

216

Joe n'avait pas du tout envie d'avoir ce genre de discussion, mais il ne pouvait plus y échapper à présent. Il renifla avant d'avouer :

— Oui, je sais. Ta mère y tient beaucoup. Je ne pense pas qu'elle te demandera à ton avis avant de prendre sa décision.

Lou supplia :

— Ne les laisse pas faire ça, bébé. Quand je m'en irai, je veux que ce soit pour de bon. Je ne veux pas rester ici à cause de machines. Il y a d'autres endroits à voir, je ne veux pas rester coincé en arrière.

— Mais j'ai déjà tenté d'en parler avec ta mère, expliqua Joe. Elle ne veut pas m'écouter. D'ailleurs, elle ne m'aime pas, tu le sais bien. Elle n'a jamais pu me supporter.

Lou fixa Joe dans les yeux, son expression était pleine d'effroi.

— Joe, je t'en supplie, ne me laisse pas comme ça. Promets-le-moi. Je ne veux pas être un lég…

Sa voix se cassa, il reprit son souffle avec difficulté et termina :

— Je ne veux pas devenir un légume. Je ne veux pas d'une vie végétative.

Joe était déchiré de l'intérieur. Il sentait sa douleur lui arracher la gorge lambeau par lambeau. Il se mit à pleurer :

— Oh, Lou, ne t'en va pas, je t'en supplie !

— Joe, promets-le-moi, Joe, insista Lou, également en larmes.

À nouveau, le malade sombrait dans l'inconscience. Joe voulut le rassurer, l'apaiser.

— Je… je te le promets. Je ferai ce que tu voudras. Je ferai ce que tu me demandes.

Lou parut se détendre tout en serrant aussi fort que possible la main de Joe dans la sienne.

— Un jour, nous serons à nouveau ensemble, assura-t-il. Et tu sais pourquoi ? Parce que certains êtres ne peuvent fonctionner quand il leur manque un élément essentiel. Joe, je te le promets, un jour, nous nous retrouverons.

LE TEMPS avait passé. Joe se trouvait dans la même chambre d'hôpital, il tenait toujours la main de Lou, mais l'ambiance était différente. Il s'était passé quelque chose de terrible. Malgré tous ses efforts, la famille de Lou avait gagné, ils avaient obtenu que Lou soit artificiellement maintenu en vie, branché à des machines. Tuyaux et autres cathéters avaient été plantés dans le corps inerte, sans réflexion ni compassion, par des mains indifférentes ou inconscientes qui se raccrochaient à ce qu'il fallait accepter de laisser s'envoler.

Joe était dans un état épouvantable, sale, épuisé, échevelé, mais il serrait très fort la main de Lou. Derrière la fenêtre, la neige tombait, annonçant l'arrivée de l'hiver.

En larmes, Joe ne cessait de répéter :

— Je suis désolé, je suis désolé.

C'était la première fois qu'on lui permettait de revenir au chevet de Lou depuis qu'il avait été branché à ces machines.

— Je n'ai rien pu faire, gémit Joe.

Il faisait pénitence, réclamant le pardon de son ami inconscient. Dans son cerveau, l'ultime volonté implorante de Lou ne cessait de résonner. L'amour de sa vie gisait devant lui, inerte, incapable de protester contre ce qu'on lui faisait subir. Il était prisonnier, enfermé dans son propre corps. *Ce n'est pas bien.* Joe savait qu'il devait faire quelque chose. Il l'avait su avant même qu'Emmy accepte de le laisser revenir auprès de Lou. Parce que Lou aurait voulu le voir agir. Et c'était avec ces pensées-là que Joe s'était préparé le matin même, ce premier matin où on lui avait accordé de revoir Lou.

Encore une fois, Joe effleura du bout des doigts le visage de son amant, il suivit l'arête de la solide mâchoire et se pencha, embrassant l'une après l'autre les deux paupières closes. *Il a des yeux magnifiques.* Puis il baisa les lèvres recouvertes d'un immonde sparadrap ; c'était obscène, ces appareils. Jamais plus Joe ne sentirait le contact ces lèvres-là contre les siennes, cette seule pensée le faisait grimacer de douleur comme un coup de poignard au ventre.

— Je vais tenir ma promesse, chuchota Joe.

Il sortit de la poche de son manteau une seringue dont il injecta à Lou le contenu. Il le fit rapidement, sans se laisser le temps de réfléchir davantage. Sinon, il risquait de reculer, et Lou resterait relié à ces machines, forcé à une vie inepte qui n'avait plus de sens.

Doucement, soigneusement, pour ne pas attirer l'attention des infirmières qui se trouvaient devant la chambre, Joe coupa le courant des machines les unes après les autres, il débrancha l'unité centrale. Avec des gestes précautionneux et tendres, il enleva les électrodes et autres aiguilles plantées dans le corps de son meilleur ami pour libérer son âme, afin qu'elle puisse s'envoler sans contrainte là où elle était destinée à se rendre.

Il se pencha sur le corps sans vie et embrassa une dernière fois le sommet de sa tête.

Lorsque Joe sortit de la chambre pour s'engager dans le couloir, il croisa plusieurs infirmières qui se précipitaient au chevet de leur patient. Il ressentit une grande vague monter en lui, une douleur incommensurable. Il sortit de l'hôpital dans l'air glacé de l'hiver et réussit à avancer jusqu'à sa voiture, avant de perdre le souffle. Il s'écroula en haletant contre la carrosserie, les bras tendus pour se raccrocher au moindre support, aussi misérable soit-il. Les flocons qui tombaient d'un ciel gris se mirent à le recouvrir. Joe restait agenouillé près de sa voiture, sans parvenir à faire entrer dans ses poumons suffisamment d'oxygène. Il se recroquevilla autour de sa douleur. Il serra les dents et se prépara à endurer la suite des événements, parfaitement conscient que très vite, le personnel de l'hôpital allait réaliser ce qui s'était passé et nommer le coupable.

Il resta immobile, pantelant, jusqu'à ce que ses jambes se remettent à fonctionner. Ensuite, il remonta dans la voiture et s'éloigna.

Il ÉTAIT revenu dans son appartement, il se regardait – du moins, il regardait le Joe d'autrefois – qui était assis et attendait. Déjà, les pièces étaient bien trop grandes, bien trop tranquilles. Installé à la table de la cuisine, Joe s'interrogeait, indécis. Bien sûr, les autorités n'allaient pas tarder à venir le chercher. Il serait accusé de meurtre, on lui reprocherait son acte. Pourtant, Joe ne regrettait rien. Il savait avoir bien agi. Et maintenant, il avait le choix : soit attendre d'être jugé, soit mourir. S'il se suicidait, il irait retrouver Lou. Après tout, c'est ce qu'il désirait le plus au monde. La vie sans Lou lui paraissait ridicule. Si seulement l'amour suffisait à abolir tous les obstacles rencontrés en chemin !

Spooner posa la tête sur les genoux de Joe et le regarda, avec de grands yeux tristes pleins d'empathie. Veronica s'occuperait du golden retriever. Joe en était certain. C'est ainsi qu'il prit sa décision. Au final, c'était sa seule option valide. Il frotta gentiment les oreilles du chien et le serra contre lui. Il aurait voulu lui dire : 'je t'aime', mais il n'arrivait pas à prononcer ces mots-là.

Dans la salle de bain, Joe chercha les rasoirs qu'il avait achetés pour Lou dans le magasin Dollar Tree juste avant ce jour fatal où son amant s'était écroulé. Le paquet était toujours scellé. Il entendit Spooner aboyer à la porte d'entrée : il avait probablement aperçu par la fenêtre un écureuil ou un lapin.

Il chercha à se rassurer :

— Spooner s'en sortira très bien, dit-il à haute voix.

Il s'installa sur le siège des toilettes et étudia les lames qu'il tenait dans ses mains tremblantes. Elles étaient aiguisées et provoqueraient de profondes coupures, il n'aurait rien d'autre à faire qu'attendre que la vie s'écoule avec son sang.

Mais avant qu'il puisse s'ouvrir les poignets, quelque chose attira son attention. Du coin de l'œil, il aperçut une silhouette à la porte de la salle de bain, bien trop imposante et haute pour être celle de Spooner.

— Emmy !

Joe quitta le siège des toilettes et se releva en apercevant le regard féroce que la mère de Lou jetait sur lui, depuis l'embrasure. Il lâcha ses lames de rasoir et fit vers elle quelques pas vacillants, tout en cherchant les mots capables de justifier ses actes.

L'amour donne tous les courages. Par amour, on est capable de tout.

Au premier regard qu'il jeta sur Emmy, Joe comprit qu'elle était au courant de ce qu'il avait fait. Il baissa les yeux et vit qu'elle tenait une arme à la main, il entendit un déclic. Puis un coup de feu qui lui déchira la poitrine. Le monde autour de lui s'assombrit, puis disparut.

Il n'y avait plus que des échos, provenant de partout…

UNE FOIS encore, Joe se retrouvait dans le noir, dans ce néant terrorisant. Le chant des baleines résonnait autour de lui et il sanglotait éperdument parce qu'enfin, il se souvenait de tout. Il revoyait toute son existence précédente. Et il pleurait de plus en plus, un flot libérateur qui expurgeait de lui ses chagrins et ses pertes, sa culpabilité et son désespoir. C'était assez pour remplir l'univers jusqu'à ras bord. Quand le chant des baleines cessa enfin, Joe n'entendit plus que les échos de ses hurlements dont le désespoir parlait d'une vie désormais à jamais incomplète.

Ensuite, même ses sanglots se turent et Joe sentit qu'il s'écroulait sur le sol, quel qu'il soit, existant sous lui dans l'obscurité. Il pleurait en silence, n'ayant plus la force ou l'énergie de faire davantage. Il était bien trop fatigué pour accomplir un pas de plus, prononcer un mot de plus. Noyé dans cette noirceur qui reflétait sa terrible peine, il décida de ne plus en bouger. Il ne pouvait pas continuer, plus maintenant, puisque Lou n'était plus là. D'ailleurs, comment Joe pourrait-il se pardonner ce qu'il avait fait?

Il ferma les yeux et resta immobile, étendu à terre, comme naguère dans le brouillard après avoir perdu Baker. L'obscurité autour de lui était celle d'une tombe, Joe l'accueillit avec reconnaissance. C'était ce qu'il méritait.

— QU'EST-CE QUI se passe ?

Joe entendait des voix, une conversation, il garda les yeux fermés, mais son désespoir en fut quelque peu allégé.

— Il dort, je crois.

— Pourquoi dormir ici ? s'étonna la première voix. Nous devrions le réveiller.

Une main empoigna Joe à l'épaule, et le secoua sans brusquerie. À contrecœur, Joe ouvrit les yeux, il vit de la lumière : l'obscurité s'était dissipée. C'était un nouveau matin, lumineux et ensoleillé. Sous sa joue, Joe devina le contact du sable et, tandis que le monde reprenait ses formes autour de lui, il remarqua être couché sur une plage, celle-là même où, sur l'île, Lou lui avait fait ses adieux. Sur la grève, à quelques mètres de là, les vagues s'écrasaient avec fracas. L'avenir s'annonçait glorieux. Le ciel était d'un rose vif strié de coulées orange. Joe entendait les mouettes crier et s'interpeller dans le ciel au-dessus de sa tête. L'air était pétillant, revigorant, aussi rafraîchissant que de l'eau pure. Rien qu'en ouvrant les yeux, Joe sentait ses forces lui revenir.

Il se remit sur pied avec l'aide de mains solides et fiables. Il fut surpris de voir qu'il avait retrouvé une tenue tout à fait décente, malgré ses pieds nus. Il étudia son pantalon kaki dont le bas des jambes était roulé, et son épais chandail à col roulé. Il essuya le sable qui maculait ses vêtements, conscient de l'étrange sensation de plénitude qui montait en lui. L'obscurité avait réussi à ranimer cette âme que Joe avait cru perdre, comme l'eau drainée d'un corps desséché.

— Ça va ?

La question provenait d'un des deux hommes qui se tenaient devant lui, tous les deux superbes. L'un avait une peau d'albâtre, l'autre d'ébène. Ils ne portaient qu'un minuscule caleçon blanc et serré, et Joe fut enchanté d'un tel spectacle. Ils avaient également sur le dos des ailes blanches et cotonneuses, aussi immaculées qu'une neige fraîchement tombée.

Joe se sentit tenu de répondre à leurs regards curieux, mais innocents.

— Très bien, merci.

Avec un reniflement, il sentit ce qui restait de son chagrin se dissiper.

— Nous nous rendons à une fête, annonça le premier homme ailé. Une Fête Blanche. Ça te dit de venir avec nous ?

Mais Joe aperçut alors une troisième silhouette et la reconnut instantanément. L'homme se tenait à l'écart, il attendait. Joe lui adressa un grand sourire.

— Non merci, répondit-il. J'ai autre chose à faire ici même.

— Aucun problème, affirma le second homme ailé. Mais si tu changes d'avis, tu n'as qu'à suivre la plage.

Les deux inconnus s'apprêtaient à s'en aller lorsque Joe les retint :

— Attendez ! cria-t-il.

Ils se tournèrent vers lui ensemble, avec le même sourire béat, les mêmes yeux lumineux.

— Vous êtes des anges, c'est ça ? demanda Joe.

— Bien entendu, confirma le premier ange. Nous autres, anges gay, faisons fureur en ce moment au paradis.

Joe éclata de rire en regardant les deux anges s'éloigner.

— Alors, tout va bien, mon pote ?

Le troisième homme s'exprimait avec un accent traînant, il n'avait pas quitté sa position d'attente. Joe s'élança vers le musicien, il courait si vite que le sable giclait sous ses pieds.

— Baker ! s'exclama-t-il.

Il se jeta sur son guide, les deux bras en avant, avec un tel élan qu'il faillit le renverser.

Baker riait.

— Apparemment, je me suis trompé, expliqua-t-il. Les anges existent bel et bien.

Joe riait aussi. Les choses commençaient à s'arranger. Il avait retrouvé la capacité de respirer. Les morceaux épars se remettaient ensemble : sa vie se reconstituait.

'... PLUS BRILLANT QU'UN CIEL BORÉAL...'

TOUJOURS SERRÉ contre Joe, Baker lui tapotait le dos.

— Quel plaisir de te retrouver ! dit-il. Je t'ai perdu à un moment, pas vrai ? C'était un sacré orage et Gabriel Ratchet nous a flanqué dans un beau pataquès. Je m'inquiétais pour toi, mais tu t'en es sorti sans mon aide.

Joe s'écarta de son guide.

— Tout aurait été plus facile si tu étais resté à mes côtés, je t'assure. Baker, j'étais tellement perdu ! J'ai failli abandonner à de nombreuses reprises.

— Mais non, dit Baker avec un sourire. Tu t'en es parfaitement tiré. Et maintenant, te voilà.

— Je n'ai plus rien à faire ? Plus de découvertes, plus de nouveaux souvenirs ?

— Non, pas avant ta prochaine vie, confirma Baker. Sauf si tu veux connaître dans celle-ci de nouvelles aventures. Il y a toujours des surprises si tu y tiens. Des bonnes et des mauvaises.

— Alors, voici mon lot ? Cet endroit m'appartient ? s'enquit Joe.

Il regardait autour de lui, l'aube se levait sur la mer. Tout était tranquille. L'endroit évoquait un monde nouveau au premier jour de sa création, alors que rien n'était encore éveillé. Pourtant, il y avait quelques oiseaux, et le mouvement incessant des flots. Joe vit aussi des crabes sur la plage. Le ciel gardait une atmosphère de mystère, comme s'il venait de s'éclaircir après le plus terrible des orages.

Joe répondit lui-même à sa question :

— Bien sûr que oui.

C'est ce qu'il ressentait : il était chez lui.

— En partie, corrigea Baker. Il y a davantage. Bien davantage.

Les deux hommes restèrent un moment à admirer le jeu des vagues, sans se soucier du temps qui passait. Peu à peu, Joe discerna d'autres détails aussi bien visuels qu'auditifs. Des petites choses – un galet poli par la mer, une algue arrachée qui gisait sur la plage, le roulement de la marée.

223

— Viens ! dit enfin Baker.

Il partit le premier et remonta la plage, sa guitare toujours fidèlement posée sur son dos.

— Je veux te montrer ce qu'il y a de plus dans cet endroit, ajouta-t-il.

Le sable était frais, épais et doux. Joe glissait les pieds dedans. Tandis que les deux hommes avançaient, le ciel s'éclaircissait et perdait de son austérité sévère.

— C'était tellement isolé, déclara Joe. J'étais perdu dans l'obscurité, je pensais même que je n'existais plus. Je voulais me dissoudre avec mon chagrin.

Baker le rassura :

— Nous passons tous par là, certains le vivent mieux que d'autres. Pourtant, nos derniers souvenirs sont les plus durs. C'est pourquoi tu as eu tellement de mal. Plus l'expérience est amère, plus la leçon à en tirer est importante. Quelque part, ça veut dire que si tu n'as pas vraiment besoin de repartir, tu as presque atteint le But Ultime.

— Est-ce que je reverrai Lou ?

Joe avait le cœur serré en évoquant son ami.

— Ne t'a-t-il pas dit que vous vous retrouveriez ?

— Si.

Baker lança à Joe un clin d'œil assorti d'un sourire.

— Eh ben alors réfléchis, tu es censé être intelligent, qu'en penses-tu ? Si tu restes suffisamment longtemps, tu reverras toutes les personnes ayant compté dans ta vie. Dans chacune de tes vies, même les gens que tu as à peine connus. Par contre, les êtres essentiels pour toi, ceux qui constituaient une partie de toi-même, tu les revois plus vite et plus souvent, parce que sans eux, tu n'es pas complet. Ce sont nos connexions qui font de nous ce que nous sommes.

— Et là, tu parles de toi, pas vrai ? demanda Joe en sachant déjà la réponse. Quand comptais-tu me le dire, Baker ? Quand comptais-tu m'annoncer que tu étais mon père ?

Baker s'immobilisa avec un sourire. Il mâchonnait de cure-dents qu'il tenait entre les dents.

— Depuis quand le sais-tu ? Quand as-tu compris ? voulut-il savoir.

— Au moment où tu m'as raconté ta mort. Je savais par maman que tu étais un musicien. Par contre, elle ne m'a jamais expliqué comment tu avais disparu, seulement que c'était arrivé alors qu'elle était enceinte de moi. J'ai tout compris cette nuit-là dans la montagne.

Le vent venu du large ébouriffait les cheveux de Joe. Il reprit doucement :

— En plus, je me souviens aussi d'avoir vu une photo de toi quand j'étais petit. Il n'y en avait qu'une, parce que maman souffrait trop de t'avoir perdu, elle ne voulait pas que ton visage soit affiché sur tous les murs de la maison. Je me souviens à peine de ce portrait.

Baker passa un bras autour de Joe et se remit en marche.

— J'attendais le 'bon' moment pour t'en parler, dit-il. J'aurais dû penser que tu comprendrais tout seul. Tu es aussi intelligent que ta mère.

— Merci, répondit Joe. Je suis heureux d'avoir enfin l'occasion de te connaître, papa.

Il se sentait mal à l'aise en prononçant ce mot. Même s'il trouvait son attitude inexcusable, l'idée d'avoir un père lui était étrangère. Il lui faudrait du temps pour s'y faire, même ici, dans l'Après-Vie.

— Moi aussi, gamin. Tu t'en es bien tiré, tu es devenu quelqu'un de très bien. J'aurais aimé assister à ton mariage.

Joe inspira profondément, inhalant les mots que venait de prononcer son père. Cette simple phrase compensait pour lui les années d'absence et les anniversaires manqués.

Devant les deux hommes, la plage s'étendait immense, mais au milieu d'une courbe, les traces laissées sur le sable par les deux anges menaient à un escalier de bois qui zigzaguait sur les flancs d'une colline verdoyante. La brise matinale jouait avec les planches. Au sommet de la colline se dressait un haut phare étincelant de blancheur, couronné d'une petite cabine noire destinée au gardien. À la base du phare, il y avait un agréable cottage à deux niveaux. L'ensemble surplombait la falaise, avec vue imprenable sur les eaux sereines. En voyant ça, Joe poussa un sourire satisfait, puis il suivit Baker qui traversait la plage au sable doux.

À peine avait-il commencé à monter les marches dont le bois craquait que Joe aperçut au sommet de la colline une silhouette masculine, aux épaules solides, à la taille fine.

Lou !

Son amant lui souriait gaiement, les cheveux ébouriffés par le vent marin. Cette fois, il n'était pas nu, il portait le même chandail à col roulé que Joe, le même pantalon kaki. À sa vue, Joe avait le cœur qui s'emballait.

— Va vite le retrouver, déclara Baker à son fils.

Pour mieux l'y inciter, il lui donna dans le dos une bourrade. Joe ne se fit pas prier pour suivre le conseil, il escalada l'escalier à toute vitesse et faillit renverser l'amour de sa vie en lui sautant dessus. Les deux hommes s'embrassèrent sans fin, serrés l'un contre l'autre, en se faisant des promesses d'éternité qu'ils étaient désormais certains de pouvoir tenir. Ces vœux prendraient de plus en plus de valeur tant que les deux les amants resteraient en ce merveilleux endroit, sans souffrir du passage du temps.

— Oh, Lou, je suis tellement désolé de ce que j'ai fait, gémissait Joe. Peux-tu me le pardonner ?

Lou n'avait plus l'air ni malade ni fatigué. Il avait recouvré la santé.

— Bébé, je n'ai rien à te pardonner, répondait-il. Tu m'as libéré. C'est grâce à toi que j'ai pu échapper aux Brumes de Terreur.

— Tu ne me quitteras plus jamais, c'est promis ? demanda Joe.

Tout en parlant, il scrutait les yeux humides de Lou. Les deux hommes restaient accrochés l'un à l'autre, comme si chacun d'eux craignait qu'on lui arrache son amant.

— Plus jamais, promit Lou.

Baker arriva au sommet de la colline juste à temps pour voir un golden retriever fou de joie rejoindre le couple enlacé.

— Spooner ! s'écria Joe, très surpris.

Le chien se jeta sur les deux hommes avec exubérance. Lou ne chercha pas à retenir son sourire.

— Oui, il est arrivé ici en même temps que toi. Apparemment, il s'est échappé par la porte restée ouverte et il a été renversé par une voiture, il est mort quasiment avec toi. Je l'ai vu tout à l'heure, juste avant de te repérer sur la plage. Mais je sais que tu l'as déjà rencontré. Spooner avait lui aussi des choses à faire avant de pouvoir nous rejoindre.

— Il est arrivé ici *avant* moi ? s'étonna Joe.

Lui et Lou caressaient tous les deux l'animal délirant de bonheur.

— Ici, le temps n'a pas la même conception, expliqua Baker. Certains mettent plus longtemps que d'autres à arriver. Parfois, ça ne dépend que de ce qu'ils ont subi, de la façon dont ils sont morts, ou des questions qu'ils ont laissées derrière eux sans réponse. De plus, vous avez tous les deux passé un bail sur cette île, à faire je ne sais quoi. Joe, je te rappelle aussi que Spooner est un chien, il n'y a pas trop de souci dans cette bonne vieille tête.

— Eh bien, nous sommes tous là à présent, toute la famille est réunie, dit Lou.

Il embrassa Joe sur le front.

— Absolument, confirma Joe.

Il serra Spooner dans ses bras tout en pressant son corps contre celui de Lou. Et quand il regarda par-dessus son épaule, il adressa à Baker un clin d'œil.

À PARTIR de ce moment-là, Joe passa ses journées en famille. Bien sûr, c'était une 'famille' au sens le plus large et le plus complet du terme. Aucun de ses membres ne ressentait plus ni tristesse ni souci. Tous s'épanouissaient en partageant une amitié profonde, un amour sincère, et Joe était entouré de ceux qui comptaient le plus haut monde pour lui.

Il partait, avec Lou et Spooner, pour de longues marches sur la plage qui paraissait s'étendre à l'infini – et le chien avait trouvé un compagnon avec lequel s'amuser. Durant la nuit, il organisait des pique-niques romantiques sur le sable, suivis par des bains de minuit dans l'océan, Joe et Lou étant tous les deux nus. Ils chevauchaient également sur le dos de leurs nouveaux amis, Phil et Buck. Et comme Phil se montrait, comme d'habitude, récalcitrant, c'était la monture que choisissait Joe.

Parfois, les deux hommes invitaient tous leurs amis à des fêtes sur la plage qui duraient toute la journée et une bonne partie de la nuit. En vérité, s'ils l'avaient souhaité, ils auraient pu les faire durer toute la semaine.

Baker jouait de la guitare près du feu, accompagné de ses héros, Nick Drake et Townes van Zandt. Parfois, d'autres musiciens participaient aussi le temps d'une chanson.

3P se présentait avec Maddy Mojingle, son 'ennemie mortelle' et les deux enfants jouaient aux pirates sur la plage, avec Spooner et son compagnon canin. Quand Claire l'ourse arriva et vit ce que faisaient les deux jeunes, elle voulut absolument aller jouer avec eux, et nombreux furent ses animaux de compagnie à suivre son exemple.

En ces occasions – seulement – Guy acceptait de cacher sa nudité ; il portait ses vêtements coupés sur mesure adaptés à sa taille immense. Lui et Giuseppe s'installaient près du feu pour écouter les musiciens, leur duo créant une nouvelle attraction.

Même Melva venait de temps à autre, elle commentait les tenues arborées par les différents invités et montrait un intérêt *tout particulier* vis-à-vis de Guy : elle aurait aimé dessiner ses vêtements. 'C'est un homme de stature *tellement* imposante,' affirmait-elle, considérant ceci comme un challenge.

Joe rencontrait également des amis de Lou, ceux qui avaient compté durant sa vie et sa quête personnelle. Il accueillait aussi toutes les personnes rencontrées au cours de ses diverses existences terrestres, du moins celles dont il se souvenait jusque-là.

Mais en général, Lou et Joe préféraient s'asseoir un peu à l'écart pour regarder les autres. Ils savouraient la présence de leurs invités, réchauffés par la chaude ambiance et l'amour qui les entouraient. Ils savaient alors que tout ce qu'ils avaient vécu, le bon et le moins bon, avait valu le coup. Ils se réjouissaient d'avoir enfin compris que toutes les épreuves de leur quête avaient eu un sens. Et ils réalisaient enfin que le plus beau cadeau à offrir, aussi bien à eux-mêmes qu'aux autres, c'était le pardon.

Au cours d'une de ces nuits, pleine de chaleureuse camaraderie, Declan apparut – dans toute sa beauté éternelle, couronné de ses cheveux auburn. Après avoir dévalé les marches de bois pour arriver sur la plage, il avançait d'un pas lent pour étudier la frivolité qui fleurissait devant lui. Il était accompagné d'une jeune femme radieuse qui portait ses cheveux ramassés sous un large chapeau de paille. Elle était vêtue d'un jean plus confortable qu'élégant, assorti d'une chemise canadienne. Elle et Declan marchaient bras dessus dessous.

Joe s'élança vers les escaliers pour prendre son ami dans ses bras, le serrant très fort contre lui. Derrière lui, près du feu, Nick Drake roucoulait une chanson romantique.

Lorsque les deux hommes se séparèrent, Declan arborait un sourire heureux : enfin, il avait retrouvé la paix. Il désigna la jeune femme :

— Tu te souviens de ma mère, Joe ?

Joe en eut les yeux exorbités. *C'était Abigail ?* Elle avait tellement rajeuni ! Pourtant, oui, c'était bien Abby et Joe lui adressa un grand sourire chaleureux.

Il lui prit la main et déclara :

— Je suis ravi de vous retrouver, Abby.

Au même moment, Lou arrivait auprès du petit groupe.

— Moi de même, Joseph, répondit aimablement Abigail. Et je te remercie.

— De quoi ? s'étonna Joe.

— D'avoir convaincu mon fils…, commença-t-elle, en donnant à Declan un coup de coude amical, de venir me retrouver. Tu sais, ça a complètement changé mes jardins.

— J'en suis très heureux, dit Joe. Je vous présente Lou.

Il prit son ami par la taille. Declan tendit la main avec un grand sourire.

— Salut, Lou, déclara-t-il.

— Je suis enchantée de vous connaître, Lou, dit Abby. Veronica sera tellement contente de voir que vous vous êtes retrouvés tous les deux.

Après un clin d'œil complice, elle reporta sur Joe son attention. Le garçon était sidéré de sa dernière réflexion.

— Ma mère ? demanda-t-il.

Spooner se mit à aboyer, très excité ; la queue battante, il fonça vers les marches en dépassant le quatuor. Il accueillit d'un bond une femme qui venait d'arriver. Elle lui ébouriffa le poil d'une main délicate, puis eut un rire musical. Elle releva la tête et regarda Joe et ceux qui l'accompagnaient, une expression de triomphe dans les yeux. Joe sentit en la voyant une série de frissons brûlants lui traverser le corps de part en part.

Declan et sa mère s'écartèrent légèrement, puis le jeune homme annonça à Joe :

— Nous nous sommes croisés en chemin. Elle venait d'arriver. Spooner l'a accompagnée durant sa quête, il en a fait partie. Mais au dernier moment, il a pris le large. Je crois qu'il était impatient de te retrouver.

— Maman ! cria Joe.

Il se précipita vers elle, escaladant les marches pour la rejoindre et la prendre dans ses bras. Lou, resté au bas de l'escalier, les regardait avec un sourire.

— Ah, mon fils ! s'exclama Veronica. Que tu parais en forme ! Mon chéri, tu es si beau !

Elle prit son visage entre ses deux paumes et l'embrassa au moins un million de fois.

Baker s'était retourné, son attention attirée par les aboiements de Spooner. Il se releva et quitta son siège près du feu. Il passa devant Lou, Declan et Abby, toujours regroupés au bas des escaliers, et se mit à monter les marches, le visage figé dans une expression d'incrédulité.

— Veronica, chuchota-t-il entre deux sanglots lorsqu'il s'approcha d'elle.

Il tenait sa guitare par le col, ses mains tremblaient. Joe relâcha sa mère et s'essuya les yeux. Veronica tourna la tête vers Baker, qui lâcha sa guitare pour se ruer vers elle. Il la prit par la taille et la fit tourbillonner dans ses bras, avant de l'embrasser follement. Les deux amoureux réunis riaient et pleuraient en même temps.

Quand Joe baissa les yeux sur Lou, il sut ce qu'il voyait, les frissons chaleureux qu'il ressentait toujours le lui expliquaient clairement. Il n'y avait rien de mieux que l'amour. Rien ne le surpasserait jamais.

POUR JOE, Lou et tous ceux qu'ils connaissaient, ce monde nouveau offrait toutes les aventures possibles, qu'elles soient épiques ou modérées ; c'était à eux de choisir. Il y avait aussi bien de superbes couchers de soleil romantiques que de calmes balades sous la pluie. Certains jours passaient, les uns après les autres, alignés en rang d'oignons, ils auraient aussi bien pu durer des ères entières durant lesquelles Joe et Lou ne voyaient aucun de leurs amis. D'autres, au contraire, n'étaient que tourbillons festifs et conviviaux ; si un ami surgissait par hasard sur la plage en dessous du phare, il était accueilli avec joie et enthousiasme.

Les deux hommes quittaient parfois leur bien-aimé phare. À plusieurs occasions, ils voyagèrent en compagnie de Spooner pour mieux découvrir le nouvel univers, mais c'était une carte sans fin, aux limites que leur imagination ne cessait de repousser. Joe emmena Lou à Florence où ils burent du vin en compagnie de Giuseppe sur les bords de l'Arno et dansèrent sur les *piazzas* jusqu'au moment où le lever du soleil annonça un nouveau jour. Ils escaladèrent toutes les montagnes qu'ils trouvèrent et celles dont ils entendirent parler, ils arrivèrent au sommet de l'Everest sans même être essoufflés. Joe voulut faire connaître à Lou la villa de son grand-père, mais elle avait désormais disparu dans les montagnes : elle n'avait plus de raison d'exister puisque Joe senior n'en avait plus besoin. Les deux amants arpentèrent les hautes collines du Kentucky, firent de la voile sur les eaux turquoise des Caraïbes, assistèrent à un bal dans la Cité d'Émeraude – *un des principaux lieux d'action de la série Oz* – campèrent une nuit avec Artémis, la déesse de la chasse.

Quand ils ressentaient une nostalgie de leur foyer, ils rentraient chez eux. Spooner était toujours en tête pour courir sur la plage. Et à leur retour, le phare brillait de tous ses feux, symbole de vérité, d'espoir et d'amour. Quant à la mer, elle s'étalait devant eux comme une maîtresse paisible.

Baker et Veronica passaient l'essentiel de leur temps en tête-à-tête, cachés dans la cabane du musicien, dans le feuillage du grand arbre. Ils restaient couchés jour et nuit, tous les deux nus, enveloppés d'un drap, tandis que le soleil les saupoudrait d'or à travers le feuillage. Ils se nourrissaient de fruits, que chacun offrait à l'autre. Leurs merveilleuses chansons d'amour s'entendaient à travers tout le territoire, calmant les bêtes les plus féroces : elles s'approchaient du tronc pour écouter les douces berceuses. Après avoir accordé quelques nuits d'intimité à ses parents, Joe vint leur rendre visite en compagnie de Lou et Spooner. Tous fêtèrent joyeusement leur réunion, mêlant jeux, boissons et danses.

— Cet endroit est *véritablement* le paradis, Joe, annonça un jour Veronica. Ne laisse pas ton père te convaincre du contraire. Pour moi, *c'est* le paradis.

Joe et Baker s'entendaient bien et s'accordaient parfois un aparté afin de mieux se connaître, père et fils. Par exemple, ils montèrent sur un phénix pour retourner à la Cité des Pensées. Baker, qui s'inquiétait toujours des pouvoirs de la ville et de ses résidents, s'était confectionné un casque en empruntant la carapace d'une tortue. Il le perdit très vite, durant le vol au-dessus de montagnes nouvellement créées. Mais ceci n'avait aucune importance. En vérité, les habitants de la cité ne s'intéressaient pas tant que ça aux pensées du musicien, ils grimaçaient même lorsque certains de ses mots flottaient autour de lui. D'après eux, de telles pensées auraient bien eu besoin d'être nettoyées. Joe se contenta d'éclater de rire devant ce spectacle. Pourtant, la ville était magnifique, ésotérique et chargée de secrets. C'était incontestable.

Après que des milliers de jours et de nuits se soient écoulés, Declan et Abby vinrent rendre visite à Joe, un soir, dans le phare. L'automne n'allait pas tarder, on le sentait dans l'atmosphère. Et apparemment, Declan serait le premier à retourner sur Terre. Après y avoir passé si peu de temps la première fois, il tenait à faire une nouvelle tentative. Il ressentait un appel impératif. Abby s'accrochait d'une main légère au poignet de son fils tandis que celui-ci annonçait à Joe sa décision. Il fut immédiatement décidé de lancer une fête pour l'occasion, tous ceux que Declan connaissait furent invités.

La soirée se passa au cottage, dans les jardins d'Abigail. Les feuilles tombaient, les arbres portaient déjà leurs vêtements d'hiver. La fête était superbe, la foule, nombreuse ; toutes les personnes connues et aimées de Declan lui adressèrent leurs meilleurs vœux, leurs souhaits de bon voyage, de bon retour. Au moment des derniers adieux, Declan embrassa tous ses amis, les uns après les autres. Il s'attarda tout particulièrement auprès de Joe qu'il serra dans ses bras.

— Je te retrouverai un jour là-bas, mon frère, chuchota Joe.

— J'espère que nous saurons plus de chance la prochaine fois, dit Declan avec un sourire.

Joe n'était pas là lorsque Declan disparut, mais Abby lui expliqua que le moment avait été tout à fait ordinaire, le jour pareil à un autre.

— C'est arrivé alors que nous étions dans le jardin de derrière, près de la mare, là où j'ai ma statue de chérubin. Nous plantions des tulipes pour l'automne lorsqu'il s'est redressé, il s'est penché pour regarder l'eau et j'ai su que c'était le moment. Il n'a pas dit un mot...

Elle parlait doucement, avec un sourire ému, perdue dans ce souvenir émouvant.

— Il s'est tourné vers moi, reprit-elle, il m'a dit au revoir... en silence, avec ses yeux. Il a marché doucement vers l'eau, il a dépassé l'arbre et le chérubin pour entrer dans la mare. Il a continué à marcher jusqu'à être entièrement submergé, et c'est à ce moment-là qu'il a quitté ce monde.

Abby disparut peu après. Elle n'avait annoncé à personne sa décision de retourner sur Terre – il n'y eut pas de fête – mais tous ses amis savaient bien où elle s'était rendue. Elle comptait retrouver son fils et réparer ses torts, même si cette fois-ci elle se réincarnait comme sa sœur, son frère, son meilleur ami, un voisin amical ou même son facteur. Les jardins et le cottage s'effacèrent peu à peu, noyés sous la végétation. La forêt ayant repris ses droits, l'endroit était redevenu vierge, prêt à être recyclé lorsqu'une nouvelle imagination le réclamerait.

Joe savait que d'autres, parmi ses compagnons, commençaient également à ressentir l'appel d'une nouvelle vie terrestre. Il avait bien noté l'expression des grands yeux de 3P durant la soirée d'adieu de Declan : une nostalgie, un désir latent qui bientôt deviendrait irrésistible. Joe avait encore un peu de temps pour jouer avec son jeune ami au capitaine ou au super héros. Ce fut du moins jusqu'au jour où arrivèrent le frère et la sœur de 3P. Le petit alla à leur rencontre. Ils le retiendraient un moment, puisque 3P serait leur guide dans la découverte de l'Après-Vie.

Malgré tous ces départs, il restait beaucoup à faire. Il y avait sans arrêt de nouveaux événements à découvrir, de nouveaux amis qui se présentaient, émanant d'anciennes existences. Il y avait toujours une âme errante ayant besoin d'accueil et de réconfort. Et Joe appréciait que chaque jour soit une sorte de résurrection.

LA NUIT tombait sur l'océan. Les couleurs du ciel, d'ordinaire si brillantes, étaient ce soir remplacées par une teinte uniforme et bleu marine cloutée par un milliard d'étoiles. L'hiver si attendu s'installait enfin. L'air était parfumé d'iode et de sel, les odeurs de la mer et du sable. Des flocons de neige tournoyaient en tombant doucement. Sur la plage en dessous, la fête continuait : comme d'habitude, il y avait une foule réunie autour du feu.

Baker jouait de la guitare et chantait, son regard aimant ne quittait pas Veronica tandis qu'autour de lui, les invités dansaient et chahutaient gaiement.

Joe et Lou ne se mêlaient pas à eux. Ils étaient sur le promontoire, sous le phare, enlacés. Ils regardaient l'horizon, l'endroit où la mer rejoignait le ciel, où la connexion se faisait. Serrés l'un contre l'autre, les deux hommes admiraient ce qui leur avait enfin été accordé. Chacun d'eux appréciait pleinement les leçons acquises durant leur quête spirituelle en solitaire. Sous le ciel nocturne, leurs lèvres se joignirent. Des flocons s'accrochaient à leurs cils. Joe n'avait jamais ressenti une telle satisfaction, une telle plénitude, une telle certitude de se trouver au bon endroit, avec un but dans la vie. Mais la neige le chatouillait et Lou ressentait la même chose. Les deux amants se mirent à rire ensemble, leurs éclats s'envolant vers le ciel nocturne comme portés par des ailes diaphanes, un tribut naturel à la joie éternelle.

Il y avait la vie. Il y avait la mort. C'est alors que les miracles se réalisaient. Chaque jour, la preuve en était donnée, de toute évidence. Tout ce que Joe et Lou avaient cru irréalisable se réalisait. En cet endroit, durant cette glorieuse existence, rien n'était impossible, ni les ours dotés de parole, ni les hommes capables de voler, ni les enfants qui domptaient les cataractes, ni la possibilité de réparer d'anciens torts et de recommencer une existence au moment d'un ancien adieu. En cet endroit, chaque jour – *chacun d'eux, les uns après les autres* – offrait une nouvelle fête, de nouvelles rencontres. Au cours de cette vie, l'amour était libre, l'existence sans contrainte. Il n'y avait aucune règle, aucune restriction.

Seule comptait la volonté d'être.

Et la certitude que rien d'autre n'avait d'importance…

L'Épreuve de la galère

ERIC ARVIN

Logan Brandish, auteur à plein temps, est parfaitement heureux dans sa paisible routine, avec sa collocation avec sa meilleure amie dans une petite bourgade, sa chatte, et son petit ami … Jusqu'à ce qu'il rencontre l'éditeur de son prochain livre, le beau Brock Kimble, et le calme passif de sa vie quotidienne disparaît en fumée. Découvrant pour la première fois ce que veut dire passion, Logan devient anxieux et impatient, et bien vite sa vie et son nouveau manuscrit – qu'il s'était imaginé pouvoir finir un jour – ne sont plus que pagaille.

Mais Logan l'apprend à ses dépens : on n'obtient pas toujours ce que l'on veut … pas du jour au lendemain, en tout cas. Pour oublier tous ses ennuis, il part en voyage, mais même le 'paysage' italien ne peut empêcher bien longtemps ses pensées de revenir vers son désormais ex-éditeur. Logan devra peut-être admettre qu'il est des choses auxquelles on ne peut échapper.

www.dreamspinner-fr.com

Des hommes ordinaires

Eric Arvin

Chip Arnold, entraîneur apprécié de l'équipe de football américain d'une petite université d'arts libéraux, est loin d'avoir une vie rangée. Il sort boire avec ses collègues, s'entend bien avec ses joueurs et fréquente les plus jolies filles de la ville. En somme, il mène la vie que la plupart des hommes rêveraient d'avoir. Mais, dernièrement, aucune des femmes qu'il rencontre ne semble déclencher la moindre passion en lui. Tout bascule lorsqu'il rencontre le nouvel aumônier du campus, Foster Lewis.

Tomber amoureux d'un autre homme est totalement nouveau et peut s'avérer terrifiant. Sans que Chip puisse mettre le doigt sur ce qui l'attire tant chez Foster, le sentiment est plus fort que tout ce qu'il a pu ressentir auparavant. N'hésitant jamais à relever un défi, Chip se jette à l'eau, mais… l'amour n'est jamais simple, et parfois les choses tournent au véritable bordel.

www.dreamspinner-fr.com

Eric Arvin réside toujours dans la petite ville somnolente où il a grandi, en Indiana, au bord de la rivière. Après avoir obtenu un diplôme d'Histoire à l'Université d'Hanover, il vécut quelque temps en Italie et en Australie. Il a survécu à une opération du cerveau et à des démons personnels particulièrement féroces.

Pourquoi ne pas rendre visite à son blog :
ericarvin.blogspot.com

Par ERIC ARVIN

Au-delà du réel
L'épreuve de la galère
Des hommes ordinaires

Publié par DREAMSPINNER PRESS
www.dreamspinner-fr.com

www.ingramcontent.com/pod-product-compliance
Lightning Source LLC
Chambersburg PA
CBHW031215260626
47169CB00007B/2073